Über dieses Buch *800 Meilen auf dem Amazonas* legt die Jaganda, eine Art schwimmendes Dorf, mit Joam Garral und seiner Familie zurück. Über Garral schwebt ein Geheimnis, das mit einer überstürzten Flucht aus Brasilien verbunden ist. Torres, ein Sklavenfänger, ist diesem Geheimnis auf der Spur. Verfolgung, Erpressung, Bedrohung muß Carral erdulden; der Galgen für ihn ist schon errichtet, als ein Kreuzworträtselchampion eine Idee hat . . .
Nach Robinsonschen Abenteuern gelüstet es Godfrey, den Neffen eines millionenschweren Erbonkels. Er schifft sich also ein, gerät auch richtig in einen Sturm, wird auf eine einsame Insel verschlagen, muß sich mit Kannibalen, Raubtieren und unberechenbaren Naturgewalten zur Wehr setzen, bis er auf ganz unerwartete Weise gerettet wird.
Jules Verne steht als neuer Mythenmeister und Klassiker am Beginn der modernen Science-fiction-Literatur. Er »hat die weißen Flecke auf der Landkarte der wissenschaftlichen Erdkunde sorgfältig inventarisiert und sie mit fabelhaften Geschichten, die in der Verlängerungslinie bekannter Tatsachen liegen, ausgefüllt« (Michel Butor). Seine Bücher bieten, was man von einer qualifizierten Unterhaltung erwarten kann: dynamische »echte« Helden, rasante Abenteuer, technisch-konkrete Phantasien und einen seltenen Einfallsreichtum in grotesken und komischen Situationen. Er ist in dieser Übersetzung von Stefan Reisner auch literarisch neuzuentdecken.

Der Autor Jules Verne wurde 1828 in Nantes geboren. Bereits mit elf Jahren versucht er seine erste Reise und schifft sich auf einem Indienfahrer ein; sein Vater holt ihn gerade noch rechtzeitig zurück. Mit 22 schließt er seine juristische Dissertation ab und hat bereits einige Theaterstücke geschrieben. Es folgen eine Reihe von Operetten und Erzählungen.
1863 bringt der Roman ›Fünf Wochen im Ballon‹ dem 35jährigen triumphalen Erfolg und einen Zwanzigjahresvertrag mit dem Pariser Verleger Hetzel. Verne kann sich das Schiff kaufen, das er sich immer gewünscht hat und auf dem er in den folgenden Jahren ausgedehnte Reisen durch die europäischen Meere unternimmt. Fortan bestimmen das Studium von Material in Zeitschriften und Büchern und Schreiben sein Leben. 1867 fährt er auf einem Kabelleger nach Amerika. Zwanzig Jahre später wird er in Amiens seßhaft, wird 1889 auf einer ultraroten Liste in den Stadtrat gewählt, lernt Esperanto. »Wenn ich nicht arbeite, spüre ich nicht, daß ich lebe«, sagte er und schreibt, 1902 vom grauen Star befallen, noch bis zum 24. März 1905, seinem Todestag.

Jules Verne

800 Meilen auf dem Amazonas
Die Schule der Robinsons

Zwei Romane

Aus dem Französischen
von Stefan Reisner

Fischer
Taschenbuch
Verlag

Veröffentlicht im Fischer Taschenbuch Verlag GmbH,
Frankfurt am Main, Juni 1987

Lizenzausgabe mit freundlicher Genehmigung der
B & N Bücher und Nachrichten (Bärmeier & Nikel)
Verlags-GmbH & Co. KG, Frankfurt am Main
Mit Holzstich-Illustrationen der ersten französischen
Gesamtausgabe im Verlag Hetzel, Paris
Titel der französischen Originalausgaben:
›La Jangada. Huit cents lienes sur l'Amazone‹, Paris 1881
›L' École des Robinsons‹, Paris 1882
Neu übersetzt und eingerichtet von Stefan Reisner

Umschlaggestaltung: Heinz Edelmann
Satz: Otto Gutfreund, Darmstadt
Druck und Bindung: C. H. Beck'sche Buchdruckerei, Nördlingen
Printed in Germany
ISBN-3-596-28928-9

800 Meilen auf dem Amazonas

Der Kaiman riß Fragoso mit ins Wasser

I

Phyjslyddqfdzxgasgzzqqehxgkfndrxujugiocytdxvks
bxhhuypohdvyrymhuhpuydkjoxphetozslrtnpmvffov
pdpajxhyynojyggaymeqynfuqlnmvlyfgsuzmqictlbqgy
ugsqeubvnrcredgruzblrmnxyuhqhpzdrrgcrohepqxufiv
vrplphonthvddqfhgsntzhhhnfpmqkyuuexktogzgkyu
umfvijdqdpzjqsykrplyhxgrymvklohhhotozvdksppsu
vjhd

Torres blieb in Gedanken versunken stehen. Mehrmals hatte er den Brief gelesen, dessen letzter Absatz aus dieser wunderlichen unverständlichen Buchstabenfolge bestand. Im ganzen waren es etwa 100 derartige Zeilen. Das dicke Papier des Briefes war bereits vergilbt. Offensichtlich hatte jemand den Text des Schriftstückes auf eine komplizierte Weise verschlüsselt, und niemand, der nicht den Code wußte, konnte dem Geheimnis dieser Zeilen auf die Spur kommen. Ein Rechenkünstler hätte sein ganzes Leben damit zubringen können, die unzähligen Kombinationen dieser Chiffreschrift durchzuprobieren – er wäre nicht ans Ziel gelangt. Die Möglichkeiten zählten nach Milliarden. Man mußte schon den Schlüssel haben, um eine solche Geheimschrift entziffern zu können. Torres kannte den Schlüssel.

Torres war ein gewöhnlicher Waldkapitän. So nennt man in Brasilien jene Männer, deren Arbeit es ist, geflohene Negersklaven zu verfolgen und wiedereinzufangen. Im Jahre 1852 gab es in Brasilien noch Sklaven. Also gab es auch noch Waldkapitäne, eine zusammengewürfelte Truppe von entlaufenen Sträflingen, Deserteuren, Ganoven und Gangstern.

Torres war kein Mestize, Indianer oder Neger wie die meisten seiner Kameraden, sondern ein Weißer brasilianischer Abstammung. Er streifte durch die peruanischen Wälder, dort, wo sich die Wasser des Amazonas sammeln.

Torres, etwa 30 Jahre alt, war kräftig und trotz seiner ausschweifenden Lebensweise kerngesund. Er war nicht sehr groß, aber breitschultrig. Sein Gesicht hatte die Sonne verbrannt. Noch niemand hatte es vor Scham erröten gesehen, höchstens unter dem Druck der Leidenschaften wechselte es seine Farbe. Torres hatte einen schwarzen Vollbart. Sein Blick unter zusammengewachsenen Brauen war kalt und wach. Er trug einen Lederhut mit breiter Krempe. Wie alle seine Kleidungsstücke zeigte auch der Hut die Spuren des langen Gebrauchs. Seine Hose aus grobem Wollstoff steckte unten in derben Stiefeln, die das Solideste waren, was Torres am Leibe trug. Um die Schultern hing ihm ein verschlissener gelblicher Poncho und verdeckte Weste und Jacke.
Torres war unbewaffnet, ohne Gewehr und Revolver. Offenbar war er gegenwärtig außer Dienst, denn zur Sklavenfängerei hätte er der Bewaffnung bedurft. Nur eine Manchetta steckte in seinem Gürtel, sie sah einem Säbel ähnlicher als einem Messer. Für die Jagd auf die in den Wäldern des Amazonasoberlaufs häufigen Nage- und Gürteltiere führte er noch eine kleinere Axt mit sich.
Während er das Papier in seinen Händen betrachtete, hörte und sah er nichts von dem, was um ihn vorging. Nicht einmal das Quaken des Ochsenfrosches, der zwar nicht so groß ist wie ein Ochse, aber eine ähnlich laute Stimme hat, konnte ihn ablenken. Immer wieder las er das Schriftstück durch, und ein böses Lächeln zuckte über sein Gesicht.
Niemand konnte ihn hören, als er einige Sätze vor sich hin sprach. Und sie waren auch für niemanden bestimmt.
»Das sind fein geschriebene Zeilen, und sie bringen Leben oder Tod. Dieser Kerl hat Geld, viel Geld ... Einiges abwerfen, einiges abwerfen wird dies Papierchen für mich!«
Aus den Augen des Waldkapitäns leuchtete die Gier.
»Jedes einzelne Wort hier kostet Geld. Auf jedes Wort wird er etwas drauflegen müssen. Nur hier, nur in diesem Brief werden die Namen genannt. Da kommt ein nettes Sümmchen heraus, genug, um in Brasilien, in Amerika oder sonstwo sorglos und ohne Arbeit leben zu können. Ein Dummkopf wär' ich, wenn ich mir diese Gelegenheit entgehen ließe!«

Torres' Hände verkrampften sich, als rafften sie jetzt schon das Geld zusammen.
»Jetzt bin ich fast am Ziel, und es sieht so aus, als seien die Strapazen dieser Reise von der Küste des Atlantischen Ozeans bis zu den Quellen des Amazonas nicht umsonst gewesen. Ist dieser reiche Kerl noch hier, oder hat er Amerika etwa schon verlassen? Nein, bestimmt ist er noch da! Das Dach seines Hauses könnte ich sehen, wenn ich auf einen Baum stiege, ich bin fast am Ziel! Noch heute soll er erfahren, daß seine Ehre, sein Leben von diesen Zeilen abhängen! Und wenn er den Schlüssel haben will, verdammt, dann soll er bezahlen ... mit seinem ganzen Vermögen ... mit seinem Blut! Wenn diese ehrliche Haut geahnt hätte, daß mein Glück mit dem Verrat des Geheimnisses, der Namen gemacht ist ...!«
Torres faltete das vergilbte Papier sorgfältig zusammen und steckte es in ein kupfernes Etui, das ihm als Geldtasche diente. Ein großes Vermögen konnte darin niemand vermuten. Torres besaß zwar ein paar Goldmünzen aus den Nachbarstaaten, unter anderen 2 Econdors der Vereinigten Staaten von Columbia, 2 venezuelische Bolivars, ein paar peruanische Sols, chilenische Escudos, alles zusammen etwa 100 Mark, aber er hätte nicht ohne Verlegenheit über die Herkunft der Münzen Auskunft geben können.
Viel Geld gab der Abenteurer nicht aus, eine Wohnung besaß er nicht. Der Wald lieferte ihm die Nahrung, die er ohne großen Aufwand zubereitete. Einige Münzen für Tabak, den er in den christlichen Missionen kaufte, und ebensoviel für eine Kürbisflasche Branntwein genügten.
Als Torres das Papier in dem metallenen Etui, dessen Deckel luftdicht schloß, verwahrt hatte, steckte er es nicht in die Tasche seines Hemdes, das der Poncho bedeckte, sondern er verbarg es – aus übergroßer Vorsicht – in der hohlen Wurzel des Baumes, neben dem er sich niedergelassen hatte.
Das aber wurde ihm zum Verhängnis.
Es war heiß, die Luft drückend und schwül. Torres, der den ganzen Morgen marschiert war, aß ein wenig und spürte darauf bald

eine behagliche Müdigkeit. Er streckte sich unter dem Baum aus, um ein wenig zu schlafen und nach zwei, drei Stunden ausgeruht seinen Weg fortzusetzen. Torres gehörte jedoch nicht zu den Leuten, die ohne einen kräftigen Schluck aus der Branntweinflasche und eine kleine Pfeife zu rauchen einen guten Schlaf finden. Branntwein regt das Gehirn an, und Tabak verhilft zu angenehmen Träumen – dieser Ansicht war jedenfalls der Waldkapitän. Er setzte also seine Lippen an die Kürbisflasche und zog seine kurze hölzerne Pfeife hervor, die er mit einem groben, billigen Tabak füllte. Als Torres einige Schlucke genommen hatte, überzeugte er sich voller Bedauern, daß er sie bald würde nachfüllen müssen. Beim 10. Zug aus der Pfeife fiel sie ihm aus der Hand, und er versank in einen von Träumen beunruhigten Halbschlaf.

2

Torres hatte schon eine halbe Stunde geschlafen, als sich ihm ganz vorsichtig und fast geräuschlos ein seltsames Wesen näherte. Wäre der Abenteurer nicht gerade mit seinen Träumen beschäftigt gewesen, hätte er es gewiß bemerkt, da es kaum 10 Schritt von ihm entfernt stand. Dieses Wesen war kein Mensch, sondern ein Affe. Innerhalb der Gattung der Affen, von den eleganten Sahuis über die gehörnten Sajus und grauhaarigen Monos bis zu den Saguins, die in ihrem fratzenhaften Gesicht eine Brille zu tragen scheinen, war dieser Guariba-Affe zweifellos der originellste. Die Guaribas sind nicht immer bösartig, sie sind gesellig und wandern am liebsten in größeren Trupps. Schon aus der Ferne hört man den Lärm ihrer monotonen Stimmen, es klingt, als nähere sich eine Prozession singender Mönche.
Dieser Guariba, ein Exemplar von riesiger Gestalt und kräftigen Gliedmaßen, kam langsam heran, blickte nach rechts und links und wedelte mit seinem Schweif. Die Affen dieser Familie unterscheiden sich bekanntlich vom Menschen dadurch, daß sie von einer großzügigen Natur vier Hände bekamen und, was noch

mehr wert ist, einen Schwanz dazu, der gut und gern als fünfte Hand dienen kann.
In einer seiner Hände hielt der Affe einen dicken Knüppel, den er gefährlich durch die Luft schwang. Zögernd kam der Affe auf den schlafenden Mann zu, blieb drei Schritte vor ihm stehen und verzog sein bärtiges Gesicht zu einer Grimasse, wobei die scharfen, elfenbeinweißen Zähne sichtbar wurden. Der Knüppel sauste durch die Luft und versprach dem Waldkapitän nichts Erfreuliches.
Offenbar weckte das Aussehen des schlafenden Abenteurers in dem Guariba nicht gerade Wohlwollen. Möglich, daß der Affe besondere Gründe hatte, den Menschen zu grollen! Die Indianer jagen und verspeisen alle Affen, gleichgültig, welcher Familie sie angehören, und vielleicht erinnerte sich dieser Guariba an einmal erlittene Unbill, von dem ihm ein Kochtopftrauma geblieben war.
Obwohl ein Pflanzenfresser und nicht dazu eingerichtet, Torres zu verkosten, zeigte der Affe ein deutliches Vergnügen, den schlafenden Mann, den er als natürlichen Feind erkannte, zu vernichten.
Er begann den Baum zu umkreisen, er zog – schnell atmend – immer engere Kreise. Ein Hieb – und das Leben des Abenteurers wäre perdu gewesen.
Vorhin war die Rede davon, daß Torres jene Metallschachtel, in der sich sein Geld und das wichtige Dokument befanden, neben sich in eine hohle Wurzel gelegt hatte – ein Umstand, der ihm nun das Leben retten, wenn auch neuen Ärger bringen sollte. Ein Sonnenstrahl, der durch die Baumkronen drang, traf das Etui, dessen polierte Metallfläche wie ein Spiegel erglänzte. Nicht nur einen Affen hätte dieser Glanz interessiert. Die Gedanken des Affen – sofern man von Gedanken sprechen kann – nahmen plötzlich eine andere Richtung. Er bückte sich, griff das Etui und wich einige Schritte zurück, hob es zu den Augen empor und sah, vielleicht zum erstenmal, sein eigenes Gesicht. Dies verwunderte den Affen. Außerdem klapperten die Goldstücke, die das Etui enthielt. Das Geräusch entzückte den Affen so, daß er das

Etui schüttelte wie ein Kind seine Klapper. Dann versuchte er seine Zähne an dem blanken Metall, doch vergebens.
Vielleicht glaubte der Affe eine neue Frucht gefunden zu haben, eine große glänzende Mandel mit beweglichen Kernen. Er umschloß mit seiner linken Vorderhand das Etui und ließ den Knüppel fallen. Bei diesem Geräusch erwachte Torres. Wie alle erfahrenen Waldläufer, die stets auf der Lauer zu liegen scheinen und bei denen der Übergang vom Schlafen zum Wachen unvermittelt erfolgt, sprang Torres sofort auf und erkannte die Gefahr. Er ergriff schnell die neben ihm liegende Manchetta. Der Affe wich entsetzt zurück und entfernte sich, da ihm gegenüber einem wachen Menschen der Mut fehlte, mit raschen Sprüngen unter die dichten Bäume.
»Verdammt, das war zur rechten Zeit, das Biest hätte mich ohne viel Federlesens erwischt!«
Doch plötzlich sah Torres in der Hand des Affen, der ihn aus einer Entfernung von 20 Schritten angrinste, das kostbare Etui.
»Das Vieh hat mich beklaut!« rief Torres, den weniger der Gedanke an seine Geldstücke als an das wertvolle Dokument außer Fassung brachte. Um jeden Preis mußte er das Etui zurückbekommen. Mit zahlreichen Flüchen auf den Lippen begann er, den Guariba zu verfolgen. Allerdings besaß Torres keine Feuerwaffe, und nur ein Büchsenschuß hätte das Tier erledigen können. Auf der Erde entfloh der Affe zu schnell, in den Bäumen zu hoch. Dolch und Axt nützten nur etwas, wenn er dem Guariba nahe kam. Torres konnte also nur versuchen, den Affen mit List zu erledigen. Wenn aber Torres stehenblieb und sich hinter einem Baum verbarg, um den Affen aus seinem Dickicht hervorzulocken, blieb der ebenfalls stehen und wartete, bis Torres sich wieder sehen ließ.
Eine Stunde sinnloser Verfolgung verging, und zuletzt stampfte er nur noch mit dem Fuß auf den Boden und drohte wütend mit der Faust zu dem Affen hinüber – was jener allerdings nur mit neuen Grimassen beantwortete. Von neuem lief Torres hinter dem Tier her, stolperte im hohen Gras, blieb im dichten Ge-

Die Bestie grinste den Abenteurer höhnisch an.

büsch und in verschlungenen Lianen hängen, fiel über Wurzeln, sprang wieder auf und rannte hinter dem Affen her, der ohne Mühe vorauseilte. Schließlich rief Torres, ohne daß ihn jemand hören konnte: »Haltet den Dieb, haltet ihn doch!«

Ermüdet hielt er ein und setzte sich keuchend auf den Waldboden. Der Affe blieb ebenfalls sitzen, knabberte, längst nicht so ermüdet wie sein Verfolger, an einigen Wurzeln herum und ließ von Zeit zu Zeit das Etui an seinen Ohren klingen. Torres warf Steine nach dem Affen, der ihnen jedoch mit einer lässigen Bewegung des Oberkörpers auswich.

Für Torres war guter Rat teuer: Einerseits schien es sinnlos, dem Affen weiter nachzulaufen, andererseits konnte dieser unselige Zufall alle bereits gebauten Luftschlösser wieder zerstören, und zwar ausgerechnet durch ein so albernes Tier wie diesen Affen. Bei Einbruch der Nacht hatte es das Tier leicht, ohne Schwierigkeit für immer zu verschwinden, und es würde höchst mühevoll sein, aus diesem Urwalddickicht wieder herauszukommen. Die Verfolgung hatte Torres bereits mehrere Kilometer vom Ufer des Stroms weggeführt, und schon jetzt war es sicher nicht mehr leicht, den Weg zurück zu finden.

Torres beschloß, einen letzten Versuch zu wagen. Er sprang auf. Der Affe ebenfalls. Torres ging einige Schritte vorwärts, der Affe machte ebenso viele rückwärts, hielt aber, statt tiefer in den Wald einzudringen, am Fuße eines großen Baumes an. In wenigen Augenblicken hatte er mit seinen vier Händen den Stamm umklammert, war emporgeklettert und hatte mit dem Schwanz einen Ast erfaßt und sich an den Zweigen hinaufgeschwungen. Oben angekommen, richtete er sich nach Bequemlichkeit ein und setzte seine unterbrochene Mahlzeit fort, indem er von den Früchten pflückte, die er von seinem Sitz aus erreichen konnte.

Torres stand vor dem Baum und sah hinauf. Es war nicht daran zu denken, diesen Stamm zu erklettern, denn der Affe wäre ohne Mühe auf einen anderen hinübergesprungen.

Der Affe klapperte immer noch mit dem Etui.

Torres begann erneut zu fluchen. Die Auszeichnungen, die er dem Affen hinaufschrie, kann man hier nicht vollzählig wiedergeben. Er ging so weit, den Affen nicht nur einen Mestizen zu nennen – was aus dem Mund eines weißen Brasilianers eine grobe Beleidigung ist –, sondern ihn auch einen Curiboca zu schimpfen. So nennt man einen Mischling von einem Neger und einer Indianerin. Unter allen Beleidigungen, die man anwenden kann, gibt es keine größere – jedenfalls nicht in Brasilien. Der Affe als ein einfacher Vierhänder kümmerte sich überhaupt nicht um diese Beleidigungen, die einen Menschen zum Selbstmord getrieben hätten.

Torres warf ohne Erfolg alles, was ihm in die Finger kam, Steine und Wurzeln, nach dem Affen. Er wollte den ungleichen und aussichtslosen Kampf bereits aufgeben und zum Amazonas zurückkehren, als er plötzlich menschliche Stimmen hörte.

Voller Neugier und mit klopfendem Herzen hielt er ein. Da krachte ein Schuß, ein Schrei, und tödlich getroffen stürzte der Affe durch die Zweige zur Erde hinunter.

»Zum Teufel!« rief Torres, »das war eine Kugel im richtigen Augenblick!«

Zwischen den Bäumen erschienen zwei junge Männer.

Es waren Brasilianer, gekleidet wie die Jäger dieser Gegend, mit langen Stiefeln, Hüten aus Palmenfasern und in den Hüften umgürteten Jacken, die bequemer zu tragen sind als die Ponchos. An ihren Gesichtern war die portugiesische Abstammung zu erkennen.

Jeder trug eine jener langen spanischen Flinten, die den Feuerwaffen der Araber ähneln und die auch auf eine größere Entfernung noch treffsicher sind, so daß viele Waldläufer am oberen Amazonas nur damit auf die Jagd gehen. Als Beweis für die Treffsicherheit des Schützen und der Flinte mag der Affe dienen, dem die Kugel mitten im Kopf steckte.

Torres, der nun keine Furcht mehr vor dem Zusammentreffen mit den beiden hatte, lief eilig auf den Körper des Affen zu. Die beiden Männer jedoch hatten einen kürzeren Weg und waren mit wenigen Schritten bei dem Waldkapitän.

Der hatte seine Geistesgegenwart zurückgewonnen.

»Vielen Dank!« sagte er und lüftete seinen Lederhut. »Sie haben mir mit Ihrem Schuß einen großen Gefallen getan! Sie dachten wahrscheinlich, einen einfachen Affen zu erschießen, tatsächlich aber haben Sie einen Dieb erledigt.«

Torres beugte sich über den Guariba und löste das Etui aus der noch immer fest geschlossenen Hand des Tieres.

»Das gehört also Ihnen?«

»Wer von Ihnen hatte die Freundlichkeit, diese Bestie zu erledigen?«

»Hier, mein Freund Manoel, Regimentsarzt in der brasilianischen Armee.«

»Und du, Benito, hast den Affen zuerst gesehen.«

»So danke ich Ihnen beiden, Señor Manoel und Señor...«

»Gestatten, Benito Garral«, sagte der junge Mann, der auch im Urwald auf gutes Benehmen Wert legte.

Dem Waldkapitän stockte einen Augenblick lang der Atem.

»Mein Vater«, sagte der junge Mann, »hat seine Farm hier in der Nähe, kaum 6 km entfernt. Sollten Sie Zeit haben, Señor...«

»Torres!« sagte der Abenteurer.

»Also, wenn Sie Zeit haben, kommen Sie doch mit.«

»Ein sehr freundliches Angebot, aber die Verfolgung des Affen hat mir viel Zeit geraubt. Ich muß zum Amazonas. Ich will nach Para hinunter.«

»Das trifft sich gut, Señor Torres. Wir werden uns auf dem Fluß sicher wiedertreffen, denn mein Vater will mit der ganzen Familie noch vor Ablauf eines Monats die gleiche Tour machen.«

»Sie wollen die Grenze nach Brasilien überschreiten?«

Die jungen Männer bejahten das, und da es weiter nichts zu bereden gab, verabschiedeten sie sich und schlugen den Weg zu ihrer Farm ein.

Torres beobachtete die beiden, bis sie zwischen den Bäumen verschwunden waren.

»Glückliche Reise«, murmelte Torres vor sich hin, »Joam Garral, er wagt sich sogar über die Grenze. So bekomme ich ihn am sichersten... Glückliche Reise denn!«

Und Torres verschwand ebenfalls im dichten Wald.

3

Wie viele elende Dörfer war auch Inquitos eine Gründung von Missionaren. Am linken Ufer des Amazonas gelegen, fast genau auf dem 74. Längengrad (was die Sehenswürdigkeit dieses Nestes nicht erhöhte), zählte das Dorf ungefähr 40 armselige Hütten, worin noch viel armseligere Bewohner hausten: die Nachfahren der Indianerstämme Iquito, Ticuna und Omagua. Einige Spanier und 2, 3 Mestizenfamilien bereicherten die Bevölkerung dieses Ortes nicht gerade.

Damals gingen die Iquitosindianer nach der Mode des Landes gekleidet – nämlich nackt. Nur die Spanier und die Mestizen schlossen sich dieser Mode nicht an, sondern trugen weiterhin ihre Baumwollhemden und Strohhüte. Untereinander verkehrten die Indianerstämme nicht, und so war das Leben noch trübsinniger, als es hätte sein müssen. Das einzige Vergnügen, das sich alle leisten konnten, war tatsächlich, beim Ruf der Glocke in die baufällige Missionskirche des Dorfes zu laufen.

Wenige Kilometer flußabwärts von dieser Stätte des Elends lag die Hazienda des reichen Joam Garral, der alles besaß, was ein Leben angenehm machen kann. Vor vielen Jahren war die Hazienda an einer Biegung des Stromes und an der Einmündung des schmalen Rio Nanay gegründet worden. Nach Norden begrenzte dieser Fluß die Hazienda, nach Osten erstreckte sie sich ungefähr 2 km am Amazonas entlang. Zu ihr gehörten eine ausgedehnte Savanne und mehrere Lagunen. Der Gründer der Hazienda hatte die Bäume am Fluß fällen lassen und verkauft. Magelhaës, so hieß der Mann, war zwar ein tüchtiger Arbeiter, doch mangelte es ihm offenkundig an Bildung. Ihm fiel nichts anderes ein, als Bäume fällen zu lassen, aber mit dem Holzhandel ging es damals nicht mehr so recht voran. So lebte der Portugiese mit seiner Tochter Yaquita, die nach dem Tod der Mutter den Haushalt führte, zwar gastfreundlich wie alle Portugiesen im Urwald, war aber – offen gesprochen – nie richtig bei Kasse.

Unter diesen Umständen fügte es sich gerade recht, daß Magelhaës eines Tages einen völlig erschöpften, halbverhungerten

Mann fand, und zwar in einem nahen Wald, der noch nicht abgeholzt war. Dieser Mann war kein anderer als Joam Garral.
Er bat seinen Gastgeber, über seine Herkunft schweigen zu dürfen. Nur so viel wollte er sagen, daß er Brasilianer sei und daß Unglück und Sorge ihn veranlaßt hätten, auf Nimmerwiedersehen aus Brasilien zu verschwinden. Jetzt wolle er ein neues Leben beginnen und suche Arbeit.
Magelhaës, der ein weiches Herz hatte und einen intelligenten Mann gut gebrauchen konnte, bot Joam Garral sofort eine Stellung an, die jener annahm. Garral merkte sehr schnell, woran es auf dieser Hazienda fehlte. Kühn entschlossen, wie es seine Art war, brachte er den Holzhandel auf dem oberen Amazonas bis nach Belem hinunter wieder in Ordnung. Bald erstreckte sich die Hazienda über die Flußufer bis zur Mündung des Rio Nanay. Das Wohnhaus erhielt durch einen Umbau repräsentativen Charakter, indem es aufgestockt und mit einer Veranda umgeben wurde. Es lag halb versteckt unter herrlichen Bäumen, Mimosen, Sykomoren, Bauhinien und Paullinien, deren Stämme unter einem dichten Netz von Granaten, Bromelien, scharlachroten Blüten und regellos verschlungenen Lianen ganz verschwanden.
In einiger Entfernung, von riesigen Büschen und unter dem Dikkicht baumartiger Pflanzen verborgen, befanden sich das Wohnhaus der Arbeiter, die Hütten der Neger und die Wohnzelte der Indianer. Von dem mit Rosen und Wasserpflanzen eingerahmten Stromufer aus konnte man diese Baulichkeiten nicht sehen. Auf einem längs einer Lagune gelegenen Weideland richtete Garral eine Viehzucht ein, deren Bestand sich in 4 Jahren aus eigener Kraft verdoppelte und trotzdem 10 Prozent Gewinn abwarf – nur aus dem Nebenverkauf des Fleisches und der Häute der für den Bedarf der Züchter geschlachteten Tiere.
An anderen gerodeten Stellen wurden Kaffee und Maniok gepflanzt. Die Zuckerrohrfelder machten bald die Anlage eines Mühlenwerkes notwendig, das die Rohrstengel zur Gewinnung von Melasse, Tafia und Rum zermahlte. Kurz, 10 Jahre der Tätigkeit Joam Garrals genügten, um diese Hazienda zu einer der reichsten in der ganzen Gegend zu machen.

Der Portugiese überschrieb Garral erst einige Anteile aus dem Gewinn, schließlich machte er ihn zum Teilhaber. Hierin ging er so weit, daß er schließlich den Gedanken hegte, seine Tochter Yaquita an den jungen Mann aus Brasilien zu verheiraten.
Yaquita hatte an dem strengen und doch liebenswürdigen Mann Gefallen gefunden – viele Auswahlmöglichkeiten gab es auf der Hazienda ohnehin nicht. Joam Garral, dem das muntere Mädchen tatsächlich gefiel, hatte sich Yaquita jedoch aus Stolz (oder Schüchternheit) nie genähert und erst recht nicht daran gedacht, um ihre Hand anzuhalten.
Ein trauriger Unfall löste dieses Problem.
Magelhaës wurde eines Tages, als er seiner Lieblingsbeschäftigung nachging und einen Baum fällte, von dem umstürzenden Stamm tödlich verwundet. Man brachte ihn, noch lebend, zur Farm zurück, wo er mit letzter Anstrengung die Hand Yaquitas, die an seiner Seite weinte, in die Joam Garrals legte, von dem er den Eid verlangte, daß er das Mädchen heirate. Noch bevor er starb, wurde die Hochzeit vollzogen. Joam Garral war 26 Jahre alt, Yaquita 23.
Ein Jahr nach der Heirat hatten die beiden einen Sohn, Benito, zwei Jahre später eine Tochter, Minha. Die Tochter wuchs auf der Hazienda zu einem reizenden Mädchen heran. Sie wurde von Vater und Mutter erzogen, denn man war der Ansicht, daß sie bessere Vorbilder der Tugend auch in der Klosterschule zu Manao oder Belem nicht finden würde.
Der Sohn allerdings sollte eine gründliche Ausbildung erhalten, wie sie sich nur in den Städten erwerben läßt. Der reiche Farmer konnte sich das leisten, und so wurde der zwölfjährige Benito nach Belem, der Hauptstadt der Provinz Para, geschickt, wo sich angesehene Lehrer seiner annahmen. Glücklicherweise verfügte Benito nicht nur über genügend Geld, sondern auch über einen scharfen Verstand.
In der Schule lernte Benito bald Manoel Valdez kennen, den Sohn eines Kaufmanns in der Provinz Para. Manoel war ein Jahr älter als Benito, und er besaß von seinen Eltern nur die Mutter, die als Witwe vom hinterlassenen Vermögen ihres Mannes lebte.

Manoel hatte Medizin studiert und diente seit einem Jahr als Militärarzt. Der Dienst in einer Truppe bietet einem jungen Arzt bekanntlich besonderes reiches Anschauungsmaterial.
Gegenwärtig nun hatte Manoel seinen ersten Urlaub, und die beiden Freunde verbrachten wie bisher jedes Jahr ihre Ferien zusammen auf der Hazienda. Manoel war wie ein zweiter Sohn aufgenommen worden, da seine angenehme Erscheinung und sein angeborener Stolz recht gut in die Familie paßten. Fühlte sich Manoel seinem Freund gegenüber wie ein Bruder, verspürte er jedoch gegenüber der jungen und hübschen Minha mehr als nur Geschwisterliebe.
Mit ihren 20 Jahren, den blauen Augen und der graziösen Figur sah Minha aus wie ihre Mutter in jüngeren Jahren, Damals, 1852, war Joam Garral 48 Jahre alt, und das Klima dieser Gegend, das den Körper so schnell sich verbrauchen läßt, hatte ihm – wohl wegen seiner geregelten Lebensweise – noch nicht viel anhaben können. Mit seinen kurzgeschnittenen grauen Haaren sah Garral aus wie ein Puritaner – und, was gewisse Gewohnheiten betrifft, war er es auch. Die Ehrlichkeit und vor allem die Sparsamkeit der brasilianischen Kaufleute sind sprichwörtlich, und Garral war sehr sparsam. Dieser Mann hatte alles, was er brauchte, und doch sprach eine gewisse Traurigkeit aus seinen Augen. Selbst seine Frau konnte mit allerlei Zärtlichkeiten nicht hinter das Geheimnis dieser Traurigkeit kommen.
Yaquita war zu jener Zeit 42 Jahre alt. In diesem Tropenland, wo andere Frauen mit 30 bereits zu den Wracks gezählt werden, hatte sie verhältnismäßig wenig Schaden genommen, denn in ihrem noch immer ansehnlichen Körper wohnte eine nicht leicht zu beschädigende schöne Seele.
Das Bild der Hazienda mit ihrem lebenden und toten Inventar wäre nicht vollendet, würde das arbeitende Personal nicht erwähnt. Allen Dienern voran ist da die 60jährige Negerin Cybele zu nennen, welche zwar freigesprochen war, aus Zuneigung aber weiter Sklavin blieb. Sie hätte auch gar nicht gewußt, wo sie hätte leben sollen, wenn nicht auf der Hazienda. Sie war Yaquitas Amme gewesen, was ihr das Privileg verschafft hatte, die ganze

Familie duzen zu dürfen. Ihren Horizont bildeten die Grenzen der Farm, nie war sie über diese hinausgelangt. Vom Amazonas kannte sie nicht mehr, als vor ihren Augen vorüberfloß.
Ferner muß Lina erwähnt werden, die Dienerin Minhas. Sie war eine hübsche, etwas alberne Mulattin, der wegen ihres schönen Gesichts die vorlaute Art gern vergeben wurde.
Die anderen Diener, etwa 100 Indianer und ebenso viele Neger, verrichteten alle Arbeiten auf der Hazienda. Sie erhielten den üblichen Lohn (also nicht viel), waren aber keine Sklaven. Im Gegensatz zur brasilianischen Regierung hielt Joam Garral keine Sklaven, auch schätzte er unmenschliche Grausamkeit, wie sie auf manchen Niederlassungen üblich war, durchaus nicht.

4

Manoel liebte Minha. Minha liebte Manoel.
Zuerst erfuhr das der Bruder, Benito. Er informierte die Mutter, die sich mit einer Heirat einverstanden erklärte. Dann hielt Manoel bei Minha um ihre Hand an. Ein freudiges Lächeln antwortete ihm.
Nun mußte der Haushaltungsvorstand unterrichtet werden. Yaquita, die Brautmutter, zweifelte nicht an seiner Zustimmung, doch machte ihr eine andere Frage Sorgen: Wo sollte die Trauung stattfinden? Etwa in der baufälligen Baracke, die in Inquitos als Kirche diente?
Die Verlobte wollte ihre Hochzeit mit einem praktischen Zweck verbinden. Sie wünschte nämlich, in Belem zu feiern, um diese große Stadt kennenzulernen – und die Schwiegermutter, die dort lebte. Sie konnte wegen Krankheit nicht den Amazonas hinaufkommen, also sollte die Familie Garral zu ihr hinunterfahren.
Joam war gerade ins Haus zurückgekehrt und hatte es sich auf einem Sofa aus geflochtenen Bambusstäben bequem gemacht, als Yaquita, offenbar ein wenig erregt, neben ihm Platz nahm. Der schwierigste Teil der Unterredung, das wußte sie, würde nicht

sein, Joam Garral die bevorstehende Hochzeit anzukündigen, als ihm vielmehr klarzumachen, daß diese in Belem vollzogen werden sollte.

Obwohl Joam Garral Jahr für Jahr ganze Züge Holz nach Manao, Belem und der Küste abgesandt hatte, war ihm nie die Idee gekommen, selbst mitzureisen. Alles, was er brauchte, lieferten die Wälder und Wiesen der Hazienda. Seit 25 Jahren hatte Joam Garral die Grenze nach Brasilien nicht überschritten, und wenn die Familie einmal den Wunsch äußerte, dieses große Land, von dem er manchmal erzählte, kennenzulernen, dann hatte er das Gespräch stets in einem Zorn abgebrochen, der unverständlich blieb.

»Joam«, sagte Yaquita, »unsere Tochter liebt Manoel, und die beiden wollen heiraten.«

Auf dem Gesicht Joams zeigte sich Erstaunen. Für ihn war diese Mitteilung eine wirkliche Neuigkeit.

»Minha will sich verheiraten? Jetzt schon?«

»Bist du niemals auf diesen Gedanken gekommen? Sieh dir die beiden an; zweifellos hat Manoel eine sichere Zukunft.«

»Gewiß, ohne Zweifel. Du hast gewiß recht. Und wann soll die Hochzeit stattfinden?«

»Darüber hast du allein zu entscheiden!«

»Und wo soll sie stattfinden?«

»Ja, weißt du, wir hatten uns gedacht – also, seit 20 Jahren habe ich dich gebeten, mit uns einmal den Amazonas bis nach Belem hinunterzufahren. Bisher erlaubte dir deine Arbeit diese Reise nicht, aber nun, da alles zum Besten steht, könntest du ruhig einmal Urlaub machen. Einige Wochen Erholung täten dir gut, denn du bist auch nicht mehr der Jüngste.«

Joam antwortete nicht. Merkwürdigerweise aber zitterte seine Hand in der Yaquitas.

»Schließlich sollte unsere Tochter ihre Schwiegermutter vor ihrer Hochzeit kennenlernen, und wir müssen auch sehen, in welche Familie sie einheiratet.«

Joam Garral schwieg, zog seine Stirn in Falten und hatte Mühe, seine Erregung zu zügeln. Ihn beschäftigten Gedanken, drückten

Sorgen, von denen seine Frau nichts wußte. So verstrichen einige Minuten. Garral hatte sich vom Sofa erhoben und wanderte unruhig im Zimmer auf und ab. Dann sagte er: »Du hast recht, reisen wir!«
Schon umarmte ihn seine Frau unter Tränen.
Durch das ganze Haus ging die Nachricht: Wir reisen.

5

»Der größte Fluß der ganzen Welt!« sagte am folgenden Tag Benito zu Manoel Valdez, womit er einen Irrtum aussprach, der allerdings weniger seinen mangelnden Kenntnissen zuzuschreiben war als denen der damaligen Geographen.
Die beiden jungen Männer saßen an der Südgrenze der Hazienda am Uferabhang und betrachteten die Wassermassen, die sich von der Andenkette her träge vorbeiwälzten.
»Ein gewaltiger Fluß, der von mehreren hundert Nebenflüssen und Flußarmen gespeist wird und 560 Inseln zählt, ein Riese unter den Flüssen!«
»Ein Fluß, der sich über 30 Längengrade ausdehnt!«
»Und erst am Ende dieser Reise wird Minha meine Frau sein!«
Das war für Manoel Grund genug, die Vorbereitungen zu dieser Fahrt zu beschleunigen.
In Joams Familie herrschte große Aufregung, in wenigen Wochen schon sollte die Reise beginnen. Auch die Arbeiter Garrals freuten sich, die einen, weil sie mitfahren sollten, die anderen, weil sie dableiben konnten. Joam Garral schien alle Sorgen vergessen zu haben und war wieder ganz der alte, als er die Planung des Projektes in Angriff nahm.
Da war zuerst die Frage des Beförderungsmittels zu lösen. Damals befuhren noch keine Dampfschiffe den Amazonas. Die Händler mußten auf eigene Gefahr von Niederlassung zu Niederlassung rudern. Gebräuchlich waren sogenannte Ubas, mit Feuer und Axt ausgehöhlte Baumstämme, vorne spitz und hinten

rund, die von einem Dutzend Ruderern geführt wurden. Sie trugen 3–4 t Waren. Egariteas waren gewöhnlich schlecht zusammengezimmerte Kähne, die in der Mitte ein Blätterdach trugen und vorne einen Raum für die Ruderer frei ließen. Weiter wurden auch Jangadas benutzt, plumpe Flöße, getrieben von einem dreieckigen Segel und mit einer Strohhütte versehen, die dem Indianer und seiner Familie als Behausung diente. Diesen drei Fahrzeugen mußten die Händler damals ihr Leben und ihre Güter anvertrauen.

Zwar gab es noch größere Boote, Vigilangas, für 8–10 t Nutzlast, mit drei Masten und roten Segeln daran; Cobertas für 20 t, mit einer Kabine auf dem Hinterdeck und im Bootsinneren, zwei Masten und ungleich großen weißen Segeln, aber Joam Garral hielt von allen diesen Fahrzeugen nicht viel. Er hatte vor, ein ganzes Warenlager mit nach Belem zu nehmen, ein Sortiment all dessen, was die Hazienda zu bieten hatte. Hierbei war die Schnelligkeit der Reise weniger wichtig als ihre Sicherheit. (Der Bräutigam wäre allerdings lieber schneller nach Belem gelangt.)

Garrals Plan sah vor, daß die halbe Hazienda mit ihren jungen und alten Damen, den Hausmädchen, Waschfrauen, Küchenjungen, Köchen, Holzhackern, mit den Viehherden, Hühnerhäusern, Kaffeesäcken, Rumfässern, mit dem Wohnhaus, den Hütten und Zelten den Amazonas entlang schwimmen sollte.

Die Hazienda von Iquitos enthielt noch immer ein großes Areal urtümlicher Wälder. Joam Garral war ein Meister darin, in diesen Wäldern die jeweils richtigen Bäume für die Kunsttischlerei, für den Bootsbau und für Zimmerarbeiten auszusuchen. Jedes Jahr ließ er einige hundert Bäume fällen und in langen, aus Pfosten, Planken und rohen Stämmen zusammengezimmerten Flößen zu Wasser bringen. Der Strom bot sich diesen Flößen als ideales und billiges Transportmittel an. Erfahrene Flußschiffer, die alle Untiefen und Strömungen kannten, lenkten die Flöße bis nach Belem.

Garral plante einen Holztrain von bisher unbekannten Ausmaßen. Hierzu mußte in dem nach der Wasserseite vorspringenden

Winkel der Hazienda, zwischen dem Strom und dem Rio Nanay, 1 km² Wald geschlagen werden. Aus den Stämmen sollte eine Jangada gebaut werden, ein Stromfloß von den Dimensionen einer kleinen Insel.

Dieses Fahrzeug bot den Passagieren nicht nur weitgehende Sicherheit, es hatte auch mehr Platz als 100 verkoppelte Egaritas, genug für die ganze Familie, die Arbeiter und die Warenläger.

»Geht es mit diesem Fahrzeug nicht ein bißchen langsam vorwärts?« gab der Bräutigam zu bedenken. Aber niemand achtete auf diesen etwas selbstsüchtigen Einwurf. Joam Garral ließ den indianischen Oberaufseher seiner Hazienda rufen.

»In einem Monat«, sagte er, »will ich die Jaganda fertig sehen. Sonst gibt es Ärger.«

»Wir fangen heute noch an!«

Es war eine harte Arbeit. 100 Indianer und Schwarze arbeiteten in der ersten Maihälfte täglich, bis es dunkel wurde. Unter den Augen ihres Chefs säuberten sie zuerst den Boden von Lianen, Gestrüpp und Strauchwerk. Bevor sie Säge und Axt zur Hand nehmen konnten, hatten sie sich schon mit ihren Abatis, langen, leicht gebogenen und mit breiter Klinge versehenen Buschmessern, lahm gearbeitet. Eine weitere Hundertschaft Arbeiter kletterte in die von den Parasiten befreiten Bäume, daß die vielen Affenfamilien entsetzt flohen. Alle Äste und Zweige wurden abgesägt, und bald war von dem Wald nicht mehr übrig als eine Ansammlung alter grauer, ihrer Wipfel beraubter Stämme.

Es war sehr brauchbares Holz. Da wuchsen 30 m hohe Wachspalmen, mit Stämmen glatt wie Elfenbein; Kastanienbäume mit zähem Splint und Früchten in der Form dreieckiger Nüsse. Murihis, die zu Bauholz zersägt werden, Woll- oder Leibabäume mit weißen Stämmen, Eiseneichen mit schwarzem Holz, das so hart ist, daß die Indianer daraus ihre Keulen herstellen; Quatibos, die rosenrote Blätter haben und Früchte in Form von Vasen, in denen eine Art Kastanien aufgereiht sind. Ferner Jacarandas, deren Holz teurer ist als das der Mahagonibäume. Kurz: eine Menge guten Holzes, an dem so manche Säge zerbrach und manche Axt abrutschte. 3 Wochen nach Beginn der Arbeit bereits fand sich im

Die Schwarzen legten den ganzen Wald um.

Winkel zwischen Nanay und Amazonas kein einziger Baum mehr. Es war ein vollständiger Kahlschlag, bei dem schließlich auch die Wurzeln ausgegraben wurden. Die freie Bodenfläche sollte im nächsten Jahr urbar gemacht und mit Maniok, Kaffee, Zuckerrohr, Mais oder Wassernüssen bepflanzt werden.
Bevor der Mai zu Ende war, hatten die schwitzenden Arbeiter die Stämme, nach ihrer Schwimmfähigkeit gesondert, symmetrisch geordnet, an das Ufer des Amazonas geschleppt.
Hier mußte nun die riesengroße Jangada, ein ganzes schwimmendes Dorf, zusammengezimmert werden. Zur vorausberechneten Zeit sollte dann das Hochwasser aus den Bergen den Apparat flottmachen. Viele hundert km mußte der Strom das Fahrzeug tragen.

6

Am 26. Mai, nachdem die jungen Leute den ganzen Monat über die Arbeiter beaufsichtigt hatten, beschlossen sie, einen Ausflug zu machen und von den Wäldern am rechten Amazonasufer Abschied zu nehmen.
Die beiden jungen Männer, Minha und ihre Zofe Lina sowie ein Neger, der das Ruder führte, brachen nach dem Frühstück in einer kleinen Uba, einem Einbaum, auf und überquerten den Strom. Das Fahrzeug lief unter einem Bogen prächtiger baumartiger Farne ein. Man ging an Land.
»Bitte, Benito, hör auf, in der Gegend herumzuschießen. Wir wollen uns in Ruhe den Wald ansehen, und Wild brauchen wir nicht.«
»Wenn es sein muß!«
»Was für eine herrliche Gegend!«
In der Tat: Es wimmelte nur so von den seltensten Exemplaren der tropischen Fauna. Grüne Papageien und schreiende Sittiche wirkten wie die natürlichen Früchte der Bäume. Blaue und rote Kolibris aller Art, Tisauras mit langen, scherenförmigen Schwänzen glichen abgerissenen Blüten, die der Wind herum-

wirbelt, orangefarbige, an den Flügeln braun geränderte Amseln, goldstreifige Feigendrosseln und rabenschwarze Sabias pfiffen und zwitscherten unaufhörlich durcheinander. Alles schwieg aber sofort, wenn in den Baumkronen der Alma de gato, die Katzenseele – eine Art hellgelber Specht –, wie eine verrostete Wetterfahne knarrte.

»Wie herrlich leuchtet mir die Natur«, sagte das Mädchen.

»Und direkt vor meiner Flinte!«

Benito litt tatsächlich die größten Qualen, lief doch Brehms Tierleben fast vollzählig an seiner Flinte vorbei. Flüchtige Hirsche, graziöse Rehe sprangen vorüber. Es zeigten sich milchkaffeefarbene Truthühner und Peccaris, eine Art Schweine von besonders delikatem Geschmack. Es gehörte schon Heroismus dazu, die Flinte hängen zu lassen, wenn einem Tapire vor die Augen kamen, jene fast ausgestorbene kleine Elefantenart, deren Fleisch besser schmeckt als Corned beef und deren Nackenteile der Tafel eines jeden Diktators Ehre machen.

»Wollen wir noch stundenlang so im Wald herumtrotten?«

»Bewundern wir diese Urwälder, in denen noch keine Axt gewütet hat!«

»Ich habe eine Idee!«

Die Zofe Lina zeigte bei diesen Worten nach einer Liane (von der Art der Cipos), die eine große Mimose umkletterte.

»Ich schlage vor, wir versuchen, dieser Liane bis ans Ende nachzugehen!«

»Ein guter Gedanke: Rennen wir der Pflanze nach. Durch Dikkichte und Buschwerk, über Felsen, Bäche, Wasserfälle.«

»Und du hast keine Angst?«

»Wir gehen der Liane nach!«

Er konnte weit führen, dieser Ariadnefaden (gen. Rote Japincanda, Fam. Smilax), wenn sie ihm zum Ende folgten, wobei er, anders als der Faden der Erbin von Minos, nicht aus dem Labyrinth heraus-, sondern hineinzukommen half.

Der Cipo kletterte über:
Drachenblutbäume,
Betholettiae excelsae,

Baccabas,
Tusumas,
Euphorbianceen,
Gualtes,
Kakaobäume,
Melestonen.

Die Gesellschaft hielt ein und diskutierte über den weiteren Weg der Liane. Man war bereits 10 Min. gelaufen. Schließlich mußte der Neger von der einen und Benito von der anderen Seite einen der Bäume erklettern, um die Spur der Liane zu verfolgen.

Ein Vergnügen war dieses Spiel nicht. Die Liane schlängelte sich durch dornige Gebüsche, die mit rötlichen Orchideen bewachsen waren, über

Lycopoden,
Heliconien,
Caliandras,
Rhipsalen,
Wilden Wein.

1 h liefen die jungen Leute bereits. Hunderte von Vögeln flogen vor ihnen auf, Affen entflohen, wenn sie in die Büsche eindrangen. War kein Vorwärtskommen mehr, wurde der Neger vorangeschickt, der mit seinem Buschmesser den Weg freischlug.

»Wir müssen auch an den Rückweg denken!«

»Weiter, immer weiter.«

Der Cipo wuchs jetzt in eine nördliche Richtung und schien sich nach dem Strom zurückzuwenden. Nach 15 Min. standen alle vor einer Schlucht, in deren Tiefe ein kleiner Zufluß des Amazonas rauschte. Über den Wasserlauf streckte sich eine Brücke aus Lianen, und der Cipo, der sich in zwei Stränge teilte, wuchs ebenfalls hinüber.

»Kommt alle mit!«

Einer nach dem anderen überschritt die Brücke.

»Sind wir endlich am Ende dieser furchtbaren Liane?«

»Halt, da stimmt etwas nicht.«

Benito zeigte auf den Cipo, der, in den Ästen eines hohen Feigenbaumes hängend, heftig hin und her gezerrt wurde.

»Ein Tier vielleicht?«
Benito brachte sein Gewehr in Anschlag. Allein ging er ungefähr 10 Schritte voran. Manoel, die beiden Mädchen und der Neger blieben atemlos stehen.
Plötzlich ein Schrei. Benito sprang auf einen Baum zu. Die anderen hinterher.
Was sich ihnen bot, war ein unerwartetes und keineswegs angenehmes Schauspiel. Die Liane um den Hals geschlungen, hing ein Mann an diesem Baum. Von seinen Zuckungen rührten die Bewegungen der Liane her.
Benito hatte sich bereits auf den Mann gestürzt, den Cipo mit dem Messer durchschnitten, und der Erhenkte glitt auf den Waldboden. Manoel, der ja Arzt war, machte sich gleich an die Arbeit.
»Sein Herz schlägt noch.«
Der Gehenkte war ein etwa 30jähriger Mann, ärmlich gekleidet und entsetzlich abgemagert.
»Warum hat er sich nur aufgehängt?«
Manoel arbeitete eifrig an dem Mann herum, der mit einem Mal die Augen aufschlug und (es ist tatsächlich peinlich) derart laut rülpste, daß Lina vor Schreck aufschrie.
»Wer sind Sie, guter Mann?«
»Ein Gehenkter a. D.«
»Und wie heißen Sie?«
»Lassen Sie mich überlegen, wie war doch gleich ... Ja, Fragoso heiße ich, und wenn Sie Bedarf haben, kann ich Sie frisieren, rasieren, ondulieren, toupieren, Wasserwelle, Dauerwelle – wie Sie wünschen. Ich bin der Frisör Fragoso.«
»Warum wollten Sie sich denn aufhängen?«
»Eine kleine Verzweiflung, das geht vorüber. Achthundert Meilen vor mir und Löcher in den Schuhen und keinen Penny in der Tasche, da verzweifelt der Mensch.«
Der Figaro, der von Dorf zu Dorf gewandert war und alles frisiert hatte, was noch Haare besaß, hatte seit 40 h nichts gegessen. »Da kann man leicht den Kopf verlieren, wenn man nichts im Magen hat.«

An der Liane hing ein fremder Mann.

»Kommen Sie mit uns auf die Hazienda.«
»Mit dem größten Vergnügen!«
Ein Frisör kommt uns gerade recht.
»Und wem habe ich meine Rettung zu verdanken?«
»Lina, sie hatte die Idee, der Liane zu folgen.«
»Sie haben einen Barbier in der Not gerettet, ewige Dankbarkeit ist Ihnen sicher!«

7

Joam Garral hatte das Holz an das Flußufer legen lassen. Hier wurde die Jangada zusammengezimmert. Die klimatischen Verhältnisse bedingen, daß der Amazonas mit halbjährigem Intervall eine Flut zeitigt. Im Juni sollte der Strom die Jangada anheben und davontragen. Zur Basis des Floßes legte man in gleichmäßigen Abständen die Baumstämme parallel nebeneinander. Darüber wurden starke Querplanken befestigt. Auf diese Doppelschicht von Stämmen und Planken wurden dann Pfosten und Bretter gelegt, die das Deck der Jangada zu bilden hatten. Hierzu brauchte man große Mengen Holz; der Holztrain hatte eine Länge von 304,80 m, eine Breite von 18,28 m, also eine Oberfläche von 5571,74 m^2.
Als es an die Aufbauten des Fahrzeuges ging, zog Garral die ganze Familie zu Rate. Auch der Frisör Fragoso entwickelte ständig neue Ideen. Garral hatte ihm angeboten, an Bord der Jangada bis Para mitzureisen. Fragoso nahm die Einladung gern an, zumal er entdeckt hatte, welch munteres und schönes Mädchen seine Retterin Lina war.
Zuerst wurde auf dem hinteren Deck der Jangada das Haus für die Familie und deren Diener gebaut. Es erhielt 5 Zimmer. Die Wände bestanden aus dachziegelförmig gelegten Planken, die mit siedendem Harz übergossen wurden, damit sie kein Wasser durchließen.
Vorne und an den Seiten ließen Fenster genügend Licht in die

Räume. An der Vorderseite befand sich die Tür, die in den gemeinschaftlichen Saal führte. Eine hübsche Veranda aus schlanken Bambusstäben umgab das Haus, das zuletzt mit heller Okkerfarbe gestrichen wurde. Diese Farbe strahlt die Wärme ab und macht somit den Aufenthalt in den Zimmern erträglicher. Das Haus war gerade fertig, als auch schon die Frauen mit der Inneneinrichtung begannen.
Die Arbeiter trugen die schönsten Möbel der Hazienda in das Haus auf der Jangada. Sie sollten nach der Ankunft in Belem mit einem Boot zurückgeschickt werden. Tische, Lehnstühle aus Bambus, Canapées aus Rohrgeflecht, Etagèren, Himmelbetten, kurz alles, was einer Wohnung in der Tropenzone Chic gibt, wurde in das schwimmende Haus getragen.
Selbst die Wände der Zimmer wurden mit einer Tapete behängt, nämlich mit der Baumrinde der Tuturis. Auf dem Fußboden lagen gestreifte kurzhaarige Jaguar- oder wollige Affenfelle. Gardinen aus rötlicher Suma-Uma-Seide hingen vor den Fenstern. Die mit Moskitoschleiern versehenen Betten, die Kisten und Matratzen waren mit einer kühlen und weichen Substanz gefüllt, die der Wollbaum liefert.
Auf den Regalen und Konsolen standen zierliche Nippes aus Rio de Janeiro, die Manoel seiner Verlobten geschenkt hatte. Von außen bot dieses Haus ebenfalls einen stilvollen Eindruck. Es war nämlich von unten bis oben unter Blättern versteckt. Ein Dikkicht von blühenden Orchideen, Bromelien und Schlingpflanzen umhüllte das Haus. Überall hingen Trauben, rotschimmernde Blüten und verschlungene Zweige an den Fenstersimsen und Türeinfassungen herab. Eine lange Liane umschlang mehrmals das Gebäude, klammerte sich an allen Ecken fest, teilte sich, trieb Seitenzweige und umklammerte das Haus derart, daß es wie unter einem großen Blumenstrauß vergraben schien.
Aus wohlberechneter Aufmerksamkeit – wer das veranlaßt hat, ist leicht zu erraten – schlängelte sich dieser Cipo vor dem Fenster Linas herab. Es sah aus, als ob ein langer Arm ihr einen frischen Blumenstrauß durch die Jalousien reichen wollte.
Während das Haus eingerichtet wurde, beschäftigte sich Joam

Garral mit der Anlage der Küchenspeicher. Das wichtigste Nahrungsmittel, die Maniokwurzeln, wurde in einem Silo aufbewahrt. Diese Wurzeln, langen schwarzen Rettichen nicht unähnlich, werden zu einem Mehl verarbeitet, das sehr nahrhaft ist.
Fleisch sollte die Herde Schafe liefern, die auf dem Vorderteil des Floßes in einem Stall untergebracht war.
Eine Reihe zarter Schinken von 1. Qualität hing ebenfalls bereit. Die jungen Männer konnten zudem jeden Tag angeln und jagen. Fisch und Wild gab es genug.
Der Durst der Reisenden wurde natürlich nicht vergessen. Verschiedene Fruchtsäfte, frisch und gegoren, Bier und Limonaden, einige Fäßchen Palmenwein standen bereit. Mehrere 100 Flaschen Xeres, Setubal und Porter warteten darauf, geleert zu werden. Einige Ballons hatte man auch mit Tafia, dem Zuckerbranntwein, gefüllt. Der mitgeführte Tabak war von hervorragender Güte. Er kam direkt von Villa Bella da Imperatriz. Zigarillos und Zigarren, das Stück 80 Pf, sollten die langen Abende verschönen.
Die Wohnräume für die 40 Indianer und die 40 Schwarzen entstanden in der Mitte des Fahrzeuges. Hier wurde ein richtiges Dorf aufgebaut. Die Indianer erhielten Wigwams, durch die der Wind gehen kann, die Schwarzen bevorzugten Ajoupos, in denen der Wind stehenbleibt.
Auf dem Vorderteil schließlich befanden sich die Docks, in denen mehrere 1000 Pfund Kautschuk, viele Zentner Toncabohnen, Sassafras, Ballen von Farbpflanzen, teure Holzqualitäten und Gummiarten lagerten.
Waffen brauchten, außer zur Jagd, nicht mitgenommen zu werden. Die Indianer waren nicht zu fürchten, sie hatten sich vor der Zivilisation des weißen Mannes in den Dschungel geflüchtet. Am Strom gab es außerdem zahlreiche Militärposten, christliche Missionen und Dörfer.
Ganz vorne war das Haus des Steuermannes. Die ungewöhnliche Länge des Fahrzeuges hätte eine Hecksteuerung unmöglich gemacht. Steuerruder und gewöhnliche Riemen hätten es nicht zu

lenken vermocht. Die Jangada mußte vielmehr mit Hilfe langer Stacken und Spieren in der Richtung gehalten werden, wobei dem Steuermann die Aufgabe zufiel, die Abweichungen der Strömung zu erkennen, Wasserwirbel zu vermeiden, sowie die günstigsten Ankerplätze auszusuchen.

Hatte der Steuermann die Aufgabe, die Materie zu lenken, sollte für den Geist ein anderer zuständig sein: Padre Passanha aus der Mission in Iquitos. Er war gerade 40 Jahre alt geworden und dachte daran, sich in einem Kloster in Belem in den Ruhestand zu begeben. Über diesen Priester läßt sich so viel sagen, daß seine Tugend groß und sein Herz gut und gesund war. (Bekanntlich geben die Missionare dieser Gegend nicht immer gute Vorbilder ab.) Der Padre sollte in einer letzten Amtshandlung das junge Paar in Belem trauen. Joam hatte ihm eine bequeme Amtswohnung erbaut und gleich daneben, in der Mitte der Jangada, eine Kapelle mit einem Glockenturm auf dem Dach.

Am 5. Juni endlich war es soweit.

Einen Tag vorher war bereits der Steuermann eingetroffen, ein etwa 50jähriger Mann, der sehr erfahren sein sollte. Allerdings hatte er einen kleinen Fehler: Er mußte sich seine Augen unentwegt schärfen, wozu er einen kräftigen Likör trank. Ohne eine große Flasche dieses Ratafia-Likörs reiste er nie und behauptete auch, ohne einen Schluck nichts zu sehen. Wie unermeßlich mußte der große Amazonasstrom vor ihm liegen, wenn er ihn doppelt sah!

Voller Ungeduld erwarteten alle die Stunde der höchsten Flut. Gelang es ihr nicht, das Floß zu heben, war die ganze Arbeit vergeblich gewesen.

Am Abend dieses Tages hatten sich alle künftigen Reisenden auf einem kleinen Hügel am Strand versammelt. Fragoso rief ab und zu ein »Hurrah«, eine ganze Indianerfamilie von 100 Personen war von Iquitos herübergekommen und starrte jetzt mit stumpfen Augen auf den Strom.

Um 17 Uhr war das Wasser um 30 cm gestiegen. Der Strand verschwand bereits unter den Wellen. In den Planken und Bohlen des Bauwerks begann es leise zu knarren. Innerhalb einer

Ohne seinen Likör war der Steuermann fahruntüchtig.

Stunde nahmen diese Geräusche immer mehr zu. Nach und nach hoben sich die Stämme aus dem Sand.
Gegen 18.30 Uhr riefen alle »Hurrah« und »Eviva«: Die Jangada schwamm, und die Strömung suchte sie in die Mitte des Stromes zu ziehen. Sie war jedoch gut vertäut.

8

Am nächsten Tag war die Stunde der Abreise da.
Der Steuermann Araujo postierte sich vorn, die Mannschaft ging an ihre Plätze. Auf ein Kommando des Steuermannes wurden die Taue gelöst, die langen Stangen gegen das Ufer gestemmt, um die Jangada in die Strömung zu drängen. Bald ließ man die Inseln Iquitos und Parianta links liegen.
Ein mäßiger Wind milderte die Hitze. Da das Bett des Amazonas nur ein geringes Gefälle hat (die Niveaudifferenz zwischen Tabatinga an der brasilianischen Grenze und der Quelle des Wasserlaufes übersteigt auf 2 km nicht einen Zentimeter), fließt das Wasser sehr langsam. Eigentlich ist dieser Amazonas kein Fluß, sondern eine Wasserebene. Das schwere Fahrzeug jedoch konnte nicht einmal diese geringe Strömungsgeschwindigkeit annehmen. Joam Garral hatte eine Reisegeschwindigkeit von 25 km pro Tag ausgerechnet. Bald ließ man die Mündung des Rio Nanay hinter sich. Die Jangada glitt zwischen zahlreichen Inseln dahin.
Der Steuermann langte nach der Flasche. Unter seinem Befehl hoben und senkten sich die 50 Stangen gleichmäßig.
Die Köchin war sofort nach der Abreise darangegangen, ein kräftiges Frühstück zu bereiten.
»Gibt es eine bequemere Art des Reisens, Padre?«
»Nein, meine Tochter.«
»Wie mögen diese vielen Inseln heißen?«
»Das weiß niemand. Man sollte sie numerieren, so wie die Amerikaner die Avenuen und Straßen ihrer Städte numerieren. Das wäre die einzige Möglichkeit, sich zurechtzufinden.«
»Dann kämen wir jetzt an der Insel 456 vorbei!«

Der erste Reisetag verlief zur Zufriedenheit aller. Pünktlich wurde das Frühstück serviert, das Déjeuner, das Diner, dazwischen Kaffee und Kuchen. Eine Siesta, eine kleine Promenade an Bord der Jangada.
Und dabei schwamm man immer weiter: vorbei an den Mündungen der Rios Bacali, Chochio und Pucalppa zur linken Seite, den Rios Itinicari, Maniti, Moyoc und Tuyuca zur rechten. Die Nacht war mondhell, und man brauchte nicht anzuhalten. Friedlich glitt das Floß weiter, an seiner Spitze der Steuermann mit der Flasche in der Hand.
Am folgenden Tag kam das Floß an der Mündung des Napo vorbei. Seine Wasser ergießen sich absinthfarben in die des Amazonas (ein Franzose, Paul Marcoy, hat die Farbe derart beschrieben). Am Ufer des Flusses standen einige Indianer. Sie waren groß gewachsen, hatten offene flatternde Haare (Fragoso machte diese Beobachtung), und sie trugen durch die Nasenscheidewand Stäbchen aus Palmenholz und im Ohrläppchen, das dadurch bis zur Schulter verlängert wurde, schwere Scheiben aus Holz. Einige Reisende behaupteten, diese Indianer seien Menschenfresser, doch es gibt für diese These keine Beweise. Jedenfalls grinsten die Indianer am Ufer ohne großes Interesse zur Jangada herüber.
Einige Stunden später ließ der Steuermann (immer einen Blick in der Flasche) die Jangada über die Strommitte hinaus gegen das rechte Ufer halten.
Joam Garral hatte sich in seinem Zimmer eingeschlossen, wo er den ganzen Tag an einem Manuskript schrieb, das selbst Yaquita nicht kannte.
Benito saß, das Gewehr im Anschlag, an Deck und wartete auf eßbares Geflügel.
So vergingen die Tage in ruhigem Gleichmaß. Am 11. Juni langte man in Pevas an. Benito konnte hier endlich an Land springen und Wasserschweine jagen. Geschäfte waren mit den Laienbrüdern der Mission nicht zu machen. Sie hatten gerade eine Fracht Sarsaparille und Kautschuk abgesandt, und ihre Magazine standen leer.

Die nächsten Tage trieb der Holzzug ohne Aufenthalt weiter. Manchmal kam es den Reisenden vor, als seien es nicht sie, die sich bewegten, sondern als gleite das Uferland zu beiden Seiten gemächlich vorbei.
Benito fing einige vorzügliche Fische, die den Speisezettel um einen Gang bereicherten.
Am 16. Juni wurden einige Untiefen an der großen Insel San Pablo passiert, und am nächsten Tag hielt man am linken Ufer bei dem Dorf Moromoros an. In weiteren 24 Stunden erreichte die Jangada die Mission von Concha. Sie liegt im Land der Marahuas-Indianer, die rings um den Mund eine Art Fächer aus zentimeterlangen Palmendornen tragen. Dieser Schmuck, so glauben die Indianer, verleiht das Aussehen eines Tigers. Als das Floß an diesem Landstrich vorüberkam, waren jedoch nur einige alte Indianerweiber zu sehen, die dicke Zigarren rauchten. Die Mission von Concha bestand zu dieser Zeit aus einem einzigen Franziskanermönch, der so ausgehungert war, daß er Garrals Einladung zu einem Essen auf der Jangada (mit einem herzlichen Dank an die Vorsehung) begeistert zustimmte. Die Köchin hatte sich große Mühe gegeben. Es gab: Bouillon mit würzigen Urwaldkräutern, Fleischpastete, übergossen mit Tomatensauce und Brühe, Reis mit Geflügel in pikanter Sauce (Risotto brasiliana), dann ein Gericht aus gewürztem Gemüse (Amazonas-Spinat) und schließlich Streuselkuchen mit Zimt gewürzt. Man kann sich vorstellen, wie der Franziskaner sich nach diesem Mahl die Lippen leckte.
Nach 2 weiteren Tagen erreichten die Reisenden Loreto, die letzte peruanische Stadt am linken Stromufer. Der Amazonas war bereits beträchtlich breiter geworden, und der Steuerman hatte große Mühe, die Jangada nicht auf eine der vielen Sandbänke auflaufen zu lassen. Loreto, das sich eine Stadt nennt, ist, genaugenommen, ein Dorf von 20 Häusern. Es wurde 1770 von den Jesuiten gegründet. Es leben dort einige portugiesische Kaufleute und eine berüchtigte Moskitoart.
Benito, der an Land ging, um einige Einkäufe zu machen, kehrte schnell an Bord zurück, mit Tausenden roter Punkte tätowiert. »In Loreto halten die Moskitos offensichtlich eine Konferenz ab.

Da gibt es die grauen, die behaarten, die weißfüßigen und die Zwergmoskitos, dann die Fanfarenbläser, die kleinen Querpfeifer, die Urtuquis, Halequins, die Großen Neger und die Waldfüchse.«

Um die Nacht nicht an diesem gefährlichen Ufer zu verbringen, wurde die Jangada losgebunden und in die Strömung geschoben. Der Sonnenuntergang versprach eine herrliche tropische Nacht. Ein leichter Wind kühlte die Luft. Bald stieg der Mond am sternenbeglänzten Himmel empor und ersetzte während einiger Stunden die in jenen niedrigen Breiten fehlende Dämmerung. Die ungeheure Fläche des Wasserbeckens schien sich unendlich auszudehnen, so daß die Reisenden sich in ein Meer versetzt fühlten.

Die Bäume am linken Ufer und auf der Insel Jahuma wurden nur in ihren schwarzen Umrissen sichtbar. Auf der Jangada waren einzelne Wachtposten zu sehen, die ihre langen Stangen über den Schultern trugen. Am Flaggenstock baumelte die brasilianische Fahne, der Wind war aber nicht stark genug, sie zu entfalten.

Die Familie hatte sich auf der Veranda versammelt, um die Juninacht zu genießen.

»Ein seltsamer Fluß, dieser Amazonas.«

»Seltsam gewiß. Habt ihr von dem ungeheuren Reptil, genannt Minhocao, gehört? Es besucht den Amazonas bisweilen und dann steigt und fällt das Wasser, je nachdem, ob diese gigantische Schlange taucht oder an Land steigt.«

»Hast du diesen Minhocao schon gesehen, Benito?«

»Leider nicht.«

»Und die Mae d'Agua, die weiße Frau, die unvorsichtige Junggesellen verhext und unter Wasser zieht!«

»Seltsamer noch ist der Baum von Manao, der jedes Jahr zu derselben Zeit den Rio Negro herabschwamm, einige Tage bei Manao liegenblieb und dann bis Belem weiterzog und im Flußhafen einige Tage ausruhte. Die Indianer schmückten ihn dort mit bunten Fähnchen, dann drehte er um, trieb den Amazonasstrom wieder hinauf und verschwand durch den Rio Negro wieder in dem Wald, aus dem er gekommen war.«

»Einmal versuchte man, ihn an Land zu ziehen, da fing das Wasser des Flusses an zu kochen, und man mußte aufgeben. Ein Bootsmann harpunierte den Stamm später, um ihn abzuschleppen, aber die Taue rissen ihm.«
»Und was ist jetzt aus ihm geworden?«
»Offensichtlich hat er sich auf seiner letzten Fahrt verirrt. Er ist jedenfalls nicht mehr gesehen worden.«
In diesem Augenblick kam der Steuermann auf die Veranda.
»Señor Garral«, meldete er, »wir sind jetzt dicht vor der Insel de la Ronde. Wir werden gleich die brasilianische Grenze passieren.«
»Ja, ja, die Grenze.« Joam Garral stand auf, blickte zu der Insel hinüber und strich sich mit der Hand über die Stirn, so als wollte er unangenehme Gedanken verscheuchen.

9

Das Wort Braza – Feuersglut – findet sich in der spanischen Sprache schon seit dem 12. Jahrhundert. Aus ihm entwickelte sich »Brazil« zur Bezeichnung einiger Holzarten, die eine rote Farbe liefern. Der Name übertrug sich auf den ungeheuer großen Teil Südamerikas, wo dieses Holz häufig vorkommt – Brasilien.
Zuerst eroberten die Portugiesen das Land. Gegen Anfang des 16. Jahrhunderts nahm Pedro Alvaraz Cabral, der berühmte Seefahrer, davon Besitz. Später gründeten auch Holländer und Franzosen einige Handelsniederlassungen. Die Portugiesen blieben aber immer in der Mehrzahl.
»Welches Recht steht dir bei deinem Stamm zu?« fragte Michel de Montaigne eines Tages einen Indianer, den er in Le Havre traf.
»Nur das Recht, als der erste in den Krieg zu ziehen!« antwortete der Indianer.
Aus dieser Mentalität erklärt sich, daß die Eroberung Brasiliens sich recht blutig vollzog. Indianer und Portugiesen kämpften ver-

bissen miteinander. Die Portugiesen siegten. 1824 erklärte der aus Portugal vertriebene Don Juan die Unabhängigkeit Brasiliens vom portugiesischen Mutterland. Seit dieser Zeit verläuft die Grenze zwischen Brasilien und Peru mitten durch die Insel de la Ronde, etwas oberhalb Tabatingas, wo nun ein Militärposten wachte. Hier sollte eine Rast von 36 Stunden gehalten werden, Yaquita und die jungen Leuten wollten an Land gehen, während Joam Garral an Bord blieb.

Tabatinga ist gewissermaßen eine Garnisonsstadt zu nennen. Allerdings zählt die ganze bewaffnete Macht 9 Soldaten, meist Indianer, und 1 Unteroffizier, der also der Ortskommandant war.

Eine etwa 20 m hohe Anhöhe, über eine wacklige Treppe zu erreichen, bildet die Courtine (den Mittelwall) der Esplanada, die die Festungsanlage trägt.

Die Wohnung des Kommandanten bestand aus 2 viereckig angelegten Hütten, während die Soldaten 1 Baracke bewohnten, die 100 Schritte entfernt am Fuß eines mächtigen Baumes errichtet worden war.

Ferner zählte man 1 Flaggenmast mit den brasilianischen Landesfarben, 1 Schilderhaus (ohne Wachtposten) und 4 kleine bronzene Mörser. Sie sollten alle Fahrzeuge beschießen, die ohne Erlaubnis vorüberruderten.

Das eigentliche Dorf befindet sich am jenseitigen Abhang des Hügels. Dieses Dorf unterscheidet sich nicht von anderen. Allerdings läßt sich voraussagen, daß sich in nicht allzu ferner Zukunft Tabatinga zu einer Dampferstation, einem Handelshafen entwikkeln wird, zu einem belebten Umschlagplatz an der brasilianisch-peruanischen Grenze. Es mußte nur ein Amerikaner kommen und dieses Dorf entdecken.

Bevor alle die Jangada verließen, hatte Fragoso Joam Garral beiseite gezogen.

»Señor«, sagte er, »Sie haben mich gastfreundlich aufgenommen, Sie haben die Kosten getragen für meine Kleidung, das Essen, die Getränke. Ich schulde Ihnen also . . .«

»Nichts, Sie sind mein Gast.«

»Ich danke Ihnen.«
»Wollen Sie uns denn verlassen?«
»Nein. Aber ich möchte für einen Tag in Tabatinga meine Kunst ausüben. Meine Hand darf nicht rosten, und einige Pennies täten meinem Beutel gut. Sie wissen, ein Barbier, der gleichzeitig Haarkünstler ist und ein wenig Mediziner, der findet an den Ufern des oberen Amazonas immer seine Kunden.«
»Wenigstens unter den Brasilianern, die wissen, was Kunst ist.«
»Da irren Sie. Die Indianer sind meine Kunden. Die Bartschere brauche ich da weniger, aber die Frisuren müssen immer nach der neuesten Pariser Mode geordnet werden, das verlangen die Indianer. Was meinen Sie, wie sie sich auf dem Platz von Tabatinga drängen werden, wenn meine Ankunft sich erst einmal herumgesprochen hat. Einen Monat hier, und ich hätte den ganzen Stamm der Ticunas frisch coiffiert. Ich darf allerdings nicht zu häufig kommen. Die geehrten Indianerinnen lassen sich nicht täglich frisieren, sondern einmal im Jahr. In der Zwischenzeit mühen sie sich, die Gebäude zu erhalten, die ich (übrigens nicht ohne Talent) auf ihren Schädeln errichtet habe. Jetzt ist gerade ein Jahr vergangen, seit ich in Tabatinga gearbeitet habe.«
»Dann gehen Sie rasch, es wird viel zu tun geben.«
Fragoso begleitete also nicht Yaquita, die dem Kommandanten einen Besuch abstattete, sondern lief in das Dorf, wo die Nachricht, ein Frisör sei angekommen, sofort eine beachtliche Menschenansammlung verursachte.
Fragoso hatte weder Trommel oder Pauke, noch Klappenhorn, um Neugierige heranzulocken, keinen Wagen mit bunten Plakaten, glänzenden Laternen, großen Spiegelscheibenfenstern oder mit riesigem Sonnenschirm, nichts, was die Aufmerksamkeit der Volksmenge erregen konnte. Aber er hatte seine Lockenwickler und seine Brennschere.
Zuerst teilte Fragoso in einer Ansprache mit, daß er, genau wie die besten Frisöre und Haarkräusler in Paris (und in New York erst recht), jedem Herrn und jeder Dame eine Haartracht herstel-

len könne. Zum zweiten nannte er die Tarife, nach denen diese Arbeit bezahlt werden sollte.
Die Folge war, daß eine begeisterte Menschenmenge, Frauen, Jungfrauen, Kinder, Männer, Omas und Opas, ganz bekleidet, halb bekleidet, unbekleidet, den Meister umdrängte. Er hatte sich in einer Bude niedergelassen, in der sonst ein geschäftstüchtiger brasilianischer Wirt Branntwein panschte. Männer und Frauen beeilten sich, auf dem Schemel Platz zu nehmen.
Seine Scheren brauchte Fragoso kaum, es war nicht nötig, diese durch ihre Feinheit bemerkenswerten Haarwülste zu stutzen. Dafür mußten Kamm und Brenneisen in Aktion treten.
»Sehen Sie her, meine Damen und Herren«, rief Fragoso. »Wie gut diese Frisuren halten, wenn sie nicht gerade darauf schlafen. Das reicht für ein Jahr, und Sie können sich damit in Rio oder Belem sehen lassen. Ich spare nicht mit Pomade!«
Die Pomade, die Fragoso aus der vollen Hand aufstrich, bestand aus gewöhnlichem Talg, dem er etwas Parfüm beigemischt hatte. Dafür klebte diese Pomade fest wie Zement.
Die von Fragosos Händen hervorgezauberten Haargebäude vertraten alle Stilarten der Architektur. Locken, Löckchen und Ringe, hoch aufgestecke und geflochtene Zöpfe, krause Wülste, Rollen, lange Schmachtlocken und Haarwickel, Pferdeschwänze und Bubiköpfe, für alles fand er dankbare Abnehmer. Von falschen Zöpfen, Chignons oder Perücken war hier natürlich nicht die Rede. Die Haupthaare der Eingeborenen ähnelten nicht stillen Lichtungen, sondern dem Urwald in seiner ursprünglichen Jungfräulichkeit.
Trotzdem versah Fragoso seine Werke noch mit natürlichen Blumen, langen Fischgräten oder Schmuck aus Knochen oder Kupfer, die von den Ortsbewohnerinnen herangetragen wurden. 3, 4 Stockwerke erhielten diese Köpfe, derart meisterhaft, daß selbst der große Leonardo (der Meisterfrisör des Jahres 1850) vor seinem transatlantischen Kollegen den Hut gezogen hätte.
Bald begann es in den Taschen Fragosos zu klimpern. Es war abzusehen, daß er bis in den Abend hinein Kundschaft haben würde. Nicht nur die Einwohnerschaft von Tabatinga versam-

Mit Brenneisen und Kamm zivilisierte Fragoso die Eingeborenen-Haarschöpfe.

melte sich vor der kleinen Kneipe, sondern auch aus den Nachbardörfern rannten unfrisierte Indianer herbei. Voller Ungeduld reihten sie sich in die lange Schlange der Wartenden ein.
Fragoso fand nicht einmal Zeit zu einem ordentlichen Mittagessen. Einige Schluck Branntwein, etwas Maniokmehl und ein paar Schildkröteneier, das war alles, was er herunterschluckte. Der Kneipenwirt war mit dem Geschäft ebenfalls zufrieden, denn viele Kunden Fragosos mußten ihre neuen Frisuren gleich begießen. Es war ein Ereignis für die Stadt Tabatinga, dieser unverhoffte Besuch des berühmten Fragoso, des ordentlichen und außerordentlichen Professors der Haarkräuselkunst bei den Volksstämmen des oberen Amazonas.

10

Um 5 Uhr abends befand sich Fragoso noch immer an derselben Stelle, und noch immer warteten unfrisierte Eingeborene. Da erschien ein Fremder auf dem Platz und ging auf die Kneipe zu. Kurze Zeit beobachtete er Fragoso aufmerksam. Es war ein Mann von ungefähr 35 Jahren. Er trug elegante Reisekleidung. Sein starker schwarzer Bart und seine herabhängenden Haare machten wohl einen Besuch bei einem Frisör notwendig.
»Guten Abend, Señor, schönen guten Abend.« Diese Worte sprach der Fremde in reinem Brasilianisch, während er Fragoso auf die Schulter klopfte.
»Sie sind ein Landsmann?«
»Und ich brauche einen Haarschnitt!«
»Sofort. Lassen Sie mich nur noch Madame vollenden.«
Obwohl der Fremde zuletzt gekommen war, drängte er sich nach vorn und nahm bald auf dem Schemel Platz, ohne daß die Eingeborenen zu murren wagten.
»Schneiden Sie mir Bart und Haare, bitte!«
»Sie kommen von weither?« sagte Fragoso, der schon Schere und Kamm arbeiten ließ.

»Aus der Nähe von Iquitos.«
»Was Sie nicht sagen. Da komme ich auch her. Darf ich wohl nach Ihrem hochgeschätzten Namen fragen?«
»Torres!«
Fragoso zupfte jetzt an dem Bart des Señor Torres.
»Sagen Sie mal, habe ich Sie nicht schon irgendwo gesehen?«
»Glaube ich nicht.«
»Dann muß ich mich irren.«
»Wie sind Sie von Iquitos hierher gekommen?«
»An Bord eines Holztrains. Ein Haziender hat mich eingeladen.«
»Hat er noch Platz für eine Person?«
»Das glaube ich schon.«
»Und wie heißt dieser Haziender?«
»Joam Garral.«
»Er ist wohl reich, dieser Mann?«
»Sehr reich. Er fährt mit seiner ganzen Familie nach Belem. Dort will seine Tochter heiraten.«
»Er hat eine Tochter?«
»Ein reizendes Mädchen. Sie will einen Militärarzt heiraten.«
»Dann ist das also so eine Art Hochzeitsreise?«
»Eine Hochzeits-, Geschäfts-, Vergnügungs- und Bildungsreise, wenn Sie wollen.«
»Was bin ich schuldig?«
»Nichts, Señor, unter Landsleuten, die sich an der Grenze treffen, sollte das Geld keine Rolle spielen.«
In diesem Augenblick erschienen Manoel und Benito an der Tür des Etablissements. Torres hatte sich gerade umgedreht.
»Da sind ja die zwei jungen Herren!« rief er.
»Sie kennen die beiden?«
»Benito Garral und Manoel Valdez, sie haben mir im Wald von Iquitos geholfen.«
Er eilte auf die beiden zu, die ihn jedoch nicht gleich erkannten.
»Señor Torres, wenn ich mich recht erinnere?«
»Richtig. Wir haben uns vor 6 Wochen zuerst getroffen.«

»Wie sind Sie hierhergekommen?«
»Ich bin den Amazonas entlang gestiefelt, keine leichte Sache.«
»Dürfen wir Sie nun an Bord der Jangada bitten? Wenn Sie den gleichen Weg haben wie wir, dann können Sie auch mit uns reisen.«
Manoel überließ Benito dieses Gespräch. Ihm gefiel der Fremde nicht. Er hatte keinen ehrlichen Blick, seine Augen schweiften unruhig hin und her.
»Das scheint ein finsterer Zeitgenosse zu sein!« dachte Manoel.
Eine halbe Stunde später hatte Torres bereits eine Kabine auf der Jangada bezogen.
Im Morgengrauen des 27. Juni wurden die Taue gelöst, und die Jangada trieb von neuem mit der Strömung.
Torres erwies sich als ein stiller Gast. Niemand kannte seine Vergangenheit, und aus Höflichkeit fragte man auch nicht danach. Am gemeinsamen Tisch verhielt sich Torres meistens schweigsam. Nur Fragoso, der die Verschlossenheit des Gastes einfach nicht bemerkte, unterhielt sich von Zeit zu Zeit mit ihm (wobei er selbst am meisten redete!).
Die nächsten Tage verrannen in gewohnter Ruhe. Benito ging auf die Jagd, brachte Federvieh mit und einmal ein Tier, bei dessen Anblick die Köchin die Hände über dem Kopf zusammenschlug.
Es war ein dunkelhaariger Vierfüßler, etwa von der Größe eines Neufundländers, ein Ameisenbär. Diese Tiere zwängen ihre langen spitzen Schnauzen in die Ameisenbauten hinein, wo sie die Ameisen, ihre Hauptnahrung, aufschlecken. Sie haben lange Pfoten mit mehreren Zentimeter langen Krallen, die sie wie Hände schließen können. Was eine derartige Hand gefaßt hat, kann man nur daraus befreien, wenn man die Hand abschneidet.
Am 2. Juli kam die Jangada in San Pablo d'Olivenza an. Dort werden große Mengen Rosenkränze fabriziert und exportiert. Die Indianer, die sich damit beschäftigen, sind ziemlich heruntergekommen. Statt des früheren Nationalkostüms mit dem

Stirnband aus Arasfedern und der Bewaffnung mit Bogen und Blasrohr tragen sie amerikanische Kleidung, Knickerbocker aus weißem Tuch und rosafarbene Sonnenbrillen.
2000 Einwohner zählt diese Stadt, deren Gebiet früher den Omaguas gehörte, einem Stamm, der es schätzte, die Schädel der neugeborenen Kinder zwischen 2 Bretter zu pressen, damit sie in eine längliche schmale Form wüchsen. Seit die Rosenkranzproduktion floriert, tragen die Einwohner wieder runde Köpfe.
Der Platzkommandant und der Polizeichef des Ortes benahmen sich sehr höflich, besonders als Benito einverstanden war, für sie einige Geschäfte in Manao abzuwickeln. Das Gehalt dieser Leute ist gering, und so müssen sie sich selbst helfen, was sie auch nach Kräften tun.
Am 5. Juli lag eine erdrückende Schwüle über dem Wasser und kündigte ein nahendes Gewitter an. Über der Wasserfläche flatterten große rötliche Fledermäuse, und die Reisenden erkannten auch einige Perros voladors, Vampire.
»Diese Vampire«, sagte Benito, »besitzen einen besonderen Instinkt, Blut an solchen Stellen abzusaugen, wo es am leichtesten fließt. Besonders hinter dem Ohr. Während sie zapfen, bewegen sie die Flügel und fächern ihren Opfern angenehme Kühlung zu, unter der sie desto tiefer schlafen. Es gab Leute, die einem derartigen Blutverlust stundenlang ausgesetzt waren und die dann gleich für immer weiterschliefen.«
»Ich werde heute nacht kein Auge zutun!«
»Still! Hört ihr das Geräusch?«
»Als ob Steine den Strand entlang gewälzt werden.«
»Ja, jetzt weiß ich, was wir morgen essen. Es gibt Schildkröteneier, besser als im Ritz.«
Tatsächlich, die Geräusche wurden von Tausenden von Schildkröten verursacht, die im Ufersand ihre Eier ablegen wollten. Die Schildkröten schachten hierzu mit den Vorderfüßen einen Graben aus, in den sie ihre Eier legen. Für die Indianer sind die Schildkröteneier ein gutes Geschäft. Beim Eintreffen der Amphibien spielt gewöhnlich eine Blaskapelle. Mit großen Körben stehen die Indianer bereit, die Eier einzusammeln. Die Schild-

kröten werden mit langen Stangen auf den Rücken gelegt, so daß sie nicht entfliehen können. Sie werden eingesperrt oder an den Füßen gefesselt. Später werden sie aufgegessen. Eine besondere Delikatesse sind die jungen, eben ausgeschlüpften Schildkröten, deren Panzer noch weich ist. Sie werden wie Austern geschlürft.

Am nächsten Morgen fuhren Benito und Manoel zum Strand hinüber und gruben die Eier aus, die in der vergangenen Nacht zu je 160 bis 180 Stück in den Gräben verscharrt worden waren. Viele Eier hatte die Sonne bereits ausgebrütet, und auf dem flachen Ufer wimmelte es von kleinen Schildkröten. Die Köchin hatte bereits Wasser aufgesetzt.

In den folgenden Tagen verschlechterte sich das Wetter. Es regnete zwar nicht ununterbrochen, doch kam es zu häufigen Gewittern. Die Reisenden blieben mehr als vorher im Wohnhaus, und auch Torres zeigte sich etwas geselliger. Er schien viel gesehen und erlebt zu haben. Wenn er davon erzählte, schien er sich hauptsächlich an Minha zu wenden. Manoel bemerkte das mit wachsender Eifersucht, während Minha den Abenteurer einfach widerlich fand.

Am 18. Juli erreichte die Jangada die kleine Stadt Fonteboa. Dieses Missionsdorf hat ,wie viele Orte am Amazonas mehrmals seinen Standort gewechselt. Mit seinen kleinen Hütten und der Notre Dame de Guadeloupe, seiner der Schwarzen Heiligen Jungfrau von Mexiko gewidmeten Kirche, die unter üppigem Grün hervorlugte, bot der Ort wirklich ein erfreuliches Bild. Am Abend dieses Tages beteiligten sich die jungen Leute der Jangada an einer Expedition.

Im Cayaratu, der bei Fonteboa mündet, waren einige Seekühe gesichtet worden. Auf der Wasserfläche sah man 6 braune Punkte dahintreiben. Das waren die spitzen Schnauzen und die Flossen der Seekühe.

2 mit je 3 Fischern bemannte Ubas stießen vom Ufer ab und versuchten, sich den Seekühen zu nähern, die jedoch eiligst flüchteten. Erst wirbelte das Wasser um die dunklen Punkte, dann tauchten die Tiere vollends unter.

Die Fischer ruderten vorsichtig weiter. Mit primitiven Harpunen, großen Nägeln an langen Stöcken, stand je 1 Mann im Vorderteil des Einbaums. Sie warteten, bis Atemnot die Tiere wieder an die Oberfläche zwang. Nach einigen Minuten tauchten sie tatsächlich nicht allzu weit entfernt wieder auf. Die Ubas glitten heran, die Harpunen schwirrten durch die Luft. Eine verfehlte ihr Ziel, eine andere traf eine Seekuh in der Nähe des Schwanzwirbels.

Damit war das Tier unfähig, sich zu verteidigen. Mit einem Seil wurde es an den Einbaum herangezogen und dann nach dem Strand geschleppt.

Es war nur eine sehr kleine Seekuh, nicht zu vergleichen mit den afrikanischen Nilpferden. Im Amazonasstrom sind Seekühe, die sich leicht jagen lassen, bereits selten geworden. Was wirklich zu bedauern ist, denn das Fleisch dieser Tiere schmeckt besser als Schweinefleisch, besonders wenn es geräuchert wird.

Die erste größere Ortschaft erreichten die Reisenden am 27. Juli. Yaquita, Minha und Lina, die bisher nur kleine baufällige Dörfer kennengelernt hatten, warteten gespannt darauf, erstmals eine Provinzhauptstadt zu betreten.

Joam Garral, der bisher immer an Bord geblieben war, ließ seine Arbeit liegen und begleitete die Damen. Fragoso hatte ebenfalls Lust auf einen Spaziergang. Da in der Stadt viele Beamte lebten, gab es sicherlich auch einen Frisör, der ihre Haare ondulierte. Für Fragoso war also nichts zu verdienen.

Als einziger zeigte Torres kein Interesse, die Jangada zu verlassen. Manoel war darüber ganz froh.

Die Stadt Ega hat 1500 Einwohner. Es gibt 1 Militärkommando, 1 Polizeichef, 1 Friedensrichter, 1 Kriminalrichter, 6 Lehrer (Volksschule), 1 Milizgarnison 6 Offiziere, 22 Trunkenbolde.

Die Reisenden stiegen gerade in das Boot, das sie zum Ufer übersetzen sollte, als Lina Fragoso am Ärmel beiseite nahm.

»Señor«, sagte sie, »dieser Torres will allein hierbleiben.«

»Kein sehr sympathischer Kerl ist das!«

»Könnten Sie nicht hierbleiben und auf ihn aufpassen? Ich habe

Plötzlich war die Luft voller Harpunen.

das Gefühl, daß er nicht ganz astrein ist. Er hat bestimmt irgend etwas vor!«

»Und ich selbst habe ihn hierhergebracht. Ich könnte mich dafür ohrfeigen.«

»Also: Bleiben Sie hier?«

»Ihr Wunsch ist mir Befehl. Mir kommt es übrigens so vor, als hätte ich diesen Torres doch schon irgendwo mal gesehen.«

Ein Händedruck beendete das Gespräch. Ein wirklich schönes Mädchen, diese Lina, ging es Fragoso durch den Kopf. »Und fast so klug wie ich.«

»Eine Stadt, eine richtige Stadt!« rief Minha, als sie nach zweistündiger Bootsfahrt am Südufer des Ega-Sees entlang das Boot auf den Strand zogen. In Ega gab es sogar ein paar richtige Straßen. Die Häuser waren meist aus Lehm gebaut und mit Kalk geweißt. Die meisten waren mit Stroh oder Palmenblättern gedeckt. Einige waren aus Stein oder Holz, hatten Veranden und grün angestrichene Türen und Fensterläden. Sie gehörten den vornehmeren Leuten.

Die jungen Mädchen interessierten sich allerdings weniger für die Häuser als für deren Bewohner. Vor allem die Kleider der Beamtenfrauen! Welch ein Unterschied zu den Lumpen der Omaa- und Mura-Weiber! Die Frauen und Töchter der städtischen Prominenz trugen die Kleider und Hüte der vorletzten Pariser Mode. Es schien, als ob die Pariser Kaufhäuser ihren Ausverkauf in den Urwald des Amazonas verlegt hätten.

»Du gefällst mir auch ohne Kleider!« sagte Manoel zu seiner Braut Minha, die beim Anblick dieser Pracht immer wieder in Begeisterungsschreie ausbrach.

»Diese Volants und Krinolinen sind im Wald äußerst unbequem und passen überhaupt nicht zur Landschaft!« sagte Yaquita, die einen Sinn fürs Praktische hatte.

Die Reisenden gingen die 2 vorhandenen Straßen auf und ab, besahen mehrere verstaubte und verschlafene Läden, kehrten schließlich in einem Hotel ein und aßen ein Touristenmenü, das teuer und schlecht zubereitet war. Ernüchtert, hungrig und mit wunden Füßen kehrten alle auf die Jangada zurück.

»Haben Sie etwas Verdächtiges bemerkt, Señor Fragoso?« flüsterte Lina dem Figaro zu.
»Nichts. Torres hat den ganzen Tag in seiner Kabine gesessen. Er hat irgend etwas geschrieben. Ich konnte natürlich nicht erkennen, was es war. Dazu ist das Schlüsselloch zu klein. Er hielt jedenfalls immer ein altes Stück Papier in der Hand, murmelte vor sich hin.«
»Passen Sie weiterhin auf!«

11

Die Jangada schwamm und schwamm und schwamm.
»Besondere Vorkommnisse?« fragte Garral täglich um 12 h den Steuermann.
»Keine besonderen Vorkommnisse«, war die regelmäßige Antwort.
Am 6. erreichte man den Eingang des Miane-Sees.
Joam Garral winkte einem Indianer zu, der einige Meter entfernt in einer Pirogue vorbei trieb.
»Du fährst nach Manao?«
Der Indianer nickte zustimmend mit dem Kopf.
»Wann wirst du dort eintreffen?«
Der Indianer zeigte acht Finger.
»Dann bist du schneller als wir. Nimm bitte diesen Brief mit und gib ihn in Manao ab.«
Der Indianer hielt seine Hand auf, in die Joam Garral erst einige Geldstücke und dann den Brief legte.
Wenn er schon nicht sprechen kann, ging es Garral durch den Kopf, dann kann er vielleicht lesen.
Niemand hatte Garrals Gespräch mit dem Indianer verfolgt, nur Torres war zufällig Zeuge gewesen.
Am nächsten Tag saßen Benito und Manoel auf einem Holzstoß des Vorderdecks.
»Dieser Torres macht sich an Minha heran.«

»Dieser Schuft, das soll er mir büßen.«
»Minha kann ihn nicht ausstehen.«
»Wir müssen ihn gut im Auge behalten, damit wir ihn bei passender Gelegenheit absetzen können.«
»Ich habe das Gefühl, daß er irgend etwas von deinem Vater will.«
»In Manao spätestens wird dieser Kerl verduften müssen.«
Die Jangada schwamm und schwamm . . .
Am 18. August lag sie still vor dem Dorf Pesquere. Am Abend schien die Sonne fast senkrecht in den Amazonas zu fallen. Garral und seine Frau, Lina und die alte Cybele saßen auf der Veranda und tranken Likör.
Torres hatte sich in seine Kabine zurückgezogen, als Padre Passanha mit einem »Guten und gesegneten Abend« auf den Lippen herangetrippelt war. Manoel und Benito liefen sich an Deck müde, ab und zu glimmten ihre Zigaretten hell auf.
»Das riecht aber komisch!«
»Die Zigaretten sind das nicht. Das ist Moschus.«
»Dann sind Kaimane in der Nähe!«
Auf den flachen Stränden leben viele dieser schnellen und scharfgezähnten Tiere. Sie werden nicht selten steinalt. Die 100jährigen unterscheiden sich von den jungen nicht nur durch das grüne Moos auf ihrem Schuppenpanzer und die vielen Warzen, sondern auch durch ihren ungeheuren Hunger, der mit zunehmendem Alter immer größer wird.
Plötzlich schrien mehrere Indianer entsetzt durcheinander: »Kaimane! Kaimane!«
Mehrere 1,5 m lange Tiere hatten das Deck der Jangada erklommen.
»Wo ist mein Gewehr?«
»Schnell ins Haus.« Die Familie Garral war sofort in das Haus gerannt, die Neger in ihre Zelte. Garral wollte gerade die Tür verrammeln, als Yaquita aufschrie: »Wo ist Minha?«
Mit den Gewehren in den Händen stürzten die beiden jungen Männer hinaus, hinter ihnen Fragoso, 1 Brennschere und 1 Küchenmesser schwingend.

Die Kaimane krochen fauchend auf sie zu. Benito jagte einem Tier eine Kugel neben dem Auge in den Kopf. Die Bestie warf sich in heftigen Todeszuckungen herum.
Der zweite Kaiman kam auf Joam Garral zu, der beim Zurückweichen nicht schnell genug war. Das Tier warf ihn mit einem gewaltigen Schweifschlag zu Boden und drehte sich schon mit weit geöffnetem Rachen nach seiner Beute um.
In diesem Augenblick (der Padre wollte gerade ein Stoßgebet zum Himmel schicken) sprang Torres aus seinem Kabinenfenster, hieb mit einer Axt auf das Tier ein und traf es so heftig, daß die Klinge in der oberen Kinnlade fest sitzen blieb, ohne daß der Kaiman sich wieder davon befreien konnte.
Von dem ihm in die Augen rinnenden Blut geblendet, warf sich das Tier auf die Seite und fiel in den Strom zurück, wo es unter dem Wasser verschwand.
Plötzlich wurde Minha sichtbar. Sie hatte sich zuerst in die Hütte des Steuermannes geflüchtet, die war aber durch den Anprall eines dritten Kaimans umgestürzt. Jetzt floh Minha in die entgegengesetzte Richtung, und das Tier folgte ihr in 0,5 m Abstand.
Minha stolperte und fiel.
Eine Kugel Benitos konnte den Kaiman nicht aufhalten. Sie traf nur den festen Panzer des Tieres, von dem nur einige Schuppen absprangen.
Manoel rannte auf das Tier zu, um die Braut zu retten . . .
Ein Schlag des Kaimans, und er fiel ebenfalls.
Vor Minhas Gesicht gähnte bereits der Rachen des Raubtiers. Da war Fragoso zur Stelle. Er warf sich dem Tier entgegen und stieß ihm das Messer tief in den Rachen, die Brennschere gleich hinterher. Schnell, bevor der Kaiman zuschnappte, zog er seinen Arm zurück. Das Tier versetzte ihm aber einen so kräftigen Stoß, daß er in hohem Bogen ins Wasser geschleudert wurde.
Lina schrie vor Entsetzen.
Da tauchte Fragoso wieder auf und streckte seine Hände aus. In wenigen Sekunden konnten sie ihn wieder an Bord ziehen und vor den zuschnappenden Kaimanen retten.

Alle holten Atem und beglückwünschten sich. Der Padre kam erst jetzt dazu und murmelte und betete. Manoel flüsterte Benito zu: »Dieser Torres hat meinem Vater das Leben gerettet. Umbringen will er ihn also nicht.«
Joam Garral wollte Torres eben die Hände schütteln. Der Abenteurer wich jedoch einige Schritte zurück.
»Joam Garral«, sagte Torres, »Sie schulden mir nichts. Ihr Leben ist mir teuer. Doch wenn Sie gestatten, möchte ich, statt in Manao auszusteigen, bis nach Belem mitfahren.«
Garral machte ein zustimmendes Zeichen.
»Verdammt«, sagte Manoel.

12

Aufregende Abenteuer haben oft die merkwürdigsten Folgen. Nach dem Angriff der Kaimane gab Fragoso bekannt, daß er sich mit Lina verlobt habe.
Die Verlobung und die glückliche Rettung aus der Gefahr sollten mit einem Festessen gefeiert werden.
Die Reise war zur Hälfte geschafft, und so hatte man beschlossen, ein Glas (oder mehrere) auf das Wohl des Amazonas zu trinken.
Fragoso und Lina saßen an einem Ehrenplatz. Fragoso drückte mit einer Hand eine Hand Linas, mit der anderen beschrieb er weite Gesten, die seine unentwegten Reden unterstützen sollten. Ab und zu ließ er Linas Hand frei und aß einige Bissen. Torres, mit finsterem Blick, war schweigsam wie immer. Er beobachtete Joam Garral, wobei seine Augen seltsam gefährlich glänzten. Padre Passanha betrachtete mit Wohlgefallen die lustige Gesellschaft.
»Langen Sie zu, Padre!«
»Nehmen Sie diesen Krebs! Im Kloster werden Sie so gute Dinge nicht bekommen.«
»Stärken Sie sich, Sie müssen noch 2 Ehen schließen, bevor Sie in den Ruhestand treten.«

»Danke, meine Kinder. Wenn ich noch um etwas Wein bitten dürfte! Sagen Sie, Señor Torres, sind Sie eigentlich verheiratet?«
»Ich bin Junggeselle.«
»Sie sollten auch in den heiligen Stand der Ehe treten.«
»Das werde ich vielleicht tun.«
»Trinken wir auf unser Glück, auf die Zukunft von Minha und Manoel!«
»Hoffe, daß sie auch in Zukunft glücklich sein werden!« sagte Torres und schüttete ein Glas Porto hinunter.
»Woher stammen Sie eigentlich, Señor?« fragte Fragoso, der immer noch glaubte, dem Abenteurer einmal begegnet zu sein.
»Aus der Provinz Minas Geraes.«
»Und wo sind Sie geboren?«
»In der Hauptstadt des Diamantendistrikts, in Tijuco.«
Bei diesen Worten kreuzte sich ein starrer Blick Joam Garrals mit dem von Torres, der lauernd auf den Farmer sah.
»Kennen Sie Tijuco, Señor Fragoso?«
»Nein, ich bin aus Nordbrasilien.«
»Die Diamantenfelder von Tijuco sind berühmt. Sie haben schon manchem den Kopf verdreht. Haben Sie von dem berühmten Diamanten von Abante gehört? Das gute Stück wurde auf 3 Mio. Mark geschätzt. Er wurde von 3 Lebenslänglichen gefunden, die im Sand des Abanteflusses gruben.«
»Damit hatten sie ja wohl ihr Glück gemacht.«
»Das nicht gerade. Der Diamant mußte dem Generalgouverneur ausgeliefert werden. Der mußte ihn an Johann VI. von Portugal abgeben. Der König ließ ein Loch durch den Stein bohren und hängte ihn um den Hals. Die Lebenslänglichen wurden begnadigt, aber sie bekamen keinen Pfennig.«
»Das war natürlich Pech.«
»Waren Sie einmal in Tijuco, Señor Garral?«
»Niemals.«
»Das ist schade, Señor. Die Reise dorthin lohnt sich. Es gibt so manchen, der sich dort dick verdient hat. Die einen haben gegraben, bis sie krumm waren, die anderen haben die Steine ver-

schoben, und einige haben sie einfach geklaut. Da gab es 1826, ich war 8 Jahre alt, einen Diamantenraub. Aber das interessiert Sie vielleicht nicht, Señor Garral?«

»Erzählen sie ruhig weiter, Torres!«

»Die Diamanten, die damals verschwanden, waren gut eine Mille wert. Die Sache ging so: In Tijuco werden die im Laufe eines Jahres gesammelten Diamanten in einem Transport nach Rio de Janeiro geschickt. Vorher werden sie nach 2 Größen sortiert. Die beiden Säcke werden unter starker Bewachung erst zum kommandierenden General gebracht, der sie versiegelt, dann geht's ab nach Rio. 1 Beamter, 4 Berittene, 10 Mann zu Fuß sichern den Transport. Natürlich wird der Reisetermin geheimgehalten. Ein gewisser Dacosta, ein 22- bis 23jähriger Beamter, der im Büro des Generalgourverneurs arbeitete, drehte es nun so, daß er Verbindung aufnahm zu einigen Schiebern, denen er den Tag der Abreise signalisieren konnte. Am 22. Januar fiel die Räuberbande jenseits Villa Rica über die Soldaten her, es gab ein Blutbad. Nur 1 Soldat entkam lebend, wenn auch verwundet. Der Beamte wurde nie wiedergefunden, die Gangster hatten ihn in eine Schlucht gestürzt.«

»Und dieser Dacosta?« fragte nach einer Pause Joam Garral.

»Auf ihn fiel natürlich der Verdacht. Er wurde verhaftet und nach langer Verhandlung zum Tode verurteilt. Die Exekution sollte 24 Stunden nach dem Urteilsspruch erfolgen. Aber: Dacosta konnte – vielleicht mit Hilfe seiner Kumpane – entfliehen. Wahrscheinlich hat er Brasilien verlassen und lebt in Saus und Braus irgendwo und lacht sich ins Fäustchen.«

»Möge Gott sein Gewissen erweckt haben!« sagte Padre Passanha.

»Hoffentlich ist die Steuer nicht hinter die Sache gekommen.«

Das Essen war beendet, und es hatte nicht so lustig aufgehört, wie es begonnen hatte. Irgendwie hatte die Erzählung des Abenteurers Torres die Reisenden verstimmt.

»Señor Garral«, sagte Torres, schon die Serviette zusammenfaltend, »könnte ich Sie 15 min. sprechen?«

»Ja, hier?«

»Unter 4 Augen!«
»Kommen Sie in meine Kabine. Da sind wir ungestört.«

13

Allein in dem Zimmer, sahen sich Garral und Torres eine kurze Zeit schweigend an.
Dann begann Torres: »Joam, Sie sind nicht Garral, sondern Dacosta!«
Der Farmer konnte ein leichtes Zittern seiner Hände nicht verbergen.
»Sie sind Joam Dacosta, vor 23 Jahren Beamter im Büro des Generalgouverneurs von Tijuco. Sie wurden nach der Raub- und Mordgeschichte verurteilt.«
Joam Garral saß stumm und blickte ruhig auf sein Gegenüber. Warum sprang er nicht auf? Warum verteidigte er sich nicht? Torres war das Verhalten Garrals nicht geheuer.
»Joam Dacosta, Sie wurden zum Tode verurteilt, und Sie waren es, der aus der Zelle ausbrach. Haben Sie darauf eine Antwort zu geben?«
Joam Garral schwieg noch immer. Die Ellenbogen stützte er auf einen kleinen Tisch, er sah seinem Ankläger, ohne den Kopf zu senken, gerade ins Gesicht.
»Haben Sie darauf eine Antwort?«
»Welche Antwort erwarten Sie von mir?«
»Eine Antwort, die es überflüssig macht, daß ich in Manao zum Polizeichef gehe und zu ihm sagen muß: Der Kerl, der die Sache in Tijuco gedeichselt hat, Anno 1826, kommt auf einem großen Floß den Amazonas hinunter, ihr müßt nur aufpassen. Joam Garral nennt sich der Herr.«
»Und wenn ich Ihnen die erwünschte Antwort gäbe, hätte ich nichts zu fürchten?«
»Nichts, dann wäre ich still wie ein Grab.«
»Und Geld allein reicht Ihnen also nicht?«

»Nein. Ich mache Ihnen einen Vorschlag, und Sie sollten sich hüten, ihn vorzeitig abzulehnen.«

»Wie lautet Ihr Vorschlag?«

»Sie haben eine Tochter. Das Mädchen gefällt mir. Ich will es heiraten.«

»Der ehrenwerte Torres scheut sich also nicht, in die Familie eines Räubers und Mörders einzuheiraten?«

»Das ist meine Sache.«

»Sie haben ganz vergessen, daß meine Tochter bereits verlobt ist.«

»Diese Angelegenheit werden Sie regeln.«

»Sie sind, ich will das in aller Ruhe feststellen, ein ganz erbärmlicher Schurke, Torres.«

»Gleich und gleich gesellt sich gern, Señor.«

Bei diesen Worten stand Garral auf, machte einen Schritt auf Torres zu und funkelte ihn an.

»Torres, Sie wissen genau, daß ich nicht der Täter bin!«

»Wirklich?«

»Und Sie wollen Ihre Beweise erst am Tag Ihrer Hochzeit mit meiner Tochter vorzeigen?«

»Spielen wir mit offenen Karten, Joam Garral. Es wird sich dann zeigen, ob Sie mir Ihre Tochter geben oder nicht.«

»Ich höre, Torres!«

»Sie sind unschuldig, das weiß ich. Ich weiß auch, wer der wirkliche Täter ist, und den Beweis habe ich in meinen Händen.«

»Und der Kerl, der das Verbrechen verübte?«

»Er ist mausetot.«

Joam Garral schien bei dieser Nachricht zu erblassen.

»Er ist tot, aber er hat einen kleinen Bericht hinterlassen, in dem er erzählt, wie der Diamantenraub vor sich ging. Als er merkte, daß es mit ihm zu Ende ging, wurde er vielleicht fromm – was weiß ich, er wollte sich erleichtern, und so übergab er mir die Beweise für Dacostas Unschuld. Ich sollte sie ihm überbringen.«

»Wie heißt dieser Mann?«

»Nicht so eilig. Erst wenn ich Ihrer Familie angehöre . . .«

»Und das Schriftstück?«
»Es ist gut aufgehoben, darauf können Sie sich verlassen.«
»Ich biete Ihnen dafür die Hälfte meines Vermögens!«
»Nur wenn Minha es als Mitgift bringt.«
»Sie sind ein ganz erbärmlicher Schurke.«
»Ganz recht.«
»Und da ich kein Verbrecher bin, haben wir nichts miteinander zu tun.«
»Sie weigern sich?«
»Selbstverständlich.«
»Dann wollen Sie Ihr eigenes Unglück. Die Indizien sprechen gegen Sie. Ein kleiner Hinweis an die Polizei, und Sie werden verhaftet.«
»Torres, wir haben bereits 15 min gesprochen. Ich habe Ihnen nichts mehr zu sagen.«
»Nehmen Sie sich in acht!«
Joam Garral gab keine Antwort mehr. Er stieß die nach der Veranda führende Tür auf, machte Torres eine Geste, ihm zu folgen, und beide gingen zum mittleren Teil der Veranda, wo die Familie versammelt war.
Torres' Gesicht war wütend, von Haß verzerrt, während Garral, wie von einer inneren Last befreit, lächelte. Beide blieben stehen. Die Gespräche der Familie waren verstummt. Torres brach das peinliche Schweigen: »Zum letzten Mal, Sie bleiben bei Ihrer Antwort?«
»Yaquita, einige bedauerliche Umstände zwingen mich, unsere gemeinsamen Bestimmungen bezüglich der Hochzeit Minhas und Manoels zu ändern!« sagte Joam Garral.
»Endlich!« stieß Torres hervor.
»Wir sollten nicht so lange warten, Minha und Manoel sollten morgen getraut werden, hier an Bord, und Padre Passanha wird die Zeremonie ausführen. Ich meine, das ist das beste. Mit Manoel will ich über diese Angelegenheit noch einmal sprechen.«
»Ich bin einverstanden!«
Torres stand mit verschränkten Armen, maß die ganze Familie mit frechen Blicken und sagte: »Das ist also Ihr letztes Wort?«

»Noch nicht das letzte. Das letzte ist: Sie werden, Señor, noch innerhalb dieser Minute die Jangada verlassen.«

Torres zuckte die Achseln. »Ich nehme an, wir sehen uns wieder?«

»Ja, morgen gehe ich zum Kriminalrichter Ribeiro, der von meinem Eintreffen bereits unterrichtet ist.«

»Zu Ribeiro, verdammt!« Torres knirschte mit den Zähnen. Diese Entwicklung der Dinge war ihm nicht angenehm. Eine Pirogge war bereits zu Wasser gelassen worden, und kurz darauf ruderten 4 Leute mit Torres davon, um ihn an Land zu setzen.

Fragoso verbeugte sich vor Garral: »Señor, wenn die Hochzeit Minhas und Manoels morgen bereits stattfindet ...«

»Sie können beruhigt sein, auch Ihre Hochzeit mit Lina kann morgen bereits vollzogen werden.«

Darauf winkte er Manoel und begab sich mit ihm ins Haus. Das Gespräch der beiden dauerte vielleicht eine halbe Stunde, die den anderen aber wie eine Ewigkeit erschien. Endlich öffnete sich die Tür des Wohnhauses. Manoel trat allein heraus.

Er verbeugte sich und sagte: »Morgen soll die Hochzeit sein.«

Joam Garral hatte ihn über das Vorgefallene informiert, hatte ihm seine Lebensgeschichte erzählt und auch den Plan, sich dem Richter Ribeiro zu stellen, um eine Revision des Urteils zu erlangen.

Am nächsten Tag, eine Stunde bevor die Hochzeit beginnen sollte, legte eine große, vom linken Ufer hergekommene Pirogge an der Seite der Jangada an.

Ein Dutzend Ruderer hatte sie von Manao schnell herübergeführt. In ihr saßen einige Polizisten und Detektive und der Polizeichef.

Er stieg an Bord der Jangada, gerade als Joam Garral, schon in seinem besten Anzug, aus dem Haus trat.

»Joam Garral?« fragte der Polizeichef.

»Der bin ich!«

»Joam Garral, Sie waren einst Dacosta. Sie und er sind eine Person. Sie sind verhaftet.«

»Mein Vater, ein Mörder? Das kann nicht wahr sein!«

»Einen Augenblick. Haben Sie einen Haftbefehl vom Gerichtspräsidenten zu Manao, dem Richter Ribeiro?«
»Nein, der Befehl ist von seinem Stellvertreter ausgefüllt. Der Richter Ribeiro ist gestern abend an einem Schlaganfall gestorben.«
»Er ist tot?« Garral konnte sein Entsetzen nicht verbergen. Nach einigen Sekunden wandte er sich an seine Familie: »Der Kriminalrichter Ribeiro wußte allein, daß ich unschuldig bin. Sein Tod trifft mich hart, aber verzweifelt nicht, wir werden es schon beweisen können.«
Der Polizeichef gab seinen Leuten ein Zeichen, und sie legten ihm die Handschellen an.
»Bist du Dacosta, Vater, ist das wahr?«
»Ich bin es, aber auch Dacosta ist unschuldig, und seine Verurteilung war ein Irrtum. Ich schwöre es euch.«
»Sie haben jetzt gar nichts mehr zu sagen, Dacosta, Sie sind ein U-Häftling.«
Die Polizisten und Garral betraten das Boot. Die Familie war erschüttert.

14

Die Stadt Manao liegt genau 3° südlicher Breite und 60° westlicher Länge von Greenwich. 2400 km trennen sie von Belem, aber nur 10 km von der Mündung des Rio Negro.
Manao ist nicht direkt am Amazonas erbaut, sondern liegt am linken Ufer des Rio Negro, jenem größten und wichtigsten Nebenfluß der gewaltigen brasilianischen Wasserader.
In einem Knick des Rio Negro liegt der Hafen von Manao. Hier treffen immer viele Fahrzeuge zusammen; einige ankern in der Strömung, andere werden zur Reparatur auf Kiel gelegt. Die vielen Kanäle und Gräben, die die Stadt durchziehen, verleihen ihr fast einen holländischen Charakter. Laufen hier erst Dampfschiffe an – und das kann nicht mehr lange auf sich warten lassen –, so

muß der Handel Manaos mächtigen Aufschwung nehmen. Bau- und Tischlerhölzer, Kakao, Kautschuk, Kaffee, Sarsaparille, Zuckerrohr, Indigo, Muskatnüsse, eingesalzene Fische, Schildkrötenbutter und hunderterlei andere Waren können von hier aus nach allen Richtungen verschafft werden, auf dem Rio Negro nach Norden und Westen, dem Madeira nach Süden und Westen und den Amazonas herunter nach Osten zum Atlantik.
Wiederholt haben schlecht informierte Reisende diese Stadt mit dem sagenhaften Manao verwechselt, das nach alten Überlieferungen nahe dem ebenso fabelhaften See Parima gelegen haben soll. Der See dürfte nichts anderes als ein Nebenfluß des Rio Negro gewesen sein. Dorthin verlegte man das Königreich El Dorado, dessen Herrscher sich jeden Morgen mit Goldstaub überpudern ließ, den man mit Schaufeln sammelte; denn in so großer Menge soll das wertvolle Metall in diesen Landstrichen vorgekommen sein. Eine exakte wissenschaftliche Untersuchung jedoch zerstörte die glänzende Legende, und der vermutete Goldüberfluß schrumpfte auf das Vorkommen vieler glimmerartiger Gesteine zusammen, deren Aussehen offenbar den König von El Dorado und die beutegierigen Goldsucher getäuscht hatte.
Manao selbst gleicht in nichts der sagenhaften Hauptstadt El Dorados. Es ist eine Stadt von 5000 Einwohnern, darunter 3000 Beamte. Eine Folge der Beamtenschwemme ist, daß die öffentlichen Gebäude, häufig der Stolz einer Stadt, hier gleichzeitig die Wohnhäuser der Beamten und ihrer Familien sind. Eine der wenigen öffentlichen Stätten, die unbewohnt geblieben sind, ist der städtische Friedhof am Ostabhang eines Hügels, auf dem sich früher eine Festung zur Abwehr von Flußpiraten befunden hatte.
Außerdem gibt es 2 Kirchen, was für eine Stadt spanischer Gründung gewiß wenig ist, sowie die Ruinen eines Karmeliterklosters, das 1850 in Asche gelegt wurde.
3 holprige und krumme Straßen durchziehen die Stadt: die Straße Gottes des Vaters, die Straße Gottes des Sohnes, die Straße Gottes des Heiligen Geistes. Zwischen diesen Hauptstraßen

breitet sich ein Netz schlammiger Wege und stinkender Kanäle, über die hölzerne Stege führen. Die wenigen Privathäuser muß man mühsam aus einigen 100 verfallenen Hütten heraussuchen.
Die Leute, die, wenn es kühler geworden ist, einen Spaziergang machen, sind teils Männer mit hochwichtiger und gelangweilter Amtsmiene, schwarzem Anzug, steifem Hut, Lackstiefeln und weißen Handschuhen, mit Diamanten an der Krawattennadel, teils noch gelangweiltere Frauen mit schreiend bunten Glockenröcken, Schleifen an den Kleidern und möglichst modernen Hüten.
Schließlich laufen auch Indianer herum, die einzelne europäische Kleidungsstücke angezogen haben.
Das ist Manao, die Stadt, in der das Geheimnis Joam Garrals an den Tag kommen sollte.
Kaum hatte der Polizeichef Joam Garral oder, wie wir ihn jetzt wohl nennen müssen, Joam Dacosta abgeführt, als Benito seinen Freund Manoel am Ärmel beiseite riß.
»Was weißt du?«
»Dein Vater ist unschuldig. Das Todesurteil, das vor 23 Jahren gegen ihn gefällt wurde, ist falsch.«
»Und es gibt Beweise für seine Unschuld?«
»23 Jahre lang hat er untadelig gelebt, und nun wollte er sich dem Richter stellen und eine Revision verlangen.«
»Du hast keinen Augenblick an seiner Unschuld gezweifelt?«
»Keinen Augenblick!«
Die beiden jungen Männer reichten sich die Hände.
»Morgen werden wir den Polizeichef aufsuchen. Er wird uns eine Besuchserlaubnis für das Gefängnis geben. Wir müssen überlegen, wie wir meinen Vater frei bekommen.«
»Der Schurke Torres hat von Anfang an Bescheid gewußt. Er wollte deinen Vater erpressen. Er hat mit einer Anzeige gedroht, und er wollte sein Schweigen teuer bezahlt haben.«
»Welcher Preis?«
»Minha wollte er zur Frau!«
»Das Schwein!«

»Er soll es uns büßen!«
»Ich werde mich an ihm rächen!«
»Nein, ich werde mich rächen!«
Wieder reichten sich die beiden die Hände. Dann gaben sie Befehl, die Jangada, etwa 1 km von der Stadt entfernt, festzumachen und die Nacht abzuwarten.

15

Der Tod des Oberrichters Ribeiro kam zu diesem Zeitpunkt natürlich ungelegen. Ribeiro kannte Dacosta noch aus der Zeit, da er als Anwalt in Villa Rica im Diamantendistrikt arbeitete. Ribeiro war es, der Dacosta vor den Geschworenen verteidigte. Eifrig hatte er die Akten studiert. Er war bald von der Unschuld Dacostas überzeugt. Er konnte sie allerdings nicht beweisen, und so nützte seine ganze Redegewandtheit nichts, die Geschworenen erkannten auf »Schuldig!«. Nur Dacosta, so glaubten sie, konnte den Termin für den Diamantentransport verraten haben, denn der Beamte der Begleitmannschaft war wie die Mehrzahl der Soldaten umgekommen. Seine Leiche war nie gefunden worden.
20 Jahre später wurde der Advokat Ribeiro Oberrichter in Manao. Der Haziender von Iquitos hörte davon, und er beschloß, mit Ribeiros Hilfe eine Revision des Todesurteils zu erlangen. In einem Brief an den Richter Ribeiro berichtete er von seinem Leben, nannte seinen falschen Namen und den Ort, wo er sich aufhielt. Er teilte als festen Entschluß mit, sich den Gerichten seines brasilianischen Heimatlandes zu stellen. Der Richter Ribeiro war über das unvermutete Auftauchen des Verschollenen zuerst erstaunt, dann dachte er darüber nach, welche Pflichten ihm sein neues Amt gegenüber Dacosta auferlegte. Schließlich fand er, daß es auch der Gerechtigkeit diene, wenn der Diamantenraub endlich aufgeklärt wurde.
Von jenem Tag an wechselten Ribeiro und Dacosta heimlich Briefe. Ribeiro riet seinem Klienten zunächst zur Vorsicht. Dann

ließ er sich die Akten kommen und prüfte, ob sich neue Spuren gefunden hätten. Vielleicht war von den Teilnehmern des Verbrechens später doch einer in die Hände der Justiz gefallen und hatte ein ganzes oder ein halbes Geständnis abgelegt. Der Briefwechsel zog sich über 6 Monate hin.

Dann teilte Dacosta eines Tages mit, daß er sich binnen zweier Monate dem ersten Beamten der Provinz bedingungslos zur Verfügung stellen werde.

Die Jangada lag zu dieser Zeit schon bereit.

Später, 8 Tage vor seiner auf Torres' Denunziation hin erfolgten Verhaftung, hatte er einem Indianer ein Schreiben an Ribeiro mit auf den Weg gegeben, in dem er dem Oberrichter seine bevorstehende Ankunft meldete. In der Nacht vor Dacostas Eintreffen tötete der Schlag Ribeiro. Der gegen Joam Dacosta, alias Joam Garral, erlassene Haftbefehl war von dem Vertreter des Richters Ribeiro ausgefertigt worden.

Dieser Stellvertreter hieß Vicente Jarriquez. Er war ein kleiner barscher Mann, den 40 Jahre richterliche Mühe nicht gerade wohlwollend gegen jegliche Art von Angeklagten gestimmt hatten. Nachdem er so viele Kriminalfälle, so viele reuige und verstockte, betrübte und frohlockende Verbrecher verhört und verurteilt hatte, erschien ihm die Annahme, daß ein Angeklagter auch unschuldig sein könne, von vornherein als Hirngespinst. Oft widersetzte er sich einer milden Jury, und wenn ein Angeklagter, nachdem er die Kreuzverhöre, Gegenüberstellungen und Fangfragen glücklich überstanden hatte, ihm vorgeführt wurde, dann hielt er ihn auf jeden Fall erst einmal für zehnfach schuldig.

Ein bösartiger Mann war Jarriquez allerdings nicht, aber er war nervös, unruhig, wortreich, listig und scharfsinnig. Eine komische Type mit seinem großen Kopf auf dem kleinen Körper, dem wildzerzausten Haar, den wie mit einem Drillbohrer ausgehöhlten Augen, aus denen er scharfe Blicke blitzen ließ, mit der weit vorragenden Nase, mit seinen abstehenden Ohren, die dazu geschaffen schienen, auch noch das zu hören, was gewöhnlich nicht mehr wahrnehmbar ist, mit den unentwegt auf den Tisch trommelnden Fingern – so als übte ein Pianist auf einem stummen Klavier –, mit dem für die kurzen Beine viel zu langen Oberkörper und den Füßen, die er – je nach Stimmung – einmal kreuzweise übereinanderschlug und dann wieder lang ausstreckte, wenn er auf dem Richterstuhl saß.

Jarriquez war mit Stolz Junggeselle, und seine juristischen Folianten ließ er nur liegen, wenn ihn ein üppiges Mahl lockte oder wenn er Karten kloppen ging. Außerdem spielte er Schach so hervorragend, daß er gut als Meister von Manao gelten konnte. Außerdem liebte er es, sich über allerlei Rätseln – Scharaden, Rebusse, Anagrammen, Logogriphen und dergleichen – den Kopf zu zerbrechen.

Der Fall Dacosta war natürlich einfach zu lösen, lagen doch alle Akten und sogar der Urteilsspruch bereits vor. Es mußte nur die Identität Garrals mit Dacosta festgestellt werden, und der Richter konnte den Schuldigen dem Henker übergeben.

Am Morgen nach der Verhaftung Joam Dacostas keuchte der Richter Jarriquez also nach dem Gefängnis in der Straße Gottes des Sohnes.

Das Haus war ein ehemaliges Missionskloster, und statt der Mönche lebten jetzt Gefangene in dem schon etwas heruntergekommenen Gebäude. Die Zelle Dacostas war jedoch nicht mit jenen traurigen modernen Zellen des heutigen Strafvollzugs zu vergleichen, es war vielmehr eine frühere Mönchsklause, geräumig und hell.

Im ehemaligen Speisesaal saß der Richter Jarriquez auf einem hohen Stuhl vor seinem Schreibtisch, mit dem Rücken zum Fenster, so daß sein Gesicht im Dunkeln blieb, während das des Inkulpaten voll beleuchtet wurde. An einem Ende des Tisches saß der Protokollant, den Federhalter hinter dem Ohr. Er blickte so gleichmütig, daß man glauben konnte, er sei bereits eingeschlafen.

Joam Dacosta wurde von zwei Wächtern in den Saal geführt. Richter Jarriquez faßte den Angeklagten längere Zeit scharf ins Auge.

»Ihr Name?«

»Joam Dacosta.«
»Alter?«
»52 Jahre.«
»Sie wohnten?«
»In Peru, im Dorf Iquitos.«
»Unter welchem Namen?«
»Unter dem Namen Garral, dem Namen meiner Mutter.«
»Warum nahmen sie ihn an?«
»Um mich vor nun 23 Jahren der Verfolgung der brasilianischen Behörden zu entziehen.«
Richter Jarriquez stellte seine Nase vertikaler als gewöhnlich.
»Und warum haben die Behörden Sie – wie Sie es nennen – verfolgt?«
»Weil ich im Jahre 1826 wegen des bekannten Diamantenraubes in Tijuco zum Tode verurteilt worden war.«
»Sie gestehen also, daß Sie Joam Dacosta sind?«
»Ich bin Joam Dacosta!«
»Dann nehmen Sie die Hand aus der Tasche, Angeklagter.«
Die Finger des Richters begannen auf dem Tisch einen Marsch zu klopfen.
»Was treiben Sie in Iquitos, Dacosta?«
»Ich habe eine Hazienda.«
»Das Geschäft geht gut?«
»Ich habe über nichts – nur über die Steuer – zu klagen.«
»Wann haben Sie die Hazienda verlassen?«
»Etwa vor 9 Wochen.«
»Warum?«
»Ich habe mich eines Vorwandes bedient, um die Farm verlassen zu können.«
»Welchen Vorwandes?«
»Ich erklärte, einen großen Holztrain und eine Ladung verschiedener Waren den Amazonas herunter schaffen zu müssen.«
»Und der wirkliche Grund Ihrer Reise?«
»Ich wollte mich der Justiz dieses Landes stellen!«
»Sich selbst stellen!« rief der Richter, der sich in seinem Lehnstuhl etwas erhob.

»Sie gestehen also alles ein?«

»Freiwillig.«
»Und warum, bitte schön?«
»Ich konnte dieses Leben unter einem falschen Namen nicht mehr ertragen. Es erschien mir wie ein Verrat an meiner Familie. Außerdem ...«
»Na, was gibt es noch?«
»Außerdem bin ich unschuldig!«
»Das wußte ich natürlich vorher!« murmelte der Richter vor sich hin. Und während seine Finger einen Parademarsch trommelten, machte er Joam Dacosta ein Zeichen mit dem Kopf, das deutlich sagte: Nun vorwärts, erzählen Sie mir Ihre Geschichte, die ich allerdings schon kenne.
Joam Dacosta berichtete nun seine Lebensgeschichte, und der Richter unterbrach ihn mit keinem Wort. Er schloß nur ab und zu die Augen und öffnete sie wieder, wie ein Mensch, dem man zum 100. Mal dieselbe Geschichte erzählt.
»Sind Sie fertig?«
»Ja.«
»Und Sie bleiben bei der Aussage, daß Sie Iquitos nur verlassen haben, um eine Revision Ihres Prozesses zu erstreben?«
»Das war der einzige Grund.«
»Womit wollen Sie das beweisen? Wer sagt uns, ob Sie sich ohne die Anzeige, die an uns ergangen ist, freiwillig dem Gericht gestellt hätten?«
»Es gibt ein Beweisstück: ein Brief an Ihren Vorgänger, in dem ich ihm meine Ankunft ankündigte. Oberrichter Ribeiro war zur Zeit des Diamantenraubes Advokat in Villa Rica, und er hat mich verteidigt. Er war von meiner Unschuld überzeugt.«
»Was Sie mir hier erzählen, hört sich ganz ehrenhaft an, aber alle Angeklagten beteuern ihre Unschuld. Haben Sie keine Beweise? Handfeste Beweise?«
»Vielleicht doch.«
Diese Antwort war dem Richter zu viel. Er stand auf und ging mehrere Male im Zimmer auf und ab, um sich zu sammeln.

16

Als der selbstbewußte Beamte – wieder beruhigt – seinen Platz einnahm, lehnte er sich in seinem Armsessel weit zurück, heftete die Augen an die Decke und sagte voller Gleichgültigkeit, ohne den Angeklagten dabei anzusehen: »So reden Sie!«

»Bisher, Señor, habe ich nur von den moralischen Beweisen gesprochen, die sich aus meinem Leben ergeben. Ich dachte, derartige Beweise müßten vor Gericht ebenfalls gelten.«

Richter Jarriquez zuckte nur mit den Achseln.

»Da nun aber diese Beweise offensichtlich nicht ausreichen, werde ich vielleicht einige materielle Beweise anführen können. Ich nehme an, daß meine Verhaftung auf eine Denunziation zurückzuführen ist.«

»Die anonym an uns erging!«

»Das tut nichts, ich weiß, wie dieser Schurke heißt.«

»Ich muß Sie verwarnen! Mit welchem Recht beschimpfen Sie jenen Denunzianten?«

»Er ist ein erbärmlicher Schurke. Dieser Mann, den ich freundlich aufgenommen habe, hat sich nur an mich gedrängt, um sich sein Stillschweigen abkaufen zu lassen.«

»Immer die alte Geschichte, man klagt andere an, um sich selbst reinzuwaschen«, dachte der Richter. Aufmerksam wurde er erst, als Joam Dacosta erzählte, daß Torres den tatsächlich Schuldigen an dem Überfall in Tijuco kenne.

»Und wer ist der Schuldige?«

»Das weiß ich nicht. Torres hütete sich, mir den Namen zu sagen.«

»Ist der Täter noch am Leben?«

»Soviel ich weiß, nein.«

Die Finger des Richters trommelten Allegro.

»Das ist also wieder der große Unbekannte. Das kenne ich.«

»Der Schuldige ist tot, Señor, aber Torres lebt noch, und er hat den Beweis in den Händen. Er bot mir diesen Beweis zum Verkauf an.«

»Zu welchem Preis?«

»Also wieder einmal der große Unbekannte, was?!«

»Geld hätte keine Rolle gespielt. Für meine Ehre hätte ich einiges ausgegeben. Er wollte als Preis meine Tochter zur Frau. Ich lehnte ab, und daraufhin denunzierte er mich.«
»Hätten Sie sich auch gestellt, wenn Torres Sie nicht angezeigt hätte und Sie vom Tod des hochverehrten Ribeiro erfahren hätten?«
»Zweifellos.«
»Ihre ganze Hoffnung besteht also auf den Erklärungen, die Ihnen Torres abgegeben hat? Wo, glauben Sie, hält dieser Mann sich jetzt auf?«
»Hier in Manao.«
»Und Sie werden dieses Dokument dem Gericht vorlegen?«
»Gewiß. Für Torres hat sich die Situation geändert. Ich bin verhaftet, und er muß froh sein, wenn er das Papier überhaupt noch verkaufen kann. Sollte er dies nicht tun, so wird die menschliche Gerechtigkeit ihren Lauf nehmen müssen.«
Auf diese Worte erhob sich der Richter. »Joam Dacosta, ich habe mir Ihre Geschichte angehört, obwohl das nicht meine Aufgabe ist. Ich hatte lediglich Ihre Identität festzustellen. Das Urteil wegen Teilnahme und Anstiftung an der Ermordung der Soldaten und wegen des Diamantenraubes ist rechtskräftig, und nur Ihrer Flucht haben Sie es zu verdanken, daß ein Todesurteil nicht vollstreckt werden konnte. Ich frage Sie zum letzten Mal: Sind Sie Joam Dacosta, verurteilt wegen Raubmordes?«
»Ich bin Joam Dacosta!«
Mit ruhiger Hand unterzeichnete Dacosta das Protokoll.
»Ein Bericht wird an den Justizminister in Rio de Janeiro abgeschickt werden. Es wird einige Zeit vergehen, bis wir die Order erhalten, das Urteil zu vollstrecken. Wenn Sie neue Beweismittel vorzulegen haben, so bemühen Sie selbst sich, durch Ihre Familie, sie zu beschaffen. Liegt der Befehl zur Hinrichtung vor, kann ich nichts mehr für Sie tun. Sie können Ihre Familie jederzeit sehen.«
Joam Dacosta verbeugte sich dankend.
Als Jarriquez ihn wieder hatte hinausführen lassen, schüttelte er den Kopf.

»Die Sache scheint doch merkwürdiger, als ich zunächst angenommen hatte. Es gibt offenbar mehr Dinge zwischen Unschuld und Galgen, als sich meine 40jährige Dienstweisheit träumen ließ.«

17

Während Dacosta dieses Verhör bestand, berieten Benito und Manoel an Bord der Jangada.

»Wir müssen Torres finden und von ihm erfahren, wie er herausbekommen hat, wo mein Vater wohnt. Er muß das Geheimnis dieses Raubmordes kennen. Manoel und Fragoso sollen mitkommen, wir müssen mit Torres reden, und wenn er nicht redet, dann wird etwas Schreckliches geschehen.«

Die drei Männer gingen am Ufer des Rio Negro an Land und schlugen den Weg zur Stadt ein.

Manao war nicht so groß, daß man es nicht in wenigen Stunden durchsuchen konnte. Zunächst klapperten die drei alle Gasthäuser und Kneipen ab. Irgendwo mußte der Abenteurer gesehen worden sein.

Benito, Manoel und Fragoso hasteten eine gute Stunde durch die Straßen und fragten alle Krämer in ihren Läden, alle Budiker und Wurstmaxen, ob sie einen Torres ähnlichen Mann gesehen hätten.

Fragoso fand schließlich die richtige Spur.

In einer Kneipe in der Straße Gottes des Heiligen Geistes hörte er, daß ein Individuum von dem Aussehen Torres' hier übernachtet habe.

»Befindet er sich jetzt noch hier?«

»Nein, er ist ausgegangen.«

»Hat er seine Rechnung bezahlt?«

»Nein, er wollte nachher wiederkommen.«

»Wissen Sie, wo er ist?«

»Er ist durch die untere Stadt davon, in Richtung auf den Amazonas.«

Die drei setzten also ihre Suche in der angegebenen Richtung fort. Bald hatten sie die Stadt hinter sich gelassen. Die Gegend, einige sumpfige Wiesen, war zu dieser Zeit menschenleer. Die drei wanderten schweigend am Ufer des Rio Negro entlang.

Nach einer ¾ Stunde war das Ufer des Amazonas zu sehen. Benito stürmte allen dreien voran. Bald verschwand er hinter einem kleinen Sandhügel.

»Schneller, schneller, wir dürfen ihn nicht allein lassen.«

Manoel und Fragoso rannten hinterher. Hatte Benito den Schurken gefunden?

50 Schritte hinter dem Sandhügel standen sich 2 Männer gegenüber und maßen sich mit wütenden Blicken. Es waren Torres und Benito.

Torres konnte jetzt nicht mehr ausweichen, und Benitos atemlose Aufregung wich langsam einer kühlen Überlegung.

Torres unterbrach die Stille als erster.

»Sie hier, welche Freude, Señor Benito Garral«, sagte er mit einem unverschämten Lachen.

»Benito Dacosta, so heiße ich!«

»Ja, in Begleitung von Manoel Valdez und meinem Freund Fragoso!«

Bei diesen Worten wollte der Frisör bereits auf Torres losstürzen.

»Was denn, was denn, 3 Mann gegen einen.« Torres zog aus seinem Poncho eine Manchetta. Halb gebückt erwartete er den Kampf. »Ich will Sie nicht angreifen, Torres. Ich will von Ihnen wissen, was Sie über die Vergangenheit meines Vaters wissen. Warum haben Sie ihm aufgelauert?«

»Das ist doch klar, mein Junge. Ich wollte unbedingt mit ihm plauschen, um ihm einen kleinen Handel anzubieten. Leider hat er ihn ausgeschlagen. Zu seinem eigenen Schaden.«

»Wie haben Sie in dem Haziender von Iquitos Joam Dacosta wiedererkannt?«

»Das geht nur mich allein etwas an, und ich habe keine Lust, Ihnen das auf die Nase zu binden.«

»Sie werden Rechenschaft ablegen!«

»Zurück, Schurke, ich bringe dich um!«

»Niemals, so wahr mein ehrlicher Name Torres ist.«
»Sie gemeiner Gauner!« Benito zog jetzt ebenfalls seine Manchetta aus dem Gürtel.
»Torres, Sie waren unser Gast, Sie haben meinen Vater verraten, ihn denunziert, einen Unschuldigen angeklagt – das sollen Sie mir mit Ihrem Blut büßen!«
Auf Torres' Lippen lag ein teuflisches Lächeln. Er wußte, daß er seinen Gegner augenblicklich entwaffnen konnte, wenn er ihm sagte, daß er den Beweis für die Unschuld Dacostas bei sich trug. Er war es gewohnt, mit der Manchetta umzugehen, und er glaubte, gegen einen jungen Mann von 20 Jahren im Vorteil zu sein.
»Manoel, du wirst mir als Sekundant dienen, und Sie, Fragoso, müssen der Sekundant dieses Mannes sein.«
»Am liebsten würde ich ihn wie ein wildes Tier niedermachen!«
Der Ort, wo der Zweikampf vor sich gehen sollte, war ein flaches Stück Uferland von etwa 10 m Breite, 20 m über dem Amazonas, nach dem es schroff abfiel. In der Breite bot diese Stelle also nur beschränkten Raum, und wer von den Kämpfern nach dieser Seite auch nur ein wenig zurückgedrängt wurde, mußte in die Tiefe stürzen. Manoel gab das Zeichen zum Beginn des Kampfes, und Torres und Benito begannen, einander zu umschleichen. Benito beherrschte sich jetzt vollständig. Als er nahe genug an Torres heran war, hieb er als erster mit seiner Manchetta los. Torres parierte. Die beiden Gegner traten jeder 1 Schritt zurück, stürmten dann aber sofort wieder aufeinander zu und packten sich mit der linken Hand an der Schulter. Sie wollten einander nicht wieder loslassen.
Der an Kraft überlegene Torres hieb mit seiner Manchetta von seitwärts, ein Schlag, dem Benito nicht ganz ausweichen konnte, er traf seine rechte Hüfte – der Poncho darüber färbte sich rot. Benito gab jedoch nicht auf, sondern es gelang ihm, Torres an der Hand leicht zu verwunden.
Weitere Schläge, ohne daß es zu einer Entscheidung kam. Aber Torres erlahmte langsam, er wich zurück und fand kaum Zeit, die wuchtigen Schläge des Gegners zu parieren. Bald sah Torres sich

an den Rand des Abhangs gedrängt, der an dieser Stelle über das Ufer hinaushing. Er durchschaute die Gefahr und versuchte noch einmal, vorzustürmen; seine Verwirrung wuchs.
»So sterben Sie, elender Schurke!« rief Benito.
Er stieß die Manchetta direkt gegen die Brust seines Feindes, aber die Spitze der Waffe traf auf einen harten Körper, den der Poncho überdeckte.
Benito hieb mit doppelter Wucht auf Torres ein. Torres, dessen nächster Schlag den Gegner verfehlt hatte, fühlte sich verloren. Er mußte wieder zurückweichen. Da wollte er rufen – rufen, daß das Leben Joam Dacostas an dem seinen hänge ... Es blieb ihm keine Zeit. Ein 2. Stoß der Manchetta traf das Herz des Abenteurers. Er sank nach rückwärts – unter den Füßen fehlte ihm der Boden, mit ersticktem Schrei stürzte er den Abhang hinab. Mit letzten Kräften versuchte er, sich an den Rosenbüschen des Wasserrandes anzuklammern – er verschwand unter den Wellen des Stromes.
Benito ließ seinem Freund Manoel kaum Zeit, die Wunde zu verbinden. »Zur Jangada!« rief er.
Die drei stürmten davon, den Uferweg zurück. Dort angekommen, nahmen sie Yaquita und Minha in die Mitte.
»Wir müssen in das Gefängnis und mit dem Vater sprechen!«
Die Familie ging also an Land, und eine Viertelstunde später standen alle vor dem Gefängnis. Auf die von Richter Jarriquez erteilte Erlaubnis hin wurden sie sofort hereingelassen.
Die schwere Tür öffnete sich.
Joam Dacosta sah seine Familie eintreten. Yaquita fiel ihm in die Arme. »Du bist unschuldig, mein Lieber, ich weiß es!«
»Unschuldig und gerächt«, sagte Benito.
»Gerächt, was willst du damit sagen?«
»Torres ist tot, mein Vater, ich habe ihn erledigt.«
»Torres tot?« rief Joam Dacosta. »Du hast mich ins Verderben gestürzt!«

18

Das war eine trübe Nacht für die Bewohner der Jangada. In Manao hatte sich die Stimmung der Bevölkerung gegen den Gefangenen gekehrt. Das weitverbreitete Groschenblatt dieser Gegend schilderte das Verbrechen noch einmal mit allen blutigen Einzelheiten. Vor dem Gefängnis kam es daraufhin zu Ansammlungen wütender Bürger, die Joam Dacosta am liebsten gelyncht hätten. Das wäre eine Abwechslung für die vielen Beamten Manaos gewesen!

»Wir müssen etwas unternehmen!« Die 3 jungen Männer hielten Kriegsrat.

»Torres erzählte, daß er ein Dokument besitze, in dem der Diamantenraub genau beschrieben ist und in dem der Name des wirklichen Täters genannt wird.«

»Aber Torres lebt nicht mehr, und mit ihm ist das Dokument verschwunden.«

»Erinnerst du dich an den Tag, an dem wir Torres kennenlernten? Das war in den Wäldern von Iquitos. Er verfolgte einen Affen, der ihm eine Metallkapsel geraubt hatte, auf die er besonderen Wert zu legen schien, denn er rannte schon einige Stunden hinter dem Affen her. Sicherlich war er doch nicht auf die wenigen Goldstücke wild, die sich in dem Etui befunden haben können.«

»Ja, das Etui, vielleicht enthielt es wirklich das Dokument!«

»Mir fällt ein«, sagte Fragoso, »daß an dem Tag, an dem Sie Ega besuchten, Torres den ganzen Tag in seiner Kabine ein schmutziges Papier las.«

»Das war das Dokument. Er hat es sicherlich an einem sicheren Ort versteckt!«

»Nein, bestimmt trug er es immer bei sich!«

»Jetzt wird's mir klar. Als ich den ersten Stoß mit meiner Manchetta gegen Torres' Brust führte, traf die Klinge auf einen harten Gegenstand unter seinem Poncho, wie auf eine Metallplatte . . .«

»Das Etui!«

»Aber wo finden wir Torres' Leichnam?«
»Das Wasser wird das Papier aufgeweicht haben, es wird unleserlich sein.«
»Vielleicht ist das Etui wasserdicht?«
»Wir müssen auf jeden Fall den Leichnam finden, wir müssen den ganzen Fluß durchsuchen!«
Sie riefen den Steuermann Araujo herbei, um ihn um Rat zu fragen.
»Schön«, sagte er, »ich kenne die Wirbel und Strömungen am Zusammenfluß des Rio Negro mit dem Amazonas ganz genau. Wir könnten vielleicht Erfolg haben. Nehmen wir 2 Piroggen, die beiden Ubas, 12 unserer Indianer und fangen wir schleunigst an.« Dann nahm er einen Schluck aus seiner Flasche.
5 min später stießen die 4 Fahrzeuge von der Jangada ab, glitten den Rio Negro hinunter und gelangten nach dem Uferabhang des Amazonas an die Stelle, an der Torres in den Wellen verschwunden war.

19

Der Ort der Tat war leicht wiederzuerkennen. Längs der Kreidewand des Uferabhangs zog sich ein blutiger Streifen herab bis zur Oberfläche des Wassers. Hier zeigten noch viele einzelne Blutstropfen auf den Blättern die Stelle, wo der Leichnam verschwunden war.
Eine etwa 30 m stromabwärts vorspringende Landspitze verursachte hier eine Art Wirbel und hielt das Wasser wie in einem Becken zurück. Am Strand selbst war keine Strömung zu bemerken, die Stengel der Rosenbüsche ragten völlig unbewegt in die Höhe. Dies ließ hoffen, daß Torres' Körper nicht in das bewegtere Wasser hinausgezogen wurde. Sollte sich der Flußgrund nach der Mitte hin stark neigen, so konnte doch der Körper nur wenige Meter vom Ufer entfernt sein. Die Ubas und die Piroggen wurden nach der äußersten Grenze des Wasserwirbels gerudert, und

jede Handbreit Boden wurde untersucht. Trotz aufmerksamen Sondierens aber fand man die Leiche des Abenteurers nicht.
2 Stunden nach Beginn der Arbeit wußte man, daß der Körper in schräger Richtung ins Wasser gelangt und in die Hauptströmung geraten sein mußte.
»Wir müssen den Fluß in seiner ganzen Breite und Länge durchsuchen!«
»In der Länge glücklicherweise nicht. 1200 m stromaufwärts macht der Amazonas eine Biegung, und sein Bett erhebt sich gleichzeitig steil. Das ist sozusagen ein natürlicher Damm, den wir Schiffer unter dem Namen Barre von Frias kennen. Nur an der Oberfläche schwimmende Gegenstände können sie passieren.«
Steuermann Araujo täuschte sich gewiß nicht, denn seit 30 Jahren fuhr er diese Strecke, Tag und Nacht, nüchtern oder besoffen.
Keine Insel unterbrach hier den Amazonasstrom; man mußte den gesamten Fluß absuchen. Die Fahrzeuge folgten dem rechten und dem linken Ufer, alle Büsche, alles Strauchwerk wurde mit den Bootshaken durchwühlt. Leider vergeblich, der halbe Tag war schon vorbei, und noch immer zeigte sich keine Spur. Die Indianer durften eine Stunde Pause machen und ihr Brot essen. Dann ging es von neuem an die Arbeit.
Die 4 Boote verteilten sich nun über die ganze Strecke bis zur Barre von Frias, denn jetzt mußte das gesamte Bett des Flusses untersucht werden. An einigen Stellen, so zeigte sich, reichten die Bootshaken nicht bis auf den Grund. So stellte man eine Art Schleppanker her, indem man starke Netze mit Steinen und Eisenstücken füllte, die über den Boden geschleift wurden.
Mit dieser mühevollen Arbeit beschäftigten sich Benito und seine Freunde bis zum Einbruch der Dunkelheit. Die Ubas und Piroggen strichen langsam über die Wasserfläche bis zur Barre von Frias hin.
Es war jedesmal ein spannender Augenblick, wenn eines der Netze an irgendeinem Gegenstand hängen blieb. Man zog es dann vorsichtig heraus, aber statt des gesuchten Leichnams

brachte man nur schwere Steine oder Pakete von Wasserpflanzen ans Licht.

Niemand dachte daran, die Suche aufzugeben.

Kurz vor Sonnenuntergang rief Araujo alle zusammen.

»Ich will nie wieder einen Tropfen Branntwein trinken, wenn die Leiche schon weggeschwommen ist. Sie muß noch hier vor der Barre liegen!«

»Wir müssen morgen weitersuchen.«

»Ist es möglich, daß Kaimane die Leiche gefressen haben?«

»Haben Sie Kaimane gesehen? Diese Tiere bevorzugen schlammiges Wasser, sie tummeln sich am liebsten in den dreckigen Nebenflüssen. Hier ist das Wasser sauberer. Die Leiche muß noch da sein.«

»Wir müssen morgen weitersuchen!«

»Bis morgen also.«

Minuten später waren alle wieder an Deck der Jangada.

20

»Wie lange dauert es, bis ein menschlicher Körper an die Oberfläche des Wassers treibt?«

»Da Torres bereits tot ins Wasser fiel, dauert es mindestens 3 Tage, bis sein Körper sich derart mit Gasen gefüllt hat, daß er nach oben kommt.«

»Wir können nicht so lange warten, der Hinrichtungsbefehl aus Rio kann schneller hier sein.«

»Zufällig wird in Manao gerade eine Kaimauer repariert. Da wurden einige Arbeiten unter Wasser von einem Taucher ausgeführt. Wir müssen sehen, ob wir den Tauchapparat leihen können.«

Benito und Manoel gingen sofort an Land und verhandelten mit dem Bauunternehmer, der sich schließlich gegen eine beträchtliche Summe bereit erklärte, den Taucheranzug für einen Tag auszuborgen.

»Brauchen Sie noch Arbeiter?«

»Geben Sie uns einen Vorarbeiter und einige Mann zur Bedienung der Pumpe mit!«
»Sie müssen die Leute aber über Tarif bezahlen, und ich kriege eine Provision für die Vermittlung.«
»Wir zahlen alles!«
»Das werde ich mir merken!«
Eine Stunde später war Benito zum Tauchen bereit. Bekanntlich besteht ein Taucheranzug aus einem Kautschuküberzug. Unter den Stiefeln, die mit den Hosen fest verbunden sind, dienen schwere Bleiplatten zur Beschwerung des Tauchers. Am Halsteil dieses Universalrockes befindet sich ein Ring aus Kupfer, an dem eine Metallkugel befestigt wird, deren Vorderseite eine Glasscheibe enthält. Diese Kugel umfaßt des Tauchers Kopf. Von dieser Kugel aus führen 2 Schläuche nach oben zur Pumpe, einer für frische und einer für die verbrauchte Luft.
So ein Gerät ist wirklich praktisch, und die einzige Gefahr für Benito waren die Kaimane, die allerdings nach Araujos sachkundiger Aussage hier nicht lebten. Um gegen unerwartete Zwischenfälle gesichert zu sein, führt vom Taucher eine Leine zum Boot hinauf, an deren Ende eine Klingel befestigt ist, die der Taucher bedienen kann.
Benito wurde also auf den Grund herabgelassen. Unter den schweren Sohlen knirschten die Kiesel. Er befand sich etwa 2 m unter Wasser an der ziemlich steilen, abschüssigen Uferstelle, an der Torres versunken war.
Hier fand sich ein fast undurchdringliches Gewirr von Rosenbuschwurzeln, einzelnen Stämmen und Wasserpflanzen, die von den Bootshaken unmöglich durchdrungen werden konnten.
In das klare Wasser reichte genug Licht herab, und Benito konnte tiefer steigen, ohne daß es auf dem Boden des Flusses zu dunkel geworden wäre.
Langsam schwebte Benito längs des Uferrandes hin. Mit einer Harpune durchwühlte er die Pflanzenmassen zu seinen Füßen. Fischschwärme entflohen vor ihm wie Vögel, die aus dichtem Buschwerk aufgejagt werden. Es glitzerte wie von 1000 Splittern eines zerbrochenen Spiegels, die durch das Wasser flirrten.

Gleichzeitig krochen Tausende von Schalentieren über den gelblichen Sand gleich riesigen Ameisen, die aus ihrem Bau vertrieben wurden.
Obwohl Benito jede kleinste Stelle sorgfältig durchstocherte, fand er nichts. Der Grund senkte sich immer tiefer und steiler hinab, und Benito schloß daraus, daß die Leiche über den Wasserwirbel hinaus nach der Mitte des Stromes gerollt sein mußte. Aber auch dort war das Ergebnis negativ.
Benito wollte sich nun etwas von der Mühe erholen, und er zog an der Glockenleine, damit die Arbeiter ihn wieder hinaufwinden konnten. Sie taten dies sehr langsam, um Benito nicht durch den großen Druckunterschied zu schädigen.
An Bord der Pirogge wurde der Helm abgeschraubt, und Benito holte tief Luft. Er setzte sich nieder, um ein wenig zu verschnaufen.
»Nichts!«
Benito erklärte dem Steuermann, daß er weiter in der Mitte des Flusses suchen wolle. Manoel war besorgt:
»Du mußt wieder heraufkommen, wenn der Druck auf den Ohren zu stark wird. Es wird so tief sein, daß du fast 2 atü aushalten mußt. Der Körper macht das nicht lange mit. Du mußt dich langsam an die großen Tiefen gewöhnen.«
Wieder wurde der Helm verschraubt, und Benito rutschte über den Bootsrand. Er wurde mit größter Vorsicht heruntergelassen, und als seine Füße im Sand des Flußbettes einsanken, zeigte sich an der Länge des Taues, das er mit sich zog, daß er bald 10 m unter der Oberfläche war. Hier befand sich also eine weit über das Durchschnittsniveau des Flußbettes reichende Einsenkung.
Es war hier unten schon dunkler, immerhin aber gab es noch genug Licht, daß Benito sich zurechtfinden konnte. Manchmal glänzten einige Sandkörner des Bodens hell auf. Langsam schritt Benito tiefer. Schon öfter war es so dunkel um ihn, herrschte eine derartige Finsternis, daß er nichts mehr erkennen konnte. Dann glitten oben die Boote über seinen Kopf hinweg und verdunkelten das Sonnenlicht.
Jetzt spürte er auch die Zunahme des Druckes, den die Wasser-

masse auf seinen Körper ausübte. Das Atmen wurde beschwerlicher, und die Glieder gehorchten nicht mehr genau dem Impuls des Willens. In seinen Ohren summte und brummte es, aber da er sich geistig vollkommen frei fühlte und sein Gehirn noch ungestört, vielleicht sogar energischer, funktionierte, gab er noch nicht das Signal zum Heraufhieven.

Einmal erschrak er in dem Halbdunkel vor einer unförmigen Masse. Sie ähnelte einem unter einer verworrenen Pflanzenmasse vergrabenen Körper.

Sein Herz klopfte unruhiger. Er tastete sich voran und suchte mit der Harpune, die leblose Masse zu bewegen. Es war nur der schon bis zu einem Skelett reduzierte Kadaver eines gewaltigen Kaimans, den die Strömung des Rio Negro bis in das Bett des Amazonas getrieben haben mochte. Benito lief es allerdings kalt über den Rücken beim Anblick dieser Knochen. Jetzt mochte ein Druck von 3 atü auf ihm lasten. Damit war die Grenze des Möglichen erreicht. Benito hatte jedoch beschlossen, so weit vorzudringen, bis ihm die körperlichen Kräfte und die geistige Energie den Dienst versagten. Eine Ahnung zog ihn nach der tiefsten Stelle.

Plötzlich sah er in einer dunkleren Grube eine Leiche, einen noch angekleideten Körper in der Lage eines Schlafenden, der kaum 2 m vor ihm ausgestreckt lag.

Einen Augenblick fürchtete Benito, die Besinnung zu verlieren. Dann paddelte er mit äußerster Anstrengung auf die Leiche zu. Da, ganz unerwartet, durchzuckte ein heftiger Schlag seinen zitternden Körper. Gleich einem langen Riemen wickelte sich ein Tier um seinen Leib, und trotz der dicken Taucherkleidung fühlte er sich von wuchtigen Peitschenhieben getroffen. Ein Zitteraal!

Diese Tiere, die mit besonderen Organen Elektrizität zu erzeugen vermögen, kommen im Amazonas und seinen Nebenflüssen häufig vor. Ein Riesenexemplar dieser »lebenden Batterien«, mehr als 2 m lang, hatte sich auf Benito gestürzt. Benito wußte, daß er in großer Gefahr war, denn die Taucherkleidung erwies sich als nicht genügend gesichert. Die anfänglich schwachen

Lähmend legte sich der Wasserdruck auf Benitos Glieder.

elektrischen Schläge wurden stärker und schmerzhafter. Benito konnte sich nicht mehr wehren und sank langsam zu Boden. Der Zitteraal umringelte seinen Körper, und Benito hatte nicht einmal mehr die Kraft, an der Glockenleine zu reißen. Er sah sich schon verloren – und das, als er die Leiche Torres' schon vor Augen hatte!
Noch einmal raffte er seine Kraft zusammen und versuchte zu schreien – es gelang ihm nicht mehr. Der Aal verdoppelte seine Schläge, unter denen sich Benito auf dem sandigen Boden krümmte. Vor seinen Augen wurde es langsam dunkel, und die Arme erstarrten.
Bevor jedoch das Sehvermögen vollständig verlorenging, bevor die Geisteskräfte erlahmten, ereignete sich ein unerwarteter, unerklärlicher und eigenartiger Zwischenfall, den Benito gerade noch bemerkte.
Durch die mächtigen Wassermassen verbreitete sich plötzlich der Nachhall einer dumpfen Detonation, ähnlich einem Donnerschlag, dessen Rollen bis in die Tiefe zu verspüren war.
Benito umsummte ein höllisches Getöse. Da entrang sich seinen Lippen noch ein unwillkürlicher Schrei – er wußte nicht ob er seinen Augen trauen konnte:
Der bisher ausgestreckt am Boden ruhende Körper richtete sich auf. Die Wellenbewegungen des Wassers ließen seine Arme schaukeln, als ob sich ein bewußtloser Lebender bewege. Ein entsetzlich anzusehendes Zucken rüttelte den toten Körper.
Benito erkannte das aufgedunsene, grünliche Gesicht des Schurken Torres. Und während er unfähig war, sich zu bewegen, während die schweren Sohlen ihn zurückhielten, als wäre er auf dem Sand festgenagelt, erhob sich vor ihm die Leiche, deren Kopf auf und ab schwankte, und aus der Vertiefung schwebte der Körper – ein grauenhafter Anblick – kerzengerade bis zur Oberfläche des Stromes.
Die ganze so wunderbare Erscheinung hatte natürlich eine rein physikalische Ursache:
Das Kanonenboot Santa-Ana, das auf der Fahrt nach Manao den Amazonas hinaufsegelte, hatte eben das Fahrwasser von Frias

passiert. Kurz vor dem Einlaufen in die Mündung des Rio Negro hißte es seine Flagge und begrüßte das grün-weiße Banner Brasiliens mit einem Kanonenschuß.
Durch den Knall kam zunächst die Oberfläche des Wassers in eine zitternde Bewegung, die sich weiter und weiter durch die Wasserschichten fortpflanzte und gerade hinreichte, den durch die beginnende Zersetzung schon spezifisch etwas leichteren Körper aufzuheben.
Man kann sagen, daß in diesem Fall der Kanonenschuß gerade zum rechten Zeitpunkt abgezogen wurde.
Auf einen Befehl Manoels steuerte eine Pirogge auf den Leichnam zu, während die anderen begannen, den Taucher wieder emporzuwinden.
Wie groß war der Schreck, als sie Benito vollkommen bewußtlos in das Boot zogen.
So schnell wie möglich wurde die enge Taucherausrüstung geöffnet. Manoel suchte von Mund zu Mund die Atmung Benitos zu unterstützen. »Das Herz schlägt noch!« Nach einigen Minuten eifriger Massage schlug Benito die Augen auf.
»Die Leiche! Die Leiche!« waren seine ersten Worte.
»Sie ist aus einer leicht erklärbaren physikalischen Ursache an die Wasseroberfläche gestiegen!« antwortete Manoel.
»Ein Zitteraal hat mich überfallen. Aber was war das für ein Lärm?«
»Ganz einfach, das war ein Kanonenboot, das einen Schuß losließ.«
Eben legte die Pirogge seitwärts an. Noch zeigte sich Torres äußerlich nicht sehr verändert. Fragoso riß bereits die Kleider des Toten auf. Da erregte der entblößte rechte Arm der Leiche seine Aufmerksamkeit. Es zeigte sich eine Narbe, offenbar von einem Messerstich.
»Jetzt erinnere ich mich. Da war eine kleine Schlägerei, es mag 3 Jahre her sein. Dieser Torres war damals in der Miliz der Waldkapitän. Ich wußte doch, daß ich den Kerl schon einmal gesehen hatte!«
»Das interessiert uns jetzt nicht. Wo ist das Etui?«

»Sein Puls ist ziemlich schwach!«

»Einen Augenblick! Dürften wir Sie als unseren Zeugen bitten?« wandte sich Manoel an den Vorarbeiter.
»Sehen Sie sich genau an, was hier vorgeht, damit Sie vor Gericht Ihre Aussage machen können.«
»Habe ich mir gedacht, daß ich nur Ärger habe heute.«
Fragoso löste nun den Gürtel, der unter dem zerrissenen Poncho um Torres' Körper geschnallt war, und kramte in den Taschen seiner Jacke.
»Das Etui!«
»Augenblick, würden Sie bitte in die Tasche dieses Toten greifen?« sagte Manoel wieder zu dem Vorarbeiter.
»Auch das noch! Hoffentlich soll ich nicht auch noch woanders hingreifen!«
Der Vorarbeiter holte aus einer Tasche eine Metallkapsel, deren Deckel offensichtlich fest verschlossen war und die durch das Wasser nicht gelitten hatte.
»Das Gericht muß diese Dose öffnen.«
Dann also nach Manao! Die Freunde sprangen gemeinsam in eine Pirogge.
»Was wird aus der Leiche?«
Die Indianer hatten sie bereits wieder ins Wasser geworfen, wo sie langsam abtrieb.
»Wir sollten ihn wenigstens begraben!«
»Wir sind ehrliche Hafenarbeiter, und zu dieser Arbeit müssen Sie sich jemand anders suchen, Señor.«
»Wir haben genügend Indianer bei uns, wir brauchen Ihre Hilfe nicht!«
Die Indianer erhielten den Befehl, die Leiche wieder aufzufischen und am Ufer christlich zu begraben. In diesem Augenblick aber stürzte ein Schwarm von Raubvögeln herab. Es waren Urubus, eine Art kleiner, nackthalsiger Geier mit langen Krallen und schwarz wie Raben. Vögel, die sich durch eine beispiellose Gefräßigkeit auszeichnen. Sie hackten auf den Körper ein. Daraufhin entwichen aus ihm die aufgestauten Gase. Das Gewicht der Leiche nahm wieder zu, und sie versank langsam wieder.
Zehn Minuten später waren die jungen Leute in Manao. Sie klin-

gelten an der Wohnung des Richters und wurden sogleich in dessen Zimmer eingelassen.

»Hier ist das Etui!«

Der Beamte nahm die Kapsel, prüfte sie sorgfältig und drehte sie in den Fingern. Dann schüttelte er sie, und es klapperte. Sollte dieses Etui tatsächlich den Beweis für die Unschuld des Gefangenen enthalten?

»Öffnen Sie, Señor Richter. Wir sind alle gespannt!«

Jarriquez versuchte, den Deckel abzuziehen. Mit einiger Mühe gelang es. Er wendete die offene Seite des Etuis nach unten. Heraus fielen einige Geldstücke.

»Das Papier, wo ist das Papier?«

Der Beamte steckte einen Finger in die Kapsel und zog mit einiger Schwierigkeit ein vergilbtes, sorgfältig zusammengefaltetes Papier heraus. Er schlug es auf, glättete es mit dem Handrücken und besah die Vor- und Rückseite genau. Das Blatt war mit großen Schriftzeichen bedeckt.

»Wie ein Dokument sieht das schon aus, aber . . .«

»Es beweist die Unschuld meines Vaters!«

»Da bin ich nicht so sicher.«

»Warum?«

»Weil dieses Dokument in einer Geheimschrift abgefaßt ist und weil uns der Schlüssel zu ihr fehlt!«

Das war nun eine unangenehme Tatsache.

21

Der Richter schrieb einen Bericht. Dann riegelte er sich in seinem Zimmer ein. Der alte Diener erhielt den Befehl, niemanden vorzulassen. Das Dokument, das die Rechtfertigung Dacostas enthalten sollte, hatte den Richter an sein Hobby erinnert. Knifflige Aufgaben und Kryptogramme waren seine Leidenschaft.

Er setzte sich die Brille auf die Nase, legte die Tabakdose auf den Tisch und nahm eine große Prise, um seine geistigen Fähigkeiten zu schärfen. Er hielt das Papier in den Händen und dachte erst einmal tief nach.

»Hier hilft nur Methode. Nur Logik führt weiter.«

Er las das Dokument mehrmals durch, ohne auch nur ein Wort zu verstehen.

»Ich kann nicht jeden Absatz einzeln studieren. Wahrscheinlich ist der letzte der wichtigste. Am ehesten können mich Eigennamen auf die Spur bringen.«

Er prüfte noch einmal den letzten Absatz:

Phyjslyddqfdzxgasgzzqqehxgkfndrxujugiocytdxvksbxh
huypohdvyrymhuhpuydkjoxphetozsletnpmvffovpdpajx
hyynojyggaymnqynfuqlnmvlyfgsuzmqiztlbqgyugsqeub
vnrcredgruzblrmxyuhqhpzdrrgcrohepqxufivvrplphonth
vddqfhqsntzhhhnfepmqkyuuexktogzgkyuumfvijdqdpzj
qsykrplxhxqrymvklohhhotozvdksppsuvjhd.

»Nicht sehr verständlich, dieser Text.« Es fiel dem Richter auf, daß die Zeilen nicht in Wörter aufgeteilt waren und daß jegliche Interpunktion fehlte.

»Nun will ich sehen, ob sich einige ganze Wörter finden lassen:
phy (?)
gas (?)
ujugi (ist etwa die Stadt am Tanganjika gemeint?)
puy (?)
jor (?)
phetoz (?)
jygazz (?)
suz (ein Markenzeichen?)
gruz (ein Schweizer Gruß?)
red, let (englische Wörter?)
ohe (?)
syk (?)
oto (ein Waschmittel?)
Nichts, das führt nicht weiter.«

Die Finger des Beamten begannen das Morgenlied »Im Frühtau zu Berge« zu trommeln. Jarriquez mußte sich mit Mühe wach

halten. Er zählte jetzt alle Buchstaben dieses Absatzes mit der Bleistiftspitze.
»276, und zwar:

a	=	3 mal
b	=	4
c	=	3
d	=	16
e	=	9
f	=	10
Summe		45

Übertrag:		45
g	=	13
h	=	23
i	=	4
j	=	8
k	=	9
Summe		102

Übertrag:		102
l	=	9
m	=	9
n	=	9
o	=	12
p	=	16
q	=	16
r	=	12
Summe		185

Übertrag:		185
s	=	10
t	=	8
u	=	17
v	=	13
x	=	12
y	=	19
z	=	12
Total		276

Aha. Da fällt auf, daß in diesem Satz alle Buchstaben des Alphabets vorkommen. Das ist selten. Stehen nun die Vokale zu den Konsonanten in einem richtigen Verhältnis?

Vokale		
a	=	3 mal
e	=	9
i	=	4
o	=	12
u	=	17
y	=	19
Total 64 Vokale		

64 Vokale gegen 212 Konsonanten, das ist ein normales Verhältnis. Wahrscheinlich ist das Dokument in unserer Landessprache abgefaßt.
Ein Gedanke: Das erinnert mich an Edgar Allan Poe. In der Novelle »The golden gub« wird eine aus Ziffern, Sternchen, Punkten und Kommas zusammengesetzte Geheimschrift einer höchst sinnreichen mathematischen Untersuchung unterworfen. Manchmal ist die moderne Literatur doch zu etwas nütze! Wie ging Edgar Allan Poe vor? Er zählte zunächst, welches Zeichen (hier gibt es nur Buchstaben) am häufigsten erschien.
Hier kommt das h 23mal vor. Das ist seltsam, denn im Portugiesischen müßte es das o oder a sein, im Englischen oder Französischen zweifellos e. Ich muß also annehmen, daß h = a oder o bedeutet.
Ich muß nun die Buchstaben nach ihrer Häufigkeit ordnen und sie dann mit unserem Alphabet in Verbindung bringen.«
3 Stunden schrieb Richter Jarriquez eine Zeile nach der anderen auf das Papier. Ab und zu putzte er vor Aufregung seine Brille und schneuzte in sein Taschentuch.
Endlich hatte er ein Schema gefunden.
Sein Spezial-Alphabet in der Hand, begann er zu schreiben und setzte die seiner Meinung nach richtigen Buchstaben unter die erste Zeile der Geheimschrift. Ebenso die folgenden Zeilen.
Er vermied es, während des Schreibens bereits einzelne Wörter zu lesen. Er wollte sich das Vergnügen der Entzifferung noch aufsparen.
Fertig.
Er las. Welche Mißlaute, ohne Sinn und Verstand, das Grunzen eines brasilianischen Schweines!
Die Mühe war also vergeblich.

22

Es war jetzt 7 h abends. Noch immer in das Rätsel vertieft, hatte der Richter Jarriquez, ohne einen Schritt vorangekommen zu sein, das Essen, Trinken und Schlafen vergessen. Da klopfte

Fieberhaft suchte der Richter nach dem Schlüssel der Geheimschrift.

es an die Tür. Es war höchste Zeit: Noch eine Stunde, und die Gehirnsubstanz des scharfsinnigen Beamten wäre unter der seinen Kopf jetzt durchglühenden Hitze geschmolzen.
Als er ein mürrisches »Herein!« gerufen hatte, erschien Manoel auf der Schwelle.
»Señor, hatten Sie mehr Erfolg als wir?«
»Bitte, setzen Sie sich zunächst auf diesen Stuhl!« rief der Richter, der selbst aufstand und im Zimmer herumrannte.
»Wenn wir beide stehen würden, so gingen Sie nach der einen Seite und ich nach der anderen, und dazu ist der Raum zu klein. Nein, ich habe nichts lesen können. Eines ist mir allerdings klargeworden: Das Dokument basiert nicht auf konventionellen Zeichen, sondern auf einer Chiffre, wie man in der Kryptographie sagt, oder, um es verständlich auszudrücken, auf einer Zahl.«
»Und kann man eine derartige Geheimschrift lesen?«
»Wenn ein Buchstabe stets an Stelle eines bestimmten anderen gesetzt wird, wenn z. B. a immer durch ein p dargestellt ist, ein p durch ein x usw. Wenn das nicht der Fall ist, spottet es jeder Mühe.«
»Und in diesem Fall?«
»In dieser Schrift wechselt die Bedeutung jedes Buchstabens je nach der willkürlich angenommenen Chiffre. So wird etwa ein b, das zuerst durch ein k dargestellt ist, später ein z, dann vielleicht ein m, ein n, ein f oder ein beliebiger anderer Buchstabe. Und daher können wir das Dokument überhaupt nicht entziffern.«
»Nicht entziffern? Wir müssen es lesen, das Leben eines Gentleman hängt davon ab.«
»Hören Sie zu, junger Mann. Ich begann mit der Bearbeitung des Dokuments, wie es sein muß, nämlich logisch. Ich bemühte mich, zunächst mit Unterlegung eines Alphabets, das sich aus der Häufigkeit bestimmter Buchstaben ergab, das Dokument zu lesen.
Dies war die Methode des unsterblichen Edgar Allan Poe. Sie mißglückte.«
»Ich begreife nicht...«

»Nehmen Sie dieses Schriftstück und lesen Sie es aufmerksam durch. Fällt Ihnen etwas auf?«
»Es ist vollkommen unverständlich.«
»Betrachten Sie den letzten Absatz. Darin kommt etwas vor, was beweist, daß das Dokument nach einer untergelegten Zahl verschlüsselt ist.«
»Und das wäre?«
»Es sind die 3mal h, die an einer Stelle direkt nebeneinander stehen!«
»Wirklich: Der 204., 205. und der 206. Buchstabe des Absatzes, ebenso der 258., der 259., der 260. Buchstabe ist ein h. Was folgert nun hieraus?«
»Junger Mann, es gibt keine Sprache der Welt – uns unbekannte vielleicht ausgenommen –, in der 3 h aufeinander folgen. Also muß diese Schrift auf einer Zahl basieren! Wenn ich das gleich zu Anfang gewußt hätte, fühlte ich jetzt keine Migräne.«
»Aber Señor, was verstehen wir hier unter einer Zahl?«
Richter Jarriquez warf sich in seinen Schreibtischsessel, griff ein Stück Papier und schrieb schnell:
Der Richter Jarriquez ist ein sehr scharfsinniger Kopf.
»Ich habe also den 1. Satz geschrieben, der mir in den Sinn gekommen ist, nun denke ich mir eine Zahl, um diesen Satz kryptologisch umzugestalten. Ich nehme an, diese Zahl ist 423. Ich setze diese Zahl unter diese Zeile und wiederhole sie so oft, wie es bis zum Ende des Satzes nötig ist.
Das sieht so aus:

```
Der Richter Jarriquez ist ein sehr
423 4234234 234234234 234 234 2342
scharfsinniger Kopf.
34234234234234 2342
```

Setzen wir nun an die Stelle jedes Buchstabens den anderen, der sich, im Alphabet weitergerechnet, durch die untergeschriebene Ziffer ergibt, so erhalten wir folgendes:
D und 4 weiter = H
e und 2 weiter = g
r und 3 weiter = u

R und 4 weiter = W und so fort!
Bin ich nun mit der Veränderung der Buchstaben nach meinem Schema – mit der willkürlichen Zahl 423 – am Ende, so erhält der Ihnen bekannte Satz folgendes Bild:
Hguvkflvhvldvtluwhdkvyglruhltvgjdvhvmpqmi
hvmrth.
Nun, junger Mann, sieht dieser Satz nicht ganz so aus wie unser Dokument? Daraus ergibt sich, daß wir ohne Kenntnis der Chiffre diesen Text nicht entziffern können.«
»Wir müssen diese Zahl herausfinden!«
»Die Zahl! Aus wie vielen Ziffern soll sie bestehen? Wissen wir das? Aus 3, 4, 5, 9 oder gar 10? Wissen Sie denn, junger Mann, daß man aus den 10 Ziffern des Zahlensystems, wenn sie alle verwendet, aber keine wiederholt würde, nicht weniger als 3 268 800 verschiedene Zahlen bilden könnten, und daß, wenn auch nur eine Ziffer sich wiederholte, diese Millionen gleich ins Ungeheure anwachsen würden? Und: Wenn man von den 525 600 min, die das Jahr zählt, nur 1 min nötig hätte, um jede einzelne Zahl auszuprobieren, säße man 6 Jahre an dieser Aufgabe, und sollte diese Rechenoperation eine Stunde brauchen, säßen wir hier länger als 3 Jahrhunderte!«
»Das ist unmöglich!«
»Hier kann uns nur Glück weiterhelfen. Fragen Sie Dacosta, ob er irgendeine markante Zahl weiß, die mit dem Verbrechen in Verbindung steht.«
Manoel schlich auf die Jangada zurück, weniger mutig als er gekommen war.

23

Inzwischen hatte sich die öffentliche Meinung vollkommen gewandelt. Alle Bürger von Manao – mit Ausnahme derjenigen, die überhaupt nicht lesen konnten – waren überzeugt, daß in dem wiedergefundenen Dokument der Beweis für Dacostas Unschuld zu suchen sei. Auch die Analphabeten begannen langsam, das

Ganze für einen Justizirrtum zu halten. Die Zeitung veröffentlichte den Text und veranstaltete ein Preisausschreiben. Wer das Rätsel lösen konnte, sollte als Preis eine Medaille aus der Hand des Richters und ein Freiabonnement für ein Jahr erhalten.
Alle Augen konzentrierten sich jedoch auf den Richter Jarriquez. Für ihn war das Dokument bereits zur fixen Idee geworden. Tag und Nacht saß er an seinem Schreibtisch. In seinem Inneren kochte eine schlecht verborgene Wut, vor der sein ganzes Haus zitterte. Ihm mußte die Lösung gelingen, vorausgesetzt, daß sein Kopf nicht sprang wie ein Kessel unter zu hohem Druck.
Jarriquez probierte alle Zahlen durch, die ihm in den Sinn kamen.
»Diesen Schurken, der sich das ausgedacht hat, soll 276mal der Teufel holen!«
Jarriquez schlug mit der Faust auf das Papier.
»Ruhe bewahren, vielleicht hat der Täter ein biographisches Datum als Chiffre gewählt? Dacosta ist 1804 geboren.«
Er schrieb die ersten Buchstaben des Absatzes nieder, darüber die Zahl 1804.

1804 1804 1804
phyj slyd dqfd

Daraus ergab sich folgende Reihe, wenn er die entsprechenden Buchstaben zurückzählte. O. yf rdy. cif.
Das war also nichts!
Und dazu fehlten sogar noch drei Buchstaben, die er durch Punkte angeben mußte, weil die Ziffern 8, 4 und 4, die über den Buchstaben h, d und d standen, nach rückwärts gezählt keinen Buchstaben ergaben.
»Ich kann es nur dem Zufall überlassen! 3mal verflucht!«
Schnell riß Jarriquez an der Klingelschnur, die über dem Schreibtisch hing. Die Klingel schrillte laut. Der Richter ging zur Tür und riß sie auf.
»Bobo!!!«
Einige Augenblicke verrannen.
Bobo, der schwarze Diener, erschien aber nicht.
Ein neuer Zug an der Klingel. »Bobo!!!« Der Richter zerrte noch

einmal an der Klingel, so heftig, daß die Schnur in Stücke ging. Nun erschien Bobo.
»Haben Sie geläutet, Señor?« sagte Bobo, der an der Türschwelle stehenblieb.
»Vorwärts, herein.« Bobo machte einige Schritte.
»Bobo, paß auf, was ich dir sage, und antworte sofort, ohne zu zögern, oder es knallt!«
Bobo riß die Augen und sperrte den Mund auf.
»Sage mir die erste beste Zahl, die dir einfällt!«
»76223, Señor.«
Richter Jarriquez lief zum Schreibtisch und begann zu schreiben. Es kam aber kein anderes Resultat heraus als ein furchtbarer Fluch von den Lippen des Richters, der Bobo veranlaßte, mit Volldampf nach rückwärts abzubrausen.

24

Nicht nur der Richter konnte über dem Dokument nicht schlafen, auch die ganze Familie Dacostas versuchte verzweifelt, eine Lösung des Geheimnisses zu finden.
Die Dienerin Lina beschwor Fragoso: »Du mußt dahinter kommen! Wir müssen ihn retten!«
Fragoso hatte sich einen Plan zurechtgelegt. Niemandem, nicht einmal Lina, erzählte er davon. Er wollte eine geheime Reise unternehmen, um womöglich noch vorhandene Mitglieder der Miliz, der auch der ehemalige Waldkapitän Torres angehört hatte, aufzuspüren. Vielleicht wußte einer aus dieser Bande, wer der Verfasser des Dokuments sein konnte.
Fragoso vermutete die Truppe nicht weit entfernt, etwa 100 km stromwärts an der Mündung des Madeira.
Fragoso war sich darüber klar, daß sein Unternehmen wenig Aussicht auf Erfolg hatte, denn es war höchst ungewiß, ob er die Truppe treffen würde und ob ihre Mitglieder sich an die früheren Freunde von Torres erinnerten.
Trotz alledem verließ Fragoso am 29. August die Jangada, ohne

jemandem etwas zu sagen, gelangte unbemerkt nach Manao und schiffte sich dort auf einer der vielen Egariteas ein, die täglich den Amazonas hinuntersegeln. Den ganzen folgenden Tag suchte man auf der Jangada nach Fragoso und war nicht wenig beunruhigt. Vor allem Lina – die sich einen Verrat Fragosos freilich nicht vorstellen konnte – bangte um ihren Verlobten.
Um 20 h dieses Tages stürzten Benito und Manoel gleichzeitig mit großem Lärm in das Zimmer des Richters.
Der Beamte stand schnell auf.
»Was wünschen Sie, meine Herren?«
»Den Schlüssel ..., den Schlüssel!« rief Benito, der sich vor Übermüdung und Verzweiflung kaum noch auf den Beinen halten konnte.
»Haben Sie ihn?«
»Nein, aber Sie ... Sie müssen ihn finden!«
»Ich weiß nichts!«
Benito, völlig entnervt, zog einen Dolch aus seiner Jacke und wollte ihn sich in das Herz stoßen. Der Beamte und Manoel fielen ihm in die Arme, es gab einen heftigen Ringkampf.
Schließlich wurde Benito entwaffnet.
»Haben Sie nichts Besseres zu tun, als sich umzubringen? Jetzt, da Ihr Vater für ein Verbrechen büßen soll, das er wahrscheinlich gar nicht begangen hat!«
»Aber was soll ich denn tun?«
»Sie müssen ihm das Leben retten!«
»Aber wie?«
»Ihnen das zu verraten, erlaubt mir meine Dienstvorschrift nicht!« sagte der Richter und blickte Benito vielsagend an. Einige Zeit später berieten sich die beiden jungen Männer. Sie waren sich einig: Nur eine Flucht konnte Dacosta retten. Niemandem erzählten sie etwas von ihrem Vorhaben.
Am 30. August, früh am Morgen, verließen sie die Jangada. In Manao waren die Straßen noch menschenleer. In einigen Minuten waren sie am Gefängnis und durchstreiften nach allen Richtungen das öde Terrain rund um das Arresthaus. An einer Ecke des Gebäudes, 2 m über dem Erdboden, fand sich das Fenster der

Zelle, in der Dacosta saß. Es war von einem ziemlich wackligen Eisengitter verschlossen. Offenbar ließ sich dieses Gitter leicht herausreißen, wenn man erst einmal oben war. Die Mauer war schlecht verputzt, und an manchen Stellen bröckelte der Mörtel heraus, einzelne Steine ragten hervor und boten den Füßen genügenden Halt. Man mußte ein Seil werfen, das sich in einem der Stäbe verhaken konnte, hinaufklettern und das Gitter vorsichtig aus dem Mauerwerk lösen. In der Nacht würde diese Arbeit sicherlich unbeobachtet vonstatten gehen.
»Müssen wir deinen Vater vorher benachrichtigen?«
»Nein, wir werden ihn überraschen.«
»Und wenn die Aufseher uns hören?«
»Wir werden sie mit einigen Golddollars bestechen!«
»Und wo sollen wir deinen Vater nach der Befreiung verstecken? Auf der Jangada würde man ihn sofort finden.«
In etwa 50 m Entfernung durchschnitt ein Kanal die unbebaute Landschaft, der unterhalb der Stadt in den Rio Negro mündete. Dieser Kanal bot einen bequemen Weg, den Fluß zu erreichen, wenn den Flüchtigen hier eine Pirogge aufnahm.
Benito und Manoel sahen also vor, heute abend eine Pirogge mit dem Steuermann Araujo und einigen kräftigen Ruderern unter dem Gebüsch des Kanals warten zu lassen.
Wohin aber sollte Dacosta gebracht werden?
Es war zu gefährlich, nach Iquitos zurückzukehren. Die Reise führte zu lange durch brasilianisches Gebiet. Auch auf der Hazienda selbst dürfte Dacosta kaum in Sicherheit sein. Sollte er den Amazonasstrom hinabfahren? Da gab es am Ufer zu viele Militärposten, Dörfer und Städte, in denen sein Steckbrief schnell verbreitet wäre. Die beste Aussicht hatte folgendes Projekt: Dacosta sollte aus dem Gefängnis fliehen, die Pirogge besteigen, dem Kanal bis zum Rio Negro folgen, ihn bis zum Amazonas hinabrudern. Auf dem Amazonas mußte er dann etwa 120 km weiter segeln, um die Mündung des Madeira zu erreichen. Dabei dürfte das Boot immer nur während der Nacht weiterfahren und sich am Tag, so gut es ging, verstecken. Der Madeira führt bis in das Herz von Bolivien hinein. Dort würde sich Dacosta erst ein-

»Ziemlich morsch, dies Gefängnis, wir werden es schon schaffen!«

mal in Sicherheit befinden. Dort könnte er auf ein Schiff nach den USA oder nach Europa warten. Die Familie konnte ihm später folgen, nachdem die Farm kapitalisiert war. Steuermann Araujo wurde sofort in den Plan eingeweiht. Er war bereit, mitzumachen. Er übernahm es, eine Pirogge auszurüsten. Bereits am Nachmittag waren alle Vorbereitungen getroffen. Nur die Dunkelheit mußte noch abgewartet werden.

Noch einmal ging Manoel zum Richter.

»Haben Sie schon Nachricht aus Rio?«

»Sie muß jeden Augenblick eintreffen . . ., und das Dokument ist noch immer nicht entziffert. Ich werde wahnsinnig. Nur ein Wort, ein einziges, scheint mir klar aus dem Text hervorzugehen.«

»Was für ein Wort?«

»Dieses Wort heißt: Entfliehen!«

Manoel drückte dem Richter nur stumm die Hand. Er hatte ihn verstanden.

25

Zuerst verlief alles planmäßig.

Joam Dacosta lag träumend auf seiner Pritsche, als er ein kratzendes Geräusch am Fenster hörte. Dacosta achtete nicht darauf. Er dachte an seine Jugendzeit. Da wurde das Fenster plötzlich von außen mit Gewalt aufgestoßen. Benito kletterte herein, und hinter ihm zwängte sich Manoel in die Zelle.

»Wir müssen uns beeilen! Im Kanal unten wartet eine Pirogge. Der Steuermann wird dich in Sicherheit bringen!«

Dacosta war aufgestanden. Mit gekreuzten Armen und stolzem Blick stand er den beiden jungen Männern gegenüber.

»Fliehen? Ich soll ein 2. Mal fliehen? Das kommt nicht in Frage. Niemals!«

Das hatten sie nicht erwartet. Benito stand völlig verdattert.

»Der Befehl zur Hinrichtung kann jeden Augenblick eintreffen, es gibt keine Rettung!«

Benito versuchte, seinen Vater am Arm zum Fenster zu zerren. Dacosta riß sich los. »Eine Flucht wäre ein Schuldgeständnis. Ich habe mich freiwillig gestellt.«
»Richter Jarriquez sieht auch keine andere Möglichkeit mehr als die Flucht!«
»So werde ich sterben! Ich kann nicht länger gegen die Ungerechtigkeit an, ich will nicht fliehen. 23 Jahre lang habe ich ein Leben voller Angst geführt, voller Furcht vor Denunziation. Ich fliehe nicht noch einmal!«
Benito stürzte auf seinen Vater zu, wollte ihn zum Fenster ziehen, als plötzlich die Tür der Zelle aufgerissen wurde. Der Polizeivorsteher, ein Wachtmeister und einige Soldaten stürmten in die Zelle.
Der Polizeivorsteher übersah die Situation natürlich sofort. Ihm war klar, daß hier eine Anstiftung zur Flucht vorlag, daß aber der Gefangene sich entschieden wehrte, entführt zu werden. Der Polizeivorsteher schwenkte ein Papier und trat auf Dacosta zu. Zitternd sagte er: »Joam Dacosta, die Entscheidung vom Justizminister in Rio de Janeiro ist soeben eingetroffen.«
»Und sie lautet?«
»Das Todesurteil ist zu vollziehen!«
»Und wann?«
»Morgen.«
»Dann schicken Sie den Padre und lassen Sie mich in Ruhe.«
»Und Sie, junger Mann«, sagte der Polizeivorsteher zu Benito, »müssen eine Geldstrafe zahlen und die Reparatur des Gefängnisses. So sind nun einmal die Vorschriften.«
Man ließ Dacosta, der nur noch wenige Stunden zu leben hatte, allein.

26

Am 31. August, morgens 9h, sollte der Gefangene am Galgen baumeln. Die Todesstrafe wird in Brasilien meistens zu lebenslanger Haft umgewandelt, außer wenn es sich um Neger handelt.

Doch war leider vom Gesetz die Möglichkeit einer Begnadigung auf die Strafe für Diamantenraub gänzlich ausgeschlossen.
Dacosta war also nicht mehr zu retten.
An jenem Morgen jedoch ritt ein Mann, so schnell ihn das Pferd tragen konnte, auf Manao zu. 2 km vor der Stadt brach das Tier erschöpft zusammen.
Der Reiter machte keinen Versuch, es wieder auf die Beine zu bringen. Er ließ es liegen und rannte stolpernd weiter. Dieser Mann war Fragoso.
Hatte er Erfolg gehabt? Hatte er das Geheimnis entdeckt? Er wußte es selbst nicht. Fragoso hatte den Anführer der Waldkapitäne gefunden. Er hatte ihm 3 Fragen gestellt.
Frage: Gehörte der Waldkapitän Torres Ihrer Miliz an?
Antwort: Ja.
Frage: Wenn ja, hatte er einen Kameraden, mit dem er näher bekannt war?
Antwort: Ganz richtig.
Frage: Wie hieß dieser Mann?
Antwort: Ortega.
Das war alles, was Fragoso erfuhr. Der Chef der Miliz konnte ihm mehr auch nicht sagen.
Der Raubmörder von Tijuco war also nicht gefunden.
Fragoso stürzte nach Manao hinein, blieb plötzlich wie angewurzelt auf einem kleinen Platz stehen, in dessen Mitte ein Galgen aufgebaut war. Eine dichte Volksmenge drängte sich dort. Fragoso brach zusammen. »Zu spät, zu spät!« Doch noch war der Kopf Dacostas nicht in der Schlinge. Mit letzter Kraft rief Fragoso: »Richter Jarriquez!« Er stand wieder auf und schleppte sich, einem Wahnsinnigen ähnlich, vor das Haus des Richters. Vor der Tür ging er wieder zu Boden.
Er klopfte an der Tür, mit letzter Kraft. Ein Diener öffnete. Fragoso kroch auf allen vieren in das Haus.
»Der Herr wünscht niemanden zu sprechen!«
»Verschieben Sie die Hinrichtung, Torres hat die Wahrheit gesagt.«
»Sie bringen mir die Chiffre zu diesem Dokument?«

Fragoso antwortete nicht.
»Nein? Dann 'raus hier, himmelkreuzsapperdunnerarschschwertnochmal!«
»Torres hat nicht gelogen, ich habe mit seinem Chef gesprochen.«
»Hinaus!«
Fragoso umklammerte die Beine des Beamten. »Dacosta ist unschuldig, er hat das Verbrechen nicht auf dem Kerbholz, das war Ortega...«
Der Richter stürzte auf seinen Schreibtisch zu. »Ortega! Vielleicht hilft uns der Name weiter!«
Wieder beugte er sich über das Papier. Er schrieb den Namen unter die ersten 6 Buchstaben des letzten Absatzes:
Phyjsl
Ortega
»Nichts, das ergibt wieder nichts!«
Das p, das y und das j unter die Buchstaben o, t und e gesetzt, hätte die Ziffern 1, 4 und 5 ergeben. Das s und das l am Ende wären vom g und a um 12 Stellen entfernt gewesen, die durch eine einzige Ziffer nicht ausdrückbar waren. Sie konnten also dem g und a nicht entsprechen. Da wurden draußen laute Rufe hörbar.
Fragoso, bevor ihn der Richter hindern konnte, sprang zum Fenster, riß es auf. Vor dem Haus wogte eine unübersehbare Menschenmenge. Sie wartete auf den Gefangenen.
»Die letzten Buchstaben, versuchen wir es mit den letzten.«
Mit zitternder Hand setzte er den Namen Ortega über die letzten 6 Buchstaben des Absatzes.
Da, ein Schrei aus seiner Kehle. Aus den letzten Buchstaben ließ sich eine Zahlenreihe bilden.

Ortega
432513
suvjhd

Die gefundene Zahl war also 432513!
Draußen hatten die Bewohner von Manao einen Sprechchor gebildet: »Un - schul - dig! Un - schul - dig!«

4 3 25134 3 2 513 432 5134 32 513
phyjslyddqfdzxgasgzzqqeh

Der Richter arbeitete fieberhaft am letzten Absatz:
Dann suchte er nach den entsprechenden Buchstaben. Er zählte in der alphabetischen Reihe abwärts und las:

Le véritable auteur du vol de . . .

Jarriquez sprang auf, flitzte aus dem Zimmer vor die Tür, riß die Arme hoch und konnte zunächst (vor Aufregung) keine Silbe hervorbringen. Gerade wurde Dacosta aus dem Gefängnis herbeigeführt.
»Unschuldig! Er ist unschuldig!« schrie der Richter in die Menge. Sofort wurde es still, und alle drängten auf den Richter zu. Der hatte sich auf die Stufen gesetzt und schrieb eifrig auf das Dokument, stellte die Zahlen unter den Text, zählte das Alphabet aus und teilte die Wörter und setzte die Kommas.
Er stand auf und begann feierlich:
»Durch einen uns unerklärlichen Umstand ist dieses Dokument nicht in unserer Landessprache abgefaßt, sondern in französisch. Glücklicherweise habe ich in der Schule diese schöne Sprache gelernt.
Der Text, den ich hier in der Hand habe, endet so:

Le véritable auteur du vol des diamants
43 251343251 343251 34 325 134 32513432
Ph yjslyddqf dzxgas gz zqq ehx gkfndrxu

et de l'assassinat des soldats qui escortaient
51 34 3 2513432513 432 5134325 134 3251 3432513
ju gi o cytdxvksbx hhu ypohdvy rym huhpuydkjox

le convoi, commis dans la nuit du vingt-deux
43 251343 251343 2513 43 2513 43 25134 3251
ph etozsl etnpmv ffov pd pajx hy ynojy ggay

janvier mil huit cent vingt-six, n'est donc pas
3432513 432 5134 3251 34325 134 3 251 3432 513
meyunfu qln mvly fgsu zmqiz tlb q gyu gsqe ubv

»Unschuldig! Unschuldig! Sie sind gerettet!«

Joam Dacosta, injustement condamné à mort;
4325 1343251 34325134325 134325134 3251
nrcr edgruzb lrmxyuhqhpz drrgcroh e pqxu

c'est moi, le misérable employé de l'admini-
3 4325134325134325134325 13 43 2 513432
f ivv rpl ph onthvddqf hqsntzh hh n fepmqk

stration du district diamantin; oui, moi seul,
5134325134 3251343 25134325134325134325
yuuexkto gz gkyuumfv ijdqdpzjq syk rpl xhxq

qui signe de mon vrai nom, Ortega.
134 32513 43 251 3432 513 432513
rym vkloh hh oto zvdk spp suvjhd.

»In unsere Sprache übersetzt, heißt das:
Der wirkliche Urheber des Diamantendiebstahls und der Ermordung der Soldaten, die den Transport begleiteten, geschehen in der Nacht des 22. Januar 1826, ist also nicht der zu Unrecht zum Tode verurteile Joam Dacosta, sondern ich, der elende Angestellte im Diamantendistrikt, der hier mit richtigem Namen zeichnende Ortega.«
Kaum hatte der Richter geendet, als zahllose Hurras die Lüfte erschütterten. So viele Hände konnte Dacosta gar nicht schütteln, wie sich ihm entgegenstreckten. Bald standen die Gratulanten in einer langen Reihe.
Nun war dem Richter alles klar: Der Übeltäter hatte ein Geständnis verfaßt. Aus dem Papier ging hervor, daß der Beamte, der den Diamantentransport begleiten sollte, sich selbst mit einigen Diamantenschiebern in Verbindung gesetzt hatte. Während des Überfalls kämpfte er nur scheinbar auf seiten der Soldaten und fiel, wie es verabredet war, nach einem Platzpatronenschuß wie tot zur Erde. Lange konnte Ortega allerdings nicht mit den Räubern ziehen. Sie plünderten ihn schließlich auch noch aus, er floh nach Norden und trat der Miliz der Waldkapitäne bei. Die fragten ihn nicht nach Woher und Wohin. Ortega lernte Torres kennen. Eines Tages kam er in die Nähe von Iquitos und hörte von

Joam Garral, in dem er bald den falsch beschuldigten und entflohenen Dacosta erkannte. Er hatte keinen Grund, Dacosta Übles zu wünschen, und so beschloß er, dem Haziender von Iquitos die wahren Hintergründe der Tat zu berichten. Das tat er in einem verschlüsselten Brief. Der Tod vereitelte den Plan Ortegas. Bei einer Schlägerei mit Negern am Madeira-Fluß wurde er schwer verwundet. Sein Kamerad Torres trug ihn beiseite, und Ortega erzählte ihm flüsternd seine Geschichte. Ihm gab er das Dokument und sagte ihm die Chiffre.

»432513!« war sein letzter Seufzer.

Als der Richter dies alles erfahren hatte, kündigte er Dacosta unter dem Jubel der Menge die provisorische Freiheit an. Bald wurden beide auf die Schultern genommen und die 3 Hauptstraßen Manaos auf und ab getragen.

Sofort, sagte er, würde ein Bericht nach Rio abgehen. Was geschah nun mit Fragoso? Ihn umarmten die Damen und flößten ihm Kognak zur Stärkung ein.

»Heute abend muß es ein großes Fest geben!«

4 Tage später – jeden Tag wurde erneut gefeiert – kam ein Brief aus Rio, in dem die endgültige Freilassung Dacostas verfügt wurde.

An diesem Tag saßen alle, Richter Jarriquez als Ehrengast, im Speisezimmer der Jangada und probierten die besten Weine Südamerikas.

Einen Tag später ertönte das Signal zur Weiterfahrt. Alle drängten an Deck des ungeheuren Floßes. Die Jangada trieb langsam mit der Strömung, und als sie in einer Biegung des Rio Negro verschwand, donnerte noch ein vielstimmiges Hurra der Bewohner von Manao durch die warme Luft.

Nachschrift:

Der Rest der Reise nach Belem verlief in Frieden

In Belem heirateten Manoel und Minha, Fragoso und Lina.

So hatte diese Reise ein vorläufig gutes Ende genommen.

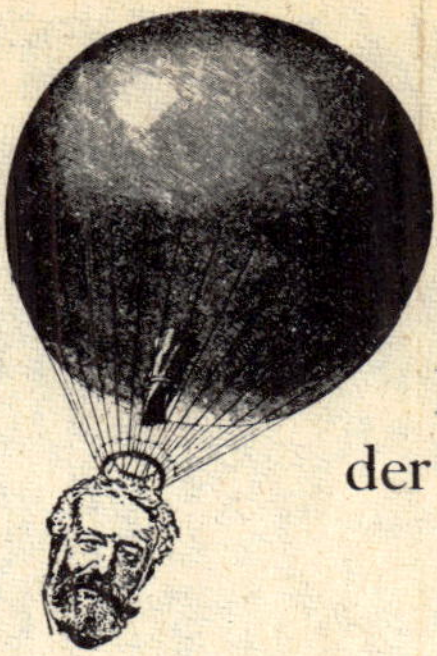

Die Schule
der Robinsons

»Insel zu verkaufen, gegen Barzahlung plus Unkosten und Kommission!« So rief, ohne Atem zu holen, der Auktionator Dean Felborg.

1

»Insel zu verkaufen, gegen Barzahlung, plus Unkosten und Kommission!« So rief, ohne Atem zu holen, der Auktionator Dean Felborg.

»Insel zu verkaufen, Insel zu verkaufen!« wiederholte der Gehilfe Gingrass lauthals und ruderte durch die Menschenmenge. Wirklich, eine große Menschenmenge, die sich im weiten Saal des Auktionshauses drängte, in Sacramento Street No. 10. Es zwängten sich nicht nur Amerikaner aus Kalifornien, Utah und Oregon durcheinander, auch einige Franzosen (die ⅙ der Bevölkerung ausmachen), auch Mexikaner, in malerische Ponchos gekleidet, Chinesen in seidenen Hosen und mit spitzen Hüten, Kanaken aus Ozeanien, sogar Schwarzfuß-, Dickbauch- und Plattkopf-Indianer traten sich gegenseitig auf die Füße. Das war in der Hauptstadt Kaliforniens, in San Franzisko, jedoch nicht mehr zur Zeit der Goldsucher, die zwischen 1848 und 1852 die Gegend unsicher gemacht hatten. Damals war Frisco ein einziger Bauplatz gewesen, eine riesige Herberge, in der die Abenteurer noch einmal ihren Schnaps tranken, bevor sie nach den Goldfeldern am Westabhang der Sierra Nevada aufbrachen. Nein, 20 Jahre später war San Franzisko zu einer Stadt aufgeblüht, die den Städten der Westküste – Lima, Santiago und Valparaiso – tüchtig Konkurrenz machte.

Heute, am 15. Mai, war es recht kalt. Im Auktionssaal spürte man davon jedoch wenig. Die schrille Glocke des Ausrufers hatte eine übergroße Menge herbeigelockt, so daß zumindest im Saal Sommertemperatur herrschte. Allerdings: fast niemand war erschienen, um eine Insel zu kaufen. Die meisten waren nur neugierig. Wer wollte schon ein Insel im Stillen Ozean kaufen, die von der Regierung angeboten wurde?

»Eine Insel zu verkaufen!« Man lachte, keiner bot.

»Um keinen Preis!« rief ein Ire, der kaum die Pennies in der Tasche hatte, einen Strandkiesel zu bezahlen.
»6 Dollars per Acre!«
»Und bringt nicht ¼% Gewinn ein!« lachte ein dicker Farmer, der sich in Grundstücksgeschäften auskannte.
»Eine Insel zu verkaufen, 120 km Umfang, 90000 Hektar! Eine Insel mit jungfräulichem Wald, mit Hügeln, fetten Wiesen, klaren Bächen, ohne jedes schädliche Tier, ohne Raubzeug, ohne Reptilien. Vorwärts, Bürger, knöpft die Taschen auf, eine Insel in tadellosem Zustand, kaum gebraucht. 1100000 Dollar nur, fast geschenkt.«
»Legen Sie Ihre Insel wieder in den Kasten, ich will eine andere haben!«
Niemand bot auch nur ½ Dollar. Dabei sollte niemand die Katze im Sack kaufen. Der Auktionator hatte überall im Saal Karten verteilen lassen, auf denen die Insel in den schönsten Farben abgemalt war, außerdem war von dem geschäftstüchtigen Manager die Presse rechtzeitig unterrichtet worden. Unzählige Zeitungen, Groschenblätter und Monatshefte hatten seit Monaten die Vorzüge der Insel – für deren Verkauf sich der Kongreß entschieden hatte – angepriesen.
Die Insel Spencer, gelegen in Westsüdwest der Bai von San Franzisko (32° 15′ nördlicher Breite und 142° 18′ westlicher Länge von Greenwich, 862 km Luftlinie von San Franzisko entfernt), gehörte allerdings nicht gerade zu den Inseln, die für die Schiffahrt eine Bedeutung haben. Sie liegt nämlich inmitten des sogenannten Fleurieuschen Beckens, einer Wasserfläche, die keine erkennbare Strömung zeigt. Die Seeleute aller Nationen fürchten sich vor diesem windstillen Gebiet. Die großen Straßen des Stillen Ozeans, die die Neue Welt mit der Alten verbinden, verlaufen weit südlicher.
Für jemanden, der die Einsamkeit suchte, konnte diese Insel ein idealer Ort sein. Für einen freiwilligen Robinson wäre sie gewiß ideal, allerdings hätte er genügend Geld für den Preis haben müssen.
Warum verkauften die USA diese Insel? Die Union war doch

gewöhnlich daran interessiert, ihren Einfluß überall in der Welt zu vergrößern. Die Antwort ist einfach: die Insel Spencer war militärisch nicht interessant. Sie als Strafkolonie einzurichten, wie mehrere Senatoren vorgeschlagen hatten, erschien zu unpraktisch, und für den Handel war die Insel auch nicht zu gebrauchen. Also beschloß der Kongreß den Verkauf unter der Bedingung, daß der Käufer ein Amerikaner zu sein habe. Der Taxwert wurde auf 1 100 000 Dollar festgelegt. Für einen Konzern war das eine Kleinigkeit, aber ein Privatmann mußte schon reich sein, um sich ein Geschäft zu leisten, das ihm nicht ein einziges % Gewinn einbringen konnte. Außerdem war Barzahlung verlangt. Sollte ein Eigentümer gefunden werden, durfte er sich zum Präsidenten der Insel wählen lassen. Aber er konnte nicht König werden. Sollte er Mitbürger auf der Insel finden, so mußten sie ihn alle 7 Jahre wiederwählen. Diese Bedingungen schreckten manchen Millionär ab, der gern König geworden wäre. Kurz: es meldete sich niemand.

Der Auktionator wurde heiser, sein Gehilfe heiserer. Immer wieder hob sich der Hammer, aber er wurde nicht geschlagen.

»Garantieren Sie für goldhaltigen Alluvialboden?«

»Nein, aber der Staat überläßt dem Käufer alle Ansprüche auf mögliche Bodenfunde.«

»Gibt's wenigstens einen Vulkan?«

»Nein. Da würde die Insel teurer sein. 1 100 000 Dollar, ich beginne also, zum ersten, zum zweiten ...«

Die Spannung in der Menge wurde unerträglich.

»Wenn niemand bietet, wird die Auktion aufgehoben, zum ersten, zum zweiten!«

»1 200 000 Dollar!« Mitten aus der Menge ertönten diese Worte wie Schüsse aus einem Colt.

Alles drehte sich nach dem mutigen Mann um.

Es war William W. Kolderup aus San Franzisko.

2

Es war einmal ein reicher Mann, der seine Millionen so zählte wie andere Tausender. Das war William W. Kolderup. Man hielt ihn für reicher als den Herzog von Westminster, der eine Apanage von 800000 Pfund erhält und der 40000 Mark am Tag verbrauchen kann, also etwa 28–29 Mark in der Sekunde. Reicher noch als Mackay, der 2750000 Pfund Rente hat, die ihm in der Sekunde mehr als 2 Mark abwerfen. Reicher war William W. Kolderup als Rothschild, als Vanderbilt, reicher als die mächtigsten Direktoren der Bankhäuser der Alten und der Neuen Welt. Ohne zu überlegen, hätte er eine Million als Trinkgeld geben können wie unsereins 10 Pfennig oder 1 Mark.
Den Grundstein zu seinem Vermögen hatte der ehrenwerte Spekulant auf den Goldfeldern Kaliforniens gelegt. Er war nämlich der Hauptgesellschafter des Schweizers Sutter gewesen, der 1848 die erste Goldader entdeckt hatte. Seit dieser Zeit war Kolderup an allen großen Unternehmungen beider Hemisphären beteiligt, wobei Glück und Intelligenz ihm halfen.
Er ernährte Hunderte von Fabriken, und sie ernährten ihn. Seine Schiffe exportierten seine Produkte über den ganzen Erdball. Sein Reichtum wuchs nicht nur in arithmetischer, sondern auch in geometrischer Progression. Es hieß, er wisse überhaupt nicht mehr, wieviel Geld er habe. Natürlich wußte er es ganz genau.
Gegenwärtig besaß William W. Kolderup 2000 Büros auf dem ganzen Erdball, 84000 Angestellte in Amerika, Europa und Australien, 300000 Korrespondenten und 500 Seeschiffe. Er gab jährlich ungefähr 1000000 Dollar für Briefporto aus! Das Gebot Kolderups, der den Taxpreis der Insel um 100000 Dollar überboten hatte, war also durchaus ernst zu nehmen. Augenblicklich verstummten die Witzeleien im Saal, Ausrufe der Bewunderung waren zu hören, und schließlich erdröhnten donnernde Hurras.
Dem Höllenlärm folgte tiefste Stille. Würde es jemand wagen, gegen den Milliardär zu bieten? Gegen diesen großen Mann, der gutmütig, aber entschlossen blickte? Nein, hier war nicht an Kampf zu denken.

»1 200 000 Dollar werden hier geboten, bitte weitere Gebote!« rief der Auktionator.
Alle hielten den Atem an. Alle Herzen klopften lauter. Würde eine Stimme sich erheben und mehr bieten? William W. Kolderup stand unerschüttert, gleichmütig, als ginge ihn die Sache nichts an. Seine Nachbarn sahen jedoch, daß seine beiden Augen zwei mit Dollars geladenen und entsicherten Pistolen glichen.
»Niemand bietet mehr?«
? ? ?
»Zum ersten, zum zweiten ...! So schlage ich zu, für 1 200 000 Dollar die Insel, wie sie steht und liegt, alles komplett. Für 1 200 000 Dollar die Insel Spencer.« Die rechte Hand des Auktionators hob sich, der elfenbeinerne Hammer schwebte – ein Schlag, und das Geschäft sollte perfekt sein. Das Publikum war so aufgeregt wie bei einer öffentlichen Lynchjustiz. Der Hammer zitterte leicht in der Hand des Auktionators. Doch bevor der trockene Schlag erfolgte, hörte man eine Stimme:
»1 300 000 Dollar!«
Ein allgemeines Raunen der Befriedigung ging durch die Reihen. Jetzt bekam man doch noch einen Wettkampf zu sehen. Wer war der unverschämte Kerl, der es wagte, William W. Kolderup zu trotzen?
Das war J. R. Taskinar aus Stockton.
J. R. Taskinar war reich, aber er war noch dicker. Er wog 490 Pfund. Beim letzten Kongreß der dicken Männer in Chicago erhielt er nur den zweiten Platz, was aber nur daran lag, daß man ihm nicht die Zeit gelassen hatte, sein Abendessen einzunehmen. Dadurch verlor er 10 Pfund.
Dieser Koloß, der nur eigens für ihn gebaute Stühle und Sessel benutzte, um seine enorme Persönlichkeit mit Zuversicht darauf plazieren zu können, wohnte in Stockton am San Joaquin.
Diese Stadt gehört zu den Industriemetropolen Kaliforniens, hier werden die Produkte der Minen im Süden verladen, und die Schiffe schaufeln hier den größten Anteil kalifornischen Weizens. Nicht allein die Ausbeutung der Bergwerke und der Getreide-

handel hatten Taskinar zu einem reichen Mann gemacht, es strömte – bildlich gesprochen – auch ein riesiger Fluß Petroleum durch seine Kassenschränke. Übrigens war Taskinar auch ein erfolgreicher Pokerspieler. Jedenfalls war er nicht gerade das, was man im Westen einen Ehrenmann nennt. Dazu ließ er seinen Colt etwas zu häufig sprechen.
Wie dem auch sei, Taskinar empfand einen speziellen Haß gegen William W. Kolderup. Er beneidete ihn wegen seines Vermögens, ärgerte sich über Kolderups gesellschaftliche Stellung, er verachtete ihn, wie ein dicker Mensch einen dünnen verachten kann. Es war nicht das erste Mal, daß der Spekulant aus Stockton dem Kapitalisten aus San Franzisko irgendein Geschäft – gleichgültig, ob mit guten oder schlechten Aussichten – aus reiner Rivalität abzujagen versuchte. William Kolderup sah dies jedesmal nur mit Verachtung und Hohn.
Einen Erfolg konnte J. R. Taskinar seinem Gegner Kolderup nie vergeben. Bei den letzten Senatswahlen nämlich hatte Kolderup Taskinar geschlagen. Wie viele Dollars hatte Taskinar ausgegeben, um Journalisten, Beamte und Wähler zu bestechen – es hatte nichts genützt! Kolderup war der reichere. Er saß jetzt im Senat von Sacramento.
Als J. R. Taskinar erfahren hatte, daß Kolderup plante, die Insel Spencer zu kaufen, hatte er gleich eine Möglichkeit zur Rache gesehen. Daß die Insel für ihn völlig ohne Nutzen sein mußte, war ihm gleichgültig.
»1 300 000 Dollar« hatte J. R. Taskinar also gerufen.
»Der dicke Taskinar!« Der Name lief von Mund zu Mund. Hier drohte ein gewaltiger, mit Dollarexplosionen geführter Kampf auszubrechen, und niemand wagte vorauszusagen, welche Summen die beiden Geldschränke in die Schlacht werfen würden.
Wieder herrschte Totenstille, in der man eine Spinne ihr Netz hätte stricken hören können.
Da rief der Auktionator: »1 300 000 Dollar für die Insel Spencer!«
William W. Kolderup hatte den Blick ein wenig gewendet, die Menge war zurückgewichen, und so standen sich die beiden Rivalen gegenüber. Keiner wollte den Blick senken.

»1 400 000 Dollar.«
»1 500 000!«
»1 600 000!«
»1 700 000!«
Erinnerte dieser Kampf nicht an die beiden Fabrikherren in Glasgow, die miteinander gewettet hatten, wessen Fabrikschornstein höher gebaut werden könnte? Hier wurden freilich Goldbarren gestapelt!
»1 700 000 Dollar« rief der Auktionator, »das ist nicht zuviel!«
»1 800 000!«
»1 900 000!«
»2 000 000!« rief William W. Kolderup mit entschlossenem Gesicht.
J. R. Taskinar kam hingegen in Hitze, sein Gesicht glich jetzt einem auf Rot gestellten Signal der South-Pacific-Railways. Sein Gegner kümmerte sich natürlich nicht um dieses Signal, sondern gab mehr Dampf.
J. R. Taskinar fühlte das. Zwischen den fleischigen, mit kostbaren Brillantringen überladenen Fingern drehte er an der ungeheuren goldenen Panzerkette, an der seine Uhr hing.
Er fixierte seinen Gegner, schloß dann die Augen, die er gleich wieder haßerfüllt aufriß: »2 500 000!« schleuderte er ihm entgegen, in der Hoffnung, den Rivalen durch diesen Sprung nach vorn zu erledigen.
»2 700 000!« antwortete Kolderup mit Seelenruhe.
»2 900 000!«
»3 000 000!«
Ja, William W. Kolderup aus San Franzisko wagte es!
Noch zögerte Dean Felborg mit dem Zuschlag. Vor Aufregung konnte er sich kaum noch auf den Beinen halten. Alle Blicke hingen an J. R. Taskinar. Jetzt empfand seine voluminöse Persönlichkeit ihr eigenes Gewicht, mehr noch allerdings die Last der 3 Millionen Dollar. Mit leiser, zitternder Stimme sagte er:
»3 500 000!«
»4 000 000!«
Das war der letzte Keulenschlag. J. R. Taskinar sank wie ein ge-

»3 500 000!« »4 000 000!« Ja, William W. Kolderup aus San Franzisko wagte es!

fällter Ochse zu Boden, der Hammer traf mit trockenem Schlag den Marmor des Pultes.
»Ich werde mich rächen!« flüsterte der gestürzte J. R. Taskinar. Und darauf wurde er in das Occidental-Hotel abgeschleppt. William W. Kolderup hingegen wurde von der begeisterten Menge unter dreifachem Hipp-Hurrah zu seinem Haus in der Montgomery Street gebracht. Einige vergaßen sich sogar soweit, den Yankee Doodle zu singen.

3

William W. Kolderup war in seinen Palast in der Montgomery Street zurückgekehrt. Diese Straße ist die vornehmste in San Franzisko, so vornehm wie die Regent Street oder der Broadway, weit vornehmer als der Jungfernstieg oder der Kurfürstendamm. Hier flutet das Leben, hier ist Bewegung: Pferdebahnen, Kutschen und Wagen, von Pferden und Mauleseln gezogen, geschäftstüchtige Bankiers drängen sich auf dem Trottoir, Gouvernanten und Gammler warten vor den Schaufenstern, und zahlreiche Trinker zwängen sich durch die Türen der Bars, in denen kalifornisches Weizenbier ausgeschenkt wird.
Es ist unnütz, den Palast des Nabobs von San Franzisko zu beschreiben. William W. Kolderup besaß weit mehr Millionen als guten Geschmack. Man kann eben nicht alles gleichzeitig haben. Jedenfalls gab es einen großen Salon, in dem ein ganz kleines Klavier stand, dessen Akkorde eben durch die gefilterte Atmosphäre des Palastes zitterten, als der steinreiche Mann eintrat.
William W. Kolderup schritt in sein Büro, um das kleine Geschäft über die Insel Spencer endgültig zu ordnen. Es genügte, daß er einige Wertpapiere aus dem Safe nahm, sie seinem Kassierer mit einigen erklärenden Zeilen übergab – und alles war erledigt. William W. Kolderup hatte jetzt ein anderes Geschäft im Sinn. Er und Sie! Godfrey und Phina! Sie waren jetzt im Salon, sie über das Piano gebeugt, er halb ausgestreckt auf einem Sofa.

Nur halb lauschte er den Notenperlen, die unter den Fingern des reizenden Mädchens hervorgingen.
»Hörst du überhaupt zu?«
»Natürlich, noch nie habe ich Strauß so gut gespielt gehört!«
»Das ist doch nicht Strauß, das ist die Mondscheinsonate!«
»Dann habe ich mich eben getäuscht!« sagte Godfrey mit der gleichgültigsten Miene San Franziskos.
Das junge Mädchen hob die Hände und hielt die Finger einen Augenblick gespreizt über dem Klavier, als sollten sie wieder herabsinken, um einen Akkord zu greifen. Dann drehte sie sich auf ihrem Klavierhocker um und sah dem schweigsamen Godfrey ins Gesicht. Er wich ihrem Blick aus.
Phina Halloney war das Patenkind William W. Kolderups. Er hatte ihre Erziehung bezahlt, und nun betrachtete er sie als seine Tochter.
Phina war auf ihre Art ein hübsches Mädchen, eine Blondine von 16 Jahren, leidenschaftlich wie eine Brünette, was man ihren blauen Augen leicht ansehen konnte. In der amerikanischen Gesellschaft werden derartige Mädchen unweigerlich mit der Lilie verglichen, sie war also eine Lilie, doch nicht auf schwankendem, sondern auf solidem Stengel prunkte sie. Sicherlich verfügte sie über ein gewisses Temperament, mehr aber noch über praktischen Sinn, Verstand und Selbstbewußtsein. Träume – sie sind schön, wenn man schläft, nicht, wenn man wach ist. Und Phina – sie schlief in dieser Minute nicht, und sie dachte auch nicht daran, zu schlafen.
»Godfrey??«
»Phina?«
»Woran denkst du jetzt?«
»An dich?«
»Nein, gewiß nicht, du denkst an das Meer!«
Phinas Hand verirrte sich jetzt in den Tasten, und eine Reihe verminderter Septimen, deren trauriger Klang deutlich genug sprach, ertönte, unverstanden von Godfrey.
Godfrey war der Neffe William W. Kolderups. Elternlos wie Phina, war er ebenfalls im Haus des Millionärs aufgewachsen. Er

war jetzt 23 Jahre alt. Nach seinem Studium hatte er nichts weiter getan als sich vergnügt. Er war übrigens ein junger Mann von vornehmer Eleganz, trug nie kurze Hosen und allzubunte Krawatten, auch zierte er seine Finger nicht mit riesigen Juwelringen, wie es seine Landsleute zu tun lieben.
William W. Kolderup hatte mehrere Gründe, eine Heirat der beiden zu fördern:
1. vor vielen Jahren hatte er beiden je ein Konto auf einer seiner Banken eingerichtet. Bei einer Heirat bliebe das Geld in der Familie;
2. die beiden gefielen einander;
3. würden die beiden in seinem Haus bleiben, in dem der Millionär nicht gern einsam sein wollte.
Allerdings gab es einen Punkt, der gegen diese Heirat sprach. Godfrey nämlich fühlte sich noch nicht reif zum Heiraten. Der Onkel hatte versäumt, ihn rechtzeitig aufzuklären.
Nach Beendigung seiner Studien fühlte Godfrey einen berechtigten Überdruß an der Gesellschaft, dem er zu begegnen hoffte durch eine große Reise. Er plante eine Weltreise. Von der Alten und der Neuen Welt kannte er wirklich nur San Franzisko und er ahnte, daß es noch mehr Sehenswürdigkeiten auf der Erde geben müsse. Was ist ein Amerikaner schon wert, der nicht mehrmals um die Erde gereist ist?
Godfrey hatte eine Unmenge von Reisebüchern gelesen, er hatte mit Marco Polo das Himmlische Reich, mit Kolumbus Amerika, mit Cook den Stillen Ozean, mit Dumont d'Urville die Umgebung des Südpols entdeckt. Er träumte von einer Forschungsreise, von Überfällen malayischer Piraten, von Schiffskollisionen im Nebel, von einer Strandung an öder Küste. Robinson! Wer wollte nicht schon einmal ein Robinson werden?
Diese Gedanken wälzte Godfrey gerade, als sein Onkel ihn in das Ehejoch schmieden wollte. Konnte er mit Phina reisen? Unmöglich, er mußte seine Abenteuer allein bestehen.
Erst nach einer Weltreise wollte er den Ehevertrag unterzeichnen. Kann ein Mann überhaupt das Glück eines weiblichen Wesens gewährleisten, wenn er vorher nicht wenigstens in Japan

oder China, zum mindesten aber in Europa gewesen war? Nein!
Phina hatte diese Problematik erkannt, und ihr praktischer Sinn sagte ihr, es sei besser, Godfrey reise jetzt allein als nach der Hochzeit.
William W. Kolderup erschien nun in der Tür, geschäftstüchtig wie immer: »Wir müssen nun ein Datum festsetzen!«
»?«
»Das Datum eurer Hochzeit, meine lieben Kinder! Der früheste Termin ist mir gerade recht!«
»Lieber Onkel, Godfrey möchte weit lieber den Tag seiner Abreise festsetzen.«
»Abreise?«
»Ja, Godfrey möchte sich, bevor er mich heiratet, die Welt ein wenig ansehen.«
»Donnerschlag!«
»Ja, Onkel«, sagte jetzt Godfrey mutig, »höchstens ein bis zwei Jährchen. Vorausgesetzt, daß Phina auf mich wartet!«
»Das ist ein Verlobter, der vor der Heirat wegrennt!«
»Onkel, er hat recht«, sagte das junge Mädchen. »Ich bin ja noch sehr jung, und Godfrey braucht auch noch etwas Erfahrung. Durch eine Reise wird er etwas altern. Ist er erst einmal draußen, wird er sich bald nach Ruhe sehnen, und die findet er dann bei mir.«
»Du willst ihn also gehen lassen? Du willst warten?«
»2 Jahre und nicht länger.«
Phinas Hände klimperten wieder auf der Tastatur, diesmal den beliebten Schlager der Saison: »Verlobter, komm bald wieder!«
»OK«, stieß William W. Kolderup zwischen den Zähnen hervor. »Wann willst du abreisen?«
Phina hörte unwillkürlich mit dem Spiel auf.
»So schnell wie möglich.«
Onkel William legte Phina die Hand auf die Schulter. »Meine Tochter, man darf nicht mitten im Stück aufhören!« Und mit seinen dicken Fingern vollendete er das Spiel. »Plim, plim, pleng.«

4

Wenn T. Artelett Franzose gewesen wäre, hätten ihn seine Landsleute ganz gewiß Tartelett genannt. Und da der Name auf ihn paßt, wird er hier auch so heißen. Im übrigen hätte Tartelett ganz gut ein Franzose sein können. Chateaubriand erwähnt in seiner »Reise von Paris nach Jerusalem« ein kleines Männchen, »gepudert und frisiert wie in alter Zeit«, mit apfelgrünem Rock, halbwollener Weste, Jabot und Manschetten aus Musseline, das auf einer kleinen Geige kratzte und den Irokesen Menuette beibrachte.
Tartelett war Tanz- und Anstandslehrer zwar nicht bei den Irokesen, aber bei den Kaliforniern. Er bekam für seinen Unterricht keinen Bärenschinken und Biberfelle, sondern harte Dollars. Wenn er seine Schüler nicht mit »Meine Herren Wilden« und »meine geehrten wilden Damen« anredete, dann nur, weil er die Eltern seiner Eleven bereits gut erzogen hatte.
Tartelett war Junggeselle und zählte 45 Jahre. Vor mehreren Jahrzehnten hätte er sich beinahe einmal mit einer ehrsamen Jungfrau in reiferem Alter verheiratet.
Damals hatte er für seine Schwiegereltern eine Personenbeschreibung zu Papier bringen müssen, die hier wiedergegeben wird, so daß sie eine weitere Beschreibung Tarteletts überflüssig macht:
T. Artelett, geb. am 17. Juli 1835, ¼4 Uhr morgens.
Größe: 1 Meter, 76 Zentimeter, 3 Millimeter.
Umfang über den Hüften: 40 Zentimeter, 4 Millimeter.
Gewicht: 141 Pfund, 2 Gramm.
Kopfform: länglich.
Haare: über der Stirn dünn, bräunlich; Stirn hoch.
Gesicht: oval. Teint: blühend.
Augen: scharf, grau; Wimpern und Brauen: hellbraun; die Lider liegen etwas tief eingebettet unter dem Augenbrauenbogen.
Nase: mittelgroß, nahe dem Ende des linken Nasenloches durch einen Riß etwas gespalten.
Schläfe und Wangen: platt und bartlos.

Ohren: groß und und platt anliegend.
Mund: mittelgroß, gute Zähne. Die fest geschlossenen Lippen von einem Schnurrbart bedeckt, das Kinn von einem mehrfarbigen Bart.
Sollte man Tartelett in der Badewanne antreffen, könnte man sehen, daß er eine weiße Haut hat.
Seine Existenz ist ruhig und geregelt. Raucht nicht und trinkt nicht. Trinkt keinen Kaffee. Leichtes Bier und Himbeersaft sind die einzigen Getränke, die er zu sich nimmt.
Sein Benehmen ist gut, der Charakter frei und offen. Wenn er bisher noch nicht geheiratet hat, dann nur aus Furcht, eine Frau unglücklich zu machen. Eine Zimmerwirtin hat er bisher jedoch noch nie unglücklich gemacht. Soweit die Beschreibung Tarteletts, die für eine Jungfrau in gewissem Alter nicht ohne Reiz gewesen sein mag. Aber leider zerschlug sich das Projekt, und Tartelett blieb unbeweibt.
Im Palast des William W. Kolderup wurde er allmählich zum Mobiliar gezählt. Er war ja auch ein kreuzbraver Mann. Man gewöhnte sich an ihn. Er liebte Godfrey und Phina, und es war sein einziger Ehrgeiz, die beiden gesellschaftsfähig zu machen.
William W. Kolderup hatte nun beschlossen, Tartelett als Reisebegleiter für Godfrey zu engagieren. Am 16. Mai ließ er Tartelett in sein Büro bitten.
Eine Bitte des Millionärs war für Tartelett ein Befehl. Der Professor der Tanzkunst verließ sein Zimmer, ausgerüstet mit seiner kleinen Geige, um für jede Gelegenheit gerüstet zu sein. Mit akademisch gesetzten Füßen, wie es ihm zukam, schwebte er die breite Treppe des Palastes hinunter, klopfte mit angemessener Zurückhaltung an die Bürotür. Noch auf der Schwelle blieb er in der sogenannten 1. Position stehen: mit halbvorgebeugtem Rumpf, gerundeten Ellenbogen, lächelnd, die Füße voneinander gekreuzt, so daß die Fersen sich berührten und die Spitzen nach außen zeigten.
Jeder andere wäre in dieser Stellung bei dem leichtesten Luftzug umgekippt. Nicht so Tartelett.
»Mr. Tartelett, ich habe Sie rufen lassen, um Ihnen eine Neuigkeit mitzuteilen, die Sie nicht überraschen dürfte.«

Bückling Tarteletts.
»Die Hochzeit meines Neffen ist um 18 Monate verschoben worden. Godfrey wird auf eigenen Wunsch um die Welt reisen.«
Bückling Tarteletts.
»Sicherlich fällt es Ihnen schwer, sich von Ihrem Schüler zu trennen?«
»O, ganz gewiß!«
»OK, dann scheint es das beste, wenn Sie einfach mitfahren. Sie werden meinen Neffen begleiten.«
»??«
Tartelett stotterte sprachlos. Niemals war ihm der Gedanke gekommen, er könnte San Franzisko, Kalifornien und Amerika verlassen. Sein Fach war die Choreographie und nicht die Geographie! Nun sollte er seinem Vaterland den Rücken kehren, sollte übers Meer gehen! Tartelett konnte ein leichtes Zittern in seinen Knien nicht vermeiden.
»Vielleicht bin ich . . . nicht geeignet!« murmelte er und versuchte, sein Lächeln wiederzufinden.
»Das wird sich geben«, rief William W. Kolderup und hieb dem Tanzlehrer kräftig auf die Schulter.
»Und wann soll diese Reise losgehen?«
»In einem Monat!«
»Und auf welches sturmbewegte Meer werden mein Schüler und ich hinausgesandt?«
»Zuerst einmal auf den Stillen Ozean!«
»Und wo werden wir zuerst landen?«
»In Neuseeland. Die Neuseeländer halten die Ellenbogen sehr steif und eckig, da gibt's etwas zu tun für Sie!«
Der Millionär schnippte mit den Fingern, ein Zeichen für das Ende der Audienz. Tartelett, ganz benommen, vergaß zum ersten Mal in seinem Leben die elementarsten Vorschriften seiner Kunst: er wandte dem Millionär den Rücken zu und wankte hinaus.

5

Godfrey war begeistert. Professor Tartelett, der gewöhnlich fest auf den Beinen stand, hatte jedoch das Gleichgewicht verloren. Er schwankte über das Parkett seines Zimmers, als wäre er bereits an Bord eines Dampfers, dessen Schlingen und Stoßen ihn umherwarf. William W. Kolderup war, seit der Entschluß gefaßt war, wenig gesprächig. Seine geschlossenen Lippen und seine halb unter den Lidern versteckten Augen verrieten, daß er einer fixen Idee nachhing. »Du willst also reisen« – murmelte er – »dann sollst du auch reisen!«

Natürlich wurden alle Vorbereitungen sofort getroffen. Sollte Godfrey nach Süden, nach dem Westen oder Osten abgehen? Sollte er nach Süden fahren, würde der *Panama to California and British Columbia-Gesellschaft* die Passage zufallen. Wollte er nach Osten, so konnte die Pacific Railways ihn in wenigen Tagen nach New York führen, von wo aus die *Cunard-Line*, die *Hamburg-Amerika-Linie* oder der *Norddeutsche Lloyd* oder die *Transatlantique française* die Küsten der Alten Welt anliefen. In Richtung Westen gab es eine regelmäßige Verbindung der *Steam Transoceanic Golden Age* nach Melbourne. Es fehlte also keineswegs an Beförderungsmitteln. Die Präzision der Fahrpläne hätte es ohne weiteres gestattet, eine Spazierfahrt um die Welt zusammenzustellen, so bequem wie die Reise eines Ballonfahrers.

Aber es sollte anders kommen. William W. Kolderup besaß selbst eine große Flotte, und es wurde beschlossen, einen Dampfer für den Neffen des Mr. Kolderup »zur Verfügung zu stellen«. Daraufhin wurde sofort die *Dream*, ein solider Dampfer von 600 t mit 200 PS, ausgerüstet. Chef dieses Dampfers war Käpt'n Turcotte, ein Seebär, der alle Breiten und Tiefen der Meere kannte. 50 Jahre alt, war er 40 davon zur See gefahren, und Tornados, Taifune und Zyklone erschreckten ihn nicht. Sein Schiff vor den Wind zu legen und dem Orkan die Stirn zu bieten, das war für diesen Seehelden eine Selbstverständlichkeit, der nie an etwas anderem gelitten hatte als an der Landkrankheit. Im Hafen konnte Kapitän Turcotte nie lange verweilen. Sein Gang hatte

sich durch das ewige Schwanken des Schiffes so verändert, daß er auch auf dem Festland nach rechts und links wankte, nach vor- und rückwärts balancierte.
Ferner befand sich an Bord ein 2. Offizier, 1 Maschinist, 4 Heizer und 12 Matrosen, im ganzen 18 Personen. Zwar machte die *Dream* nur 18 Seemeilen in der Stunde, dafür hatte sie jedoch andere nautische Eigenschaften, die diesen Nachteil wieder ausglichen. Konnte die *Dream* bei schwerem Wetter auch die Wellen nicht überholen, so liefen doch die Wellen nicht über sie hinweg. Außerdem war die *Dream* als Schoner getakelt, so daß bei günstigem Wind das Segelzeug der Dampfkraft zu Hilfe kommen konnte.
Natürlich hatte William W. Kolderup die *Dream* nicht zu einer bloßen Vergnügungsfahrt bereitgestellt. Er war ein viel zu praktischer Mann, um aus einer Fahrt von 1500–1600 Seemeilen über alle Meere nicht Gewinn zu ziehen. Das Schiff sollte ohne Ladung abgehen (wobei der nötige Tiefgang durch das Fluten gewisser Wassertanks erreicht wurde). Unterwegs sollte die *Dream* Ladung aufnehmen und die verschiedenen Handelsniederlassungen der Firma Kolderup besuchen. So entstanden tatsächlich überhaupt keine Kosten, und Godfreys Fantasie kostete die Kasse des Onkels auch nicht einen Dollar.
All das wurde in langen und geheimen Verhandlungen zwischen William W. Kolderup und Kapitän Turcotte festgelegt. Es hatte jedoch den Anschein, als seien diese Angelegenheiten nicht einfach zu regeln, denn Kapitän Turcotte war ziemlich häufig bei seinem Chef, und ein aufmerksamer Beobachter hätte feststellen können, daß der Kapitän nach jeder Unterredung mit gesträubten Haaren aus dem Büro wankte, und man hätte manchmal sogar heftige Stimmen durch die Ledertür hören können, Tatsachen, die beweisen konnten, daß die Sitzungen nicht ohne Sturm abliefen.
Nach 8 Tagen schienen die Verhandlungen zu einem Ende gekommen zu sein, wenn auch der Kapitän mehr als einmal mit den Zähnen knirschte: »Soll mich der erste beste Walfisch seiner Großmutter zum Fraß vorwerfen, wenn ich je geahnt hätte, auf welchen Blödsinn ich mich hier einlasse!«

Unterdessen war die *Dream* neu gestrichen worden, und der Proviant wurde an Bord geschafft. Die Takelage war in bestem Zustand, die Maschine so gut wie neu, der Kessel überprüft. Für alle Fälle wurde eine Dampfbarkasse mit an Bord genommen, die eine Verbindung mit unzugänglichen Küsten erleichtern sollte.
Am 11. Juni war alles soweit, man konnte jeden Augenblick in See stechen. Die von Kapitän Turcotte angeheuerte Mannschaft war so gut wie selten eine in San Franzisko. Eine ganze Herde lebender Tiere, Schweine, Schafe, Ziegen, Hühner und Hähne bewohnten das Zwischendeck. Außerdem waren noch erstklassige Konserven gekauft worden.
Die Reiseroute sah als erste Station Auckland, die Hauptstadt von Neuseeland vor, sollten nicht Kohlenmangel oder Windstille es nötig machen, einen der Archipele des Stillen Ozeans anzulaufen. Vor der Abreise war nur noch eine kleine Formalität zu erledigen – es mußten noch einige Fotografien angefertigt werden. Ein Verlobter kann sich billigerweise nicht empfehlen, ohne ein Foto der Geliebten mitzunehmen und eines dazulassen. Godfrey begab sich also im Tropenanzug zur Firma Stephenson & Cie in der Montgomery Street, und Phina zog ihr Konfirmationskleid an und ließ ihr etwas trauriges Gesicht auf eine fotografische Platte bannen.
Auch Tartelett hatte daran gedacht – obwohl nicht verlobt – sein Bild zu verewigen. Aber dem Talent des Fotografen wollte es nicht gelingen, ein einigermaßen befriedigendes Negativ zu fertigen. Immer zeigte die Platte einen konfusen Nebel dort, wo eigentlich das Gesicht Tarteletts hätte zu sehen sein müssen. Er war nämlich durch nichts dazu zu bringen, auch nur den Bruchteil einer Sekunde still zu halten, trotz aller Ermahnungen des Operateurs. Man versuchte alles, empfindlichen Film. Momentaufnahmen – vergeblich. Die Nachwelt mußte also auf die Überlieferung der Züge des bedeutenden Tanzpädagogen verzichten.
Am 11. Juni war endlich alles parat. Die *Dream* brauchte nur die Anker zu lichten, die Papiere, Frachtbriefe, Verträge, Versicherungspolicen waren in Ordnung. Am Morgen dieses Tages fand

im Hause William W. Kolderups ein festliches Frühstück statt, wobei Godfrey und Tartelett ihre Aufregung in mehreren Gläsern Champagner zu ertränken suchten. Beinahe hätte Tartelett vergessen, seine kleine Geige mit an Bord zu nehmen. Alle sagten sich Lebewohl.
»Adieu! Godfrey!«
»Adieu! Phina!«
Die Schraube begann zu arbeiten, und der Steamer kam gemächlich vom Quai ab. Taschentücher wedelten.
Bald war die Bay von San Franzisko durchmessen, die *Dream* glitt die Straße von Golden Gate entlang, und endlich war der Stille Ozean ringsum.

6

Die Reise hatte also angefangen. Und das wird niemanden wundern. Professor Tartelett wiederholte dreimal am Tag seine Klage: »Eine Reise fängt immer an, aber wie sie aufhört, das ist wichtig!« Godfrey bewohnte eine Kabine im Heck der *Dream*, am hinteren Salon, der als Eßzimmer diente. Diese Kabine war wirklich bequem und elegant möbliert. Am hellsten Platz hatte Godfrey die Fotografie Phinas aufgestellt. Ein etwas schmales Lager, ein Waschtisch, einige Schränke, ein Schreibtisch und einige Regale bildeten das Meublement, mit dem Godfrey zufrieden sein konnte. Unter diesen Verhältnissen wäre er gern 23mal um die Erde gereist.
Tartelett befand sich nicht in so rosenroter Stimmung. Seine Kabine kam ihm eng und ungemütlich vor, konnte er doch seine täglichen Übungen kaum darin vornehmen. Die Mahlzeiten wurden gemeinschaftlich eingenommen, Godfrey und Tartelett saßen sich gegenüber, der Kapitän und der 2. Offizier nahmen die anderen Seiten des Tisches ein. Der Tisch war übrigens mit einer Leiste umschlagen, die bei höherem Seegang das Herunterfallen des Geschirrs verhindern sollte. Man kann sich vorstellen, daß Tarteletts Platz hier häufig leer blieb.

In zwei Tagen Fahrt auf ruhiger See ereignete sich nichts Außergewöhnliches. Es verwunderte nur, daß der Kapitän trotz der guten Wetterlage eine gewisse Besorgnis nicht verbergen konnte. Jeden Tag, wenn die Sonne durch den Meridian ging, bestimmte er die Position des Schiffes. Auffallend war, daß er nach dieser Beschäftigung immer den 2. Offizier in seine Kabine kommen ließ, wo er mit ihm im Flüsterton verhandelte. Godfrey bemerkte hiervon zwar so gut wie nichts, die Matrosen aber wunderten sich. Sie staunten um so mehr, als sie beobachten konnten, daß die *Dream* in der Nacht mehrmals ihren ursprünglichen Kurs erheblich geändert hatte, den sie erst am Tage wieder einschlug. Bei einem Segelschiff wären derartige Abweichungen erklärlich gewesen, nicht aber bei einem Dampfer.

Am 12. Juni ereignete sich ein Zwischenfall.

Kapitän Turcotte, der 2. Offizier und Godfrey saßen gerade beim Frühstück. Da hörten sie ein lautes Geräusch an Deck. Fast gleichzeitig erschien der Obersteuermann in der Tür des Salons.

»Kapitän!«

»Was gibt's denn, kann man denn nicht in Ruhe frühstücken?«

»Hier ist ein Chinese gefunden worden!«

»Ein Chinese?«

»Ja, wir haben ihn unten im Laderaum gefunden!«

»Himmelsapperschietundmöwendreck, werft ihn ins Meer!«

»All right!« sagte der Obersteuermann und tippte an die Mütze.

Bei dem allgemeinen Haß, den die Kalifornier gewöhnlich gegen die Söhne des Himmels empfinden, hatte sich der Seemann überhaupt nicht über diesen Befehl des Kapitäns gewundert. Kapitän Turcotte und Godfrey hatten sich erhoben, sie traten aus dem Salon und begaben sich zum Vorderdeck. Wirklich, da wand sich in den starken Armen einiger Matrosen ein Chinese, den man einige kräftige Stöße spüren ließ.

Es war ein Mann von ungefähr 35 bis 40 Jahren, mit intelligentem runden Gesicht, das nur durch den langen Aufenthalt im Lagerraum etwas bleich geworden war. Kapitän Turcotte bedeutete den Matrosen, den Mann loszulassen.

»Wer bist du?«
»Ein Sohn der Sonne.«
»Und wie nennst du dich?«
»Seng Vou, das heißt, der, der nicht lebt.«
»Und was machst du hier an Bord.«
»Ich fahre über See, aber so, daß ich Ihnen nicht die geringste Beschwerde mache.«
»So. Und wohin soll die Reise gehen?«
»Nach China, wenn's möglich ist.«
»Und wenn ich nicht will und dich bitte, von hier aus nach China zu schwimmen?«
»Dann würde ich den Versuch machen, obwohl ich vielleicht unterwegs untergehen würde.«
»Dann wollen wir es mal ausprobieren!«
Jetzt mischte sich Godfrey in das Gespräch. »Kapitän, ein Chinese an Bord, das heißt ein Chinese weniger in San Franzisko.«
»Wo es ja wirklich zuviel gibt!«
»Meinetwegen. Wir werden ihn einfach beim Passieren der Küste von Shanghai über Bord werfen, dann ist das Problem gelöst.«
Godfrey sprach hier als echter Kalifornier. Denn in diesem Landstrich empfindet man die chinesische Bevölkerung aus irgendwelchen Gründen als Gefahr. Man spricht geradezu von einer »gelben Pest«, der man mit allerlei Gesetzen zu Leibe rücken will.
Zu jener Zeit zählte man in Kalifornien ungefähr 50000 Kinder des Himmlischen Reiches. Sie alle waren fleißige Arbeiter, die besonders als Goldwäscher unermüdlich waren. Sie lebten von einigen Händen Reis, etwas Tee und einer Pfeife Opium – und die einheimischen Arbeiter waren hierüber nicht begeistert. Schließlich pferchte man die Chinesen wie die Neger und die Indianer in eigene Ghettos, in denen sie an ihren alten Sitten und Gebräuchen festhielten.
In San Franzisko findet sich dieses Ghetto in der Gegend der Sacramento Street, die von den merkwürdigen Fahnen und Laternen fast verstopft scheint. Hier trifft man die Chinesen zu

»Wir werden ihn einfach beim Passieren der Küste von Shanghai über Bord werfen«, sagte Godfrey.

Tausenden in ihren seidenen Gewändern, mit konischen Hüten und spitzen Schuhen. Hier leben sie, meist als Gewürzkrämer oder Wäscher, als Kellner oder Köche. Seng Vou gehörte jedoch einer der Theatertruppen an, die in San Franzisko chinesische Theaterstücke aufführten. Er war als Erster Komiker einer derartigen Truppe angestellt. Ein europäischer Besucher dieser Theater hätte ihn jedoch nicht von den Tragöden unterscheiden können, denn im chinesischen Theater sind die Komiker gleichermaßen ernsthaft wie die Helden. Der amerikanische Schriftsteller Bret Harte konnte also mit Recht sagen, er habe nie einen chinesischen Schauspieler lachen sehen. Allerdings sprach Harte nicht Chinesisch.

Seng Vou hatte als Komiker großen Erfolg, doch wenig Geld. Nach Schluß der Saison hatte er beschlossen, sein Vaterland nicht erst als Leiche wiederzusehen. Also hatte er sich heimlich auf die *Dream* geschlichen. Nun mußte man ihn schon dulden. Er fiel aber auch niemandem mehr auf, er machte sich geradezu unsichtbar. Den Matrosen ging er aus dem Weg, und er ernährte sich von seinen eigenen Vorräten. Übrigens war er so mager, daß sein Gewicht die Fahrt überhaupt nicht beeinflußte. Seng Vou kostete William W. Kolderup nicht einen Cent.

»Warum will er ausgerechnet nach Shanghai?« sagte der Kapitän eines Tages zu seinem 2. Offizier.

»Das ist wirklich ärgerlich!« antwortete der. Und niemand verstand den Sinn dieser Bemerkung.

7

An den folgenden Tagen, am 13., 14. und 15. Juni, fiel das Barometer langsam und stetig. Die Brise frischte kräftig auf und lief nach Südwesten um. Damit bekam die *Dream* Gegenwind und mußte nun gegen die groben Wellen ankämpfen, die sie von vorn trafen. Die Segel wurden gerefft, und nur die Schraube arbeitete weiter, in mäßiger Geschwindigkeit, um die Maschine nicht zu

beschädigen. Godfrey ließ sich durch die heftigen Schwankungen des Schiffes nicht stören, er behielt seine gute Laune. Tartelett hingegen seufzte nur noch »Luft, Luft«, und bei jedem Rollen des Schiffes wankte er von einem Bord zum anderen, bei jedem Schlingern wurde er vom Vorderdeck zum Hinterdeck geworfen, wobei er Bewegungen vollführte, die auch in der modernen Choreographie als ungewöhnlich bezeichnet worden wären.
»Wird dieses Sauwetter noch lange dauern?« fragte er mindestens 29mal am Tag den Kapitän.
»Auf dem Barometer geht's rund!« spuckte der Kapitän aus.
»Und das wagt sich Stiller Ozean zu nennen!«
Tartelett war nicht nur seekrank, er füchtete sich auch vor den gewaltigen schäumenden Wellenbergen, die sich an der Bordwand der *Dream* brachen. Wie ein Korken wurde der Dampfer umhergetragen. »Dieses Schiff muß kentern!« rief er mit glanzlosen Augen seinem Schüler zu.
»Unsinn, dieses Schiff besitzt alle Vorbedingungen zum Schwimmen!«
»Nein. Es geht bestimmt unter!«
Mit diesen Worten hatte Tartelett seinen Rettungsgürtel umgeschnallt. Nicht für Geld noch Liebe hätte er sich von ihm getrennt, er trug ihn Tag und Nacht. Und wenn das Meer einen Augenblick Ruhe gab, dann pustete Tartelett den Gürtel schnell wieder ein bißchen auf.
Das Wetter wurde tatsächlich immer schlechter. Bei den gewaltigen Niveauveränderungen des Wassers blieb es nicht aus, daß die Schraube einmal im Wasser und ein anderes Mal über dem Wasser arbeitete. In den Wellen traf die Schraube auf einen gewaltigen Widerstand, in der Luft sauste sie um ihre Achse mit einer Schnelligkeit, daß die Maschine auseinanderzufallen drohte. Inzwischen hatte Godfrey verwundert bemerkt, daß in den Nächten das Stampfen des Schiffes bedeutend milder erschien. Sollte der Wind sich in der Nacht beruhigen?
Die Sache wurde so auffallend, daß Godfrey sich in der Nacht vom 21. zum 22. Juni selbst überzeugen wollte. Der Tag war sehr

»Dieses Schiff muß kentern«, rief der seekranke Tartelett glanzlosen Auges seinem Schüler zu.

schlecht gewesen, der Wind hatte zugenommen, und es sah nicht danach aus, als würde er sich bald legen. Godfrey stand also nach Mitternacht auf, zog sich warm an und stieg an Deck. Am Bug lugte der wachhabende Matrose in die Finsternis voraus. Kapitän Turcotte war auf der Kommandobrücke.

Die Heftigkeit des Windes hatte sich offenbar nicht verändert, doch erschien der Stoß der Wellen, die der Vordersteven der *Dream* durchschneiden mußte, erheblich schwächer. Godfrey bemerkte, als er nach dem von schwarzen Rauchwolken umhüllten Schornstein sah, daß die Rauchsäule statt von vorn nach hinten sich im Gegenteil von hinten nach vorn wälzte, also die gleiche Richtung wie das Schiff einhielt. Sollte der Wind umgeschlagen haben? Erfreut über diese Wahrnehmung trat er auf die Kommandobrücke.

»Kapitän!« Der hatte, da er einen dicken Südwester trug, das Kommen Godfreys nicht gehört. Als er ihn schließlich bemerkte, war er nicht gerade begeistert. »Sie hier, was suchen Sie hier auf der Brücke?«

»Hat der Wind sich gedreht?«

»Nein, ich füchte, er wird sich zu einem Sturm auswachsen!«

»Und doch haben wir jetzt den Wind von rückwärts!«

»Ja, das ist so . . . also tatsächlich . . . naja, um die Sicherheit des Schiffes nicht zu gefährden, habe ich mich gezwungen gesehen, vor dem Wind zu laufen. Wir haben gewendet.«

»Aber das verzögert unsere Reise, Kapitän!«

»Gewiß, sehr unangenehm. Aber ich verspreche Ihnen, wir werden bald wieder unseren alten Kurs einnehmen. Bitte, gehen Sie zurück in Ihre Kabine und schlafen Sie.«

Und das tat Godfrey auch.

Am folgenden Morgen hatte die *Dream*, obwohl der Wind nicht merklich abgeflaut war, den alten Kurs wieder eingeschlagen. Diese Fahrt nach Westen während des Tages und nach Osten in der Nacht dauerte noch 48 Stunden, dann begann das Barometer zu steigen. Ein Ende des schlechten Wetters war abzusehen. Am Morgen des 25. Juni gegen 8 h, als Godfrey an Deck kam, hatte eine leichte Brise aus Nordosten die Wolken weggefegt, die in der

Takelage spielenden Sonnenstrahlen schmückten das Fahrzeug mit ihrem feurigen Glanz. Das tiefgrüne Meer spiegelte das Licht im weiten Umkreis. Der Wind wehte nur noch in leichten Böen, und die Wellen zeigten nur noch einen Kamm aus weißem Schaum. Die unteren Segel wurden wieder gehißt. Das Meer erhob sich jetzt wie in langsamen Atemzügen, die den Dampfer nur sanft bewegten.

Der 2. Offizier stand an der Reling und blickte mit einem Fernrohr in Richtung Nordosten. Godfrey trat zu ihm.

»Nun, heute haben wir besseres Wetter als gestern!«

»Ja, Herr Godfrey.«

»Und die *Dream* fährt wieder auf Kurs?«

»Noch nicht.«

»Immer noch nicht, warum denn?«

»Im Sturm ist sie nach Nordost verschlagen worden, und wir müssen unsere Position erst neu bestimmen. Heute endlich scheint die Sonne, und wir werden am Mittag eine verläßliche Rechnung machen können.«

»Und wo ist der Kapitän?«

»Er hat das Schiff verlassen!«

»Verlassen?«

»Ja, unsere Hundewache glaubte, im Osten vor uns Riffe zu sehen. Das Meer ist dort weiß verfärbt. Auf den Karten sind diese Riffe allerdings nicht zu finden. Wir haben deshalb die Barkasse seeklar gemacht, und Kapitän Turcotte ist mit einigen Mann losgefahren, um die Sache aufzuklären.«

»Schade, daß er mich nicht mitgenommen hat!«

»Man wollte sie nicht wecken!«

»Kann man das Boot mit dem Fernrohr sehen?«

»Nein, sie sind zu weit entfernt. Aber der Kapitän muß mittags wieder hier sein, um das Besteck zu machen.«

Godfrey setzte sich auf den Bugspriet und wartete auf die Barkasse. Gegen 10 h war am Horizont ein leichter Rauch, dünn wie ein Federstrich, zu sehen.

Godfrey blickte durch das Fernglas, und allmählich zeichnete sich die Rauchsäule, in die sich schon weiße Dampfwolken mischten, am klaren blauen Himmel deutlicher ab. Es war ein vortreffliches Boot, das unter voller Geschwindigkeit fuhr.

Um 11¼ h trat Kapitän Turcotte auf das Deck der *Dream*.

»Was gibt es Neues, Kapitän?«

»Alles Einbildung, wir haben nichts gefunden!«

»Soll die Barkasse wieder an Bord geholt werden?«

»Nein, vielleicht brauchen wir sie noch.«

Wenig später sah man Kapitän Turcotte mit dem Sextanten die Höhe der Sonne messen. Der neue Kurs wurde bestimmt, und dann zogen sich der Kapitän und sein Offizier zu einer langen Beratung in die Kabine zurück.

Es war ein herrlicher Tag. Godfrey war bester Laune. Gibt es etwas Schöneres als eine derartige Fahrt auf dem Meer? Godfrey versuchte, Tartelett zum Ablegen des Rettungsgürtels zu bewegen – vergeblich.

Der Abend kam heran. Es bildeten sich dichte Nebelwolken, die nicht bis auf die Meeresoberfläche herabsanken. Die Nacht wurde dunkler, als man nach dieser schönen Witterung am Tage hatte voraussehen können.

Aber ein Zusammenstoß war in dieser einsamen Meeresgegend ja nicht zu fürchten. Die Positionslichter wurden angezündet, ein weißes Licht stieg zur Spitze des Fockmastes empor und die Positionslichter, ein grünes rechts und ein rotes links, leuchteten von ihren Gestellen unterhalb der Wanten. Man hatte also alle internationalen Bestimmungen der Seefahrt eingehalten. Godfrey und Tartelett hatten sich zeitig in ihre Kabinen begeben, und auch Kapitän Turcotte war unter Deck. Er hatte das Kommando dem 2. Offizier überlassen. Das Schiff konnte in vollkommener Sicherheit weiterdampfen. Godfrey schlief sofort ein. Tartelett verriet durch sein gleichmäßiges Stöhnen, daß er immer noch wach war.

Plötzlich – vielleicht gegen 1 h morgens – wurde Godfrey durch einen fürchterlichen Lärm geweckt. Er sprang auf und in die Hosen, warf sich eine Jacke über und rutschte in die Stiefel. Gleichzeitig hörte er an Deck den Schreckensschrei: »Wir sinken, wir sinken!«

Godfrey stürmte aus seiner Kabine. Auf dem Gang stieß er gegen eine unförmige Masse. Das mußte wohl der Professor Tartelett sein.
»Wir sind gestrandet?« rief Godfrey.
»Ich weiß nicht«, schrie der Kapitän zurück, »auf jeden Fall sinken wir!«
»Wirklich??«
Die *Dream* ging lansam unter, sie mußte auf eine Klippe geraten sein. Schon erreichte das Wasser die Höhe des Decks. Das Feuer im Heizraum mußte längst verlöscht sein.
»Ins Meer, ins Meer, Godfrey!« brüllte der Kapitän, »Sie müssen springen, sonst reißt das Schiff Sie mit!«
»Tartelett?«
»Ich kümmere mich um ihn!«
»Und Sie selbst?«
»Meine Pflicht befiehlt, daß ich bis zum letzten Augenblick an Bord bleibe. Sie müssen fliehen!«
Kapitän Turcotte packte Godfrey am Schlafittchen und war so freundlich, ihn kurzerhand über Bord zu werfen. Er wußte, daß Godfrey wie ein Fisch schwimmen konnte.
Es war höchste Zeit! Wäre der Nebel nicht gewesen, hätte Godfrey sicherlich jetzt an Stelle der *Dream* einen nassen Abgrund sehen können. Godfrey konnte sich mit einigen Stößen dem Wirbel, der ihn mitzureißen drohte, entziehen. Das war alles das Werk kaum einer Minute. Kein Zweifel, die *Dream* war futsch.
Glücklicherweise erreichte Godfrey bald einen vor der Brandung geschützten Felsblock. Dort saß er nun und rief in die Finsternis hinaus. Aber niemand antwortete. Frierend erwartete Godfrey den Tag.

8

Drei lange Stunden mußte Godfrey warten, bis die Sonne aufging. Für den Anfang der Reise erschien Godfrey diese Prüfung etwas hart. Aber was konnte er tun? Vorläufig war er glücklicherweise in Sicherheit. Das Wasser konnte ihn wohl kaum auf seinem Felsen erreichen.

Wo befand sich dieser Felsblock? Überragte er eine niedrige Rifflinie, die sich seitwärts von ihm ausstreckte? Welche Küste war es, die Kapitän Turcotte bemerkt haben wollte? Welchem Land gehörte sie an? Zweifellos war die *Dream* in den letzten Tagen weit von ihrem Kurs abgekommen. Während dieser stürmischen Tage war eine genaue Ortsbestimmung ganz unmöglich gewesen. Hätte doch Kapitän Turcotte sich bloß etwas gründlicher informiert!

Die wichtigste Frage für Godfrey war die, ob der Felsen, auf dem er Zuflucht gefunden hatte, mit einem Festland in Verbindung stand. Nach Tagesanbruch mußte er sofort den Felsen, der nur einige Quadratmeter Fläche hatte, verlassen, um das Land zu erreichen. Wenn es aber nun überhaupt kein Land in der Nähe gab? Wenn Kapitän Turcotte sich geirrt haben sollte? Wenn sich ringsum nur das grenzenlose Meer ausbreitete und in Sichtweite Himmel und Wasser zu einem kreisrunden Horizont verschmolzen?

Mit der ganzen Kraft seiner Augen bemühte sich Godfrey, trotz der dunklen Nacht zu erkennen, ob irgendeine größere Landmasse, die Anhäufung von Felsen oder ein steiler Uferabhang die Nähe eines Landes östlich der Riffe verriet.

Er sah nichts. Kein Waldesduft war zu spüren, kein Lichtschein zu sehen. Kein Vogel flatterte durch die Nacht. Es schien, als ob ringsum nur eine öde Wasserwüste läge. Es blieb ihm nichts anderes übrig, als zu warten. Sollte niemand den Schiffbruch überlebt haben? Sollte keiner der Leute der *Dream* an Land getragen worden sein? Der unglückliche Tartelett, der arme Chinese? Wo waren sie geblieben? Der eine war sicherlich unter Deck, der andere im Dunkel des Kielraums von der Wasserflut über-

rascht worden. Vielleicht hatte die Barkasse, die der Dampfer hinter sich herschleppte, wenigstens einige Schiffbrüchige aufgenommen? Oder die *Dream* hatte auch sie mit in die Tiefe gerissen. Wenn Godfrey schon nichts sehen konnte, versuchte er doch wenigstens, etwas zu hören.
Er schickte sein lautes Hallo in das Schweigen. Sein langgedehnter Schrei mußte weit ringsum zu hören sein.
Keine Antwort.
Er rief in alle Himmelsrichtungen.
Ringsum Totenstille. Nicht einmal ein Echo war vernehmbar. Also befand sich wohl auch keine Uferwand, kein größerer Felsen in seiner Nähe. Drei bange Stunden schlichen dahin. Godfrey wanderte auf seinem engen Platz hin und her, um der Nachtkälte zu begegnen. Endlich färbten einige bleiche Strahlen die Wolken im Zenith, es war der Reflex des ersten Lichtscheins am Horizont.
In der unbestimmten Dämmerung war jedoch noch nichts zu erkennen. Aus dem Meer stieg ein leichter Nebel, der ihn sogar hinderte, die Ausdehnung der Klippenreihe zu überblicken. Godfrey machte sich keine Illusionen. Sollte er wirklich auf einen isolierten Felsen geworfen worden sein, dann bedeutete das den sicheren Tod. In kürzester Zeit würden ihn Durst und Hunger erledigen.
Endlich lichtete sich der Nebel langsam. Einzelne Felsen, die einen Klippengürtel bildeten, tauchten wie Seeungeheuer auf. Es war eine lange, unregelmäßige Reihe schwärzlicher Steine, in allen Größen und Formen, die genau von Westen nach Osten verlief. Der große Block, auf dem Godfrey hockte, lag am westlichen Rand dieser Bank, vielleicht 50 m von der Stelle entfernt, wo die *Dream* versunken war. Das Meer mußte hier sehr tief sein, denn von dem Dampfer waren nicht einmal die Mastspitzen zu sehen.
Nach dieser Seite hin war also nichts zu machen. In der anderen Richtung war bis jetzt von einer Küste nichts zu sehen. Der Nebel zerteilte sich jedoch, und allmählich konnte Godfrey ungefähr 600 m weit blicken. Schon erschienen einige Sandflächen

zwischen den Felsen. Endlich wurde eine lange Linie niedriger Dünen sichtbar.
»Land! Land!«
Ja, die Klippen bildeten nur eine vorspringende Spitze, wie sonst die Landspitze einer Bucht, die sich vielleicht 2 km vor ihm ausdehnte.
Bevor Godfrey seine Klippe verließ, sah er sich noch einmal um, suchte das Meer ab. Aber nichts war von der *Dream* übriggeblieben. Auch die Barkasse war nirgends zu sehen. Sollten die anderen auf der Insel eine Zuflucht gefunden haben? Niemand war zu sehen, es rührte sich nichts, soweit das Auge reichte. Godfrey ließ jedoch den Mut nicht sinken. Vor allem wollte er erst einmal festen Boden unter den Füßen spüren. Er kletterte also von seinem Felsblock und sprang auf die nächsten Steine, oder, wenn die Entfernung zu groß war, schwamm und watete er durch das Wasser. Endlich knirschte der Sand unter den Füßen!
Was erwartete ihn? Hunger? Durst? Sollte er vor Kälte sterben? Er hatte keine Kleidung, keine Waffe. Das war keine verlockene Aussicht. Er hatte Robinson beneidet, und nun war er selbst einer. Jetzt erinnerte er sich mit Wehmut an den schönen Palast seines Onkels, er dachte an Phina und alle Bequemlichkeiten San Franziskos.
Wenn er nur nicht allein gewesen wäre! Kein menschliches Wesen war zu erblicken. Offenbar war dieser Teil des Landes unbewohnt. Keine Hütte war zu sehen, und nirgends stieg eine Rauchsäule empor.
»Vorwärts also!« sagte Godfrey zu sich selbst.
Godfrey wanderte längs des Vorlandes nach Norden. Überall ungestörte Ruhe. Im Sand fanden sich keine Fußspuren. Einige Seevögel, Möven und Taucherenten flatterten auf. Schon wollte Godfrey auf eine der mit Binsen und magerem Gesträuch bewachsenen Dünen steigen, als er innehielt.
Ein riesiger, stark aufgeblasener Gegenstand, wie der Kadaver eines von den letzten Stürmen an Land geworfenen Seeungeheuers, lag da 30 m vor ihm am Rand der Klippenreihe. Godfrey rannte darauf zu. War da eine menschliche Gestalt zu erkennen?

Einige Schritte weiter und er blieb wie angewurzelt stehen: »Tartelett!« Es war der berühmte Tanz- und Anstandslehrer.
Godfrey stürzte auf ihn zu. Nun sah er, daß es nur der Rettungsgürtel war, der Tartelett das Aussehen eines Meeresungeheuers verlieh. Zwar lag Tartelett regungslos, aber vielleicht war er noch nicht tot. Godfrey kniete neben Tartelett nieder, schnallte den Gürtel ab und begann Tartelett zu massieren. Ein Atemzug! Jetzt spürte Godfrey auch den Herzschlag.
»Tartelett!«
Der Anstandslehrer ließ ein lautes Grunzen hören. Dann öffnete er die Augen, fuhr sich mit der Hand über die Stirn und tastete dann nach seiner kleinen Geige.
»Tartelett!«
»Der bin ich, Godfrey!« Er richtete sich auf, lächelte, faßte den Boden, stand auf – endlich hatte er wieder Land unter den Füßen. Vor Begeisterung griff er nach der Geige, verbeugte sich und schwenkte den Bogen, obwohl noch Wasser aus dem Geigenkörper lief.
»Auf die Plätze, eins zwei, mein Fräulein, bitte!« rief er. Der gute Mann dachte an seine Schülerin Phina.

9

Lehrer und Schüler fielen sich in die Arme.
»Sind wir endlich in einem Hafen angekommen!« rief Tartelett, und Godfrey wollte sich hierüber nicht äußern.
»Legen Sie doch Ihren Rettungsapparat ab. Sie ersticken ja unter dieser Last.«
»Das soll ich wirklich tun?«
»Keine Angst. Nehmen Sie Ihre Geige, wir wollen auf Entdeckungsreise gehen.«
»Sehr gern, aber vielleicht können wir unterwegs im ersten Restaurant Halt machen. Ich sterbe vor Hunger, und ein Dutzend Sandwiches, vielleicht mit einem Gläschen Portwein (das ich mir

auf diesen Schreck vielleicht leisten kann), würde uns sicher gut tun.«
»Ja, wir halten an der ersten Imbißstube – vielleicht aber auch an der letzten, falls uns die erste nicht gefällt.«
»Dann sollten wir den ersten, der uns begegnet, nach dem nächsten Postamt fragen. Wir müssen sofort ein Telegramm mit Rückantwort an Mr. Kolderup schicken. Er muß uns sofort etwas Geld überweisen, denn ich habe nicht einen Cent bei mir.«
»O.K., beim ersten Postamt –, falls es in diesem Land eine Post geben sollte.«
Man brach auf. Godfrey wollte jetzt vor allem erfahren, ob er und Tartelett die einzigen Überlebenden der *Dream* waren. Sie stiegen, nach einer Viertelstunde Weg den Strand entlang, auf eine hohe Düne, von der sie den Strand und auch das Land im Osten leicht übersehen konnten. In der Entfernung von vielleicht 2,5 km bildete eine zweite Hügelreihe eine Wand, über die sie nicht hinaussehen konnten. Nach Norden schien das Land in einer Spitze auszulaufen, nach Süden schnitt das Meer tief in das Land ein, und nach dieser Seite schien sich das Meer auf unbegrenzte Fernen hin auszudehnen. Möglicherweise war dieses Land eine Halbinsel oder eine Landenge, und das Festland war wohl in Richtung Nordosten zu suchen. Übrigens zeigte sich die Umgegend keineswegs als unfruchtbar. Üppiger Rasen bedeckte den Boden, glitzernde Bäche blinkten, und dichte Wälder rauschten. Häuser waren allerdings nicht zu sehen, keine Stadt, nicht einmal ein Dorf. Auch keine vereinzelten Höfe. Schließlich waren auch keine Zelte, Hütten, Wigwams zu sehen. Vielleicht fanden sich menschliche Wesen unter der Erde, wenn auf ihr keine zu entdecken waren? Keine Straße, kein Weg deutete auf Eingeborene hin.
»Eine Stadt sehe ich nicht!« sagte Tartelett, der sich auf die Fußspitzen gestellt hatte.
»Vielleicht ist gerade dieser Teil des Landes unbewohnt!«
»Wo sind wir überhaupt?«
»Ich weiß es nicht.«
»Was soll bloß aus uns werden, lieber Godfrey?«

»Vielleicht werden wir zu Robinsons?«
Tartelett erbleichte. Robinsons? Nachfolger des Helden aus Daniel Defoes Buch? Verlassen und getrennt von allen Verwandten, verurteilt, das Leben unter Raubtieren und Wilden zu verbringen, ohne Werkzeuge, ohne Waffen, ohne Kleidung – sollte das ihre Zukunft sein?
»Beruhigen Sie sich, wir werden uns erst einmal eine Unterkunft suchen.« Ja, man mußte zunächst eine Grotte, eine Höhle finden, um darin die Nacht zu verbringen. Vielleicht fanden sie am Strand auch einige Muscheln, um den Hunger zu stillen.
Sie stiegen also die Düne wieder hinunter.
»Vielleicht gibts hier wenigstens Tiere?« Godfrey meinte hiermit natürlich nur Federvieh und Haustiere, nicht wilde Bestien. Jedenfalls war das Ufer von einigen Vogelschwärmen, Rohrdommeln, Baumgänsen, Strandläufern belebt. Sie schienen mit ihrem lauten Geschrei und aufgeregten Flügelschlag gegen die Besitznahme des Landes zu protestieren. Sicherlich würden sie hier Nester und Eier darin sammlen können, die zur ersten Nahrung dienen konnten.
Aber wie sollte man die Eier kochen? Eine wichtige Frage, die sie vorerst nicht beantworten konnten.
Godfrey und Tartelett überstiegen einen Sandhügel. Da erlebten sie eine freudige Überraschung.
Unter dem einheimischen Geflügel, das sich unter dem Gebüsch Beute suchte, bemerkten sie plötzlich ein Dutzend Hühner und einen oder zwei Hähne. Und als sie näher kamen, ertönte sogar ein gellendes Kikeriki. Und dort, zwischen den Dünen, wühlten da nicht Schweine, grasten da nicht Lämmer und Ziegen?
Der Proviant der *Dream* lief hier durcheinander. Godfrey dachte sofort daran, die Tiere zusammenzutreiben und in ein Gehege zu sperren. Morgen wollte er mit dieser Arbeit beginnen, und vielleicht konnte er eine Geflügelzucht einrichten.
Heute wollte er aber erst einmal Muscheln suchen. Einige Muscheln können ja roh gegessen werden. Leider war allerdings nicht gerade Saison.
»Und woher bekommen wir Feuer?«

Die Taschen des Professors enthielten nur einige Reservesaiten für seine Geige, einige Stücke Kolophonium. Ließ sich damit Feuer machen? Godfrey besaß nicht viel mehr, doch fand er befriedigt ein Messer mit mehreren Klingen, mit Korkenzieher und Schusterahle. Unter diesen Verhältnissen war das natürlich ein wertvolles Werkzeug. Außer diesem besaßen sie nur ihre Hände, wobei die des Tanzlehrers nur geübt waren, graziöse Bewegungen auszuführen. Tartelett wollte sie aber doch benutzen, um durch schnelle Reibung zweier Holzstücke gegeneinander Feuer zu entfachen.

Während Godfrey Vogelnester plünderte, sammelte der Professor verschiedene Holzstücke, die er an einen windgeschützten Ort trug. Er wählte besonders trockene Stücke, die er so lange aneinanderreiben wollte, bis sie sich durch die Wärme entzündeten. Was die polynesischen Wilden konnten, das mußte doch wohl auch ein Tanzlehrer aus Frisco zustandebringen. Er rieb und rieb und rieb. Und mit Wut! Offensichtlich war nun aber das Holz ungeeignet, denn warm wurde nur dem Professor. Als Godfrey von der Eierernte zurückkam, fand er Tartelett in Schweiß gebadet.

»Wahrscheinlich beruhen diese Erfindungen der Wilden nur auf Schwindel!«

»Und was wird nun mit den Eiern?«

»Es gäbe noch ein anderes Mittel. Wenn ich diese Eier an einem Bindfaden befestige, sie schnell in der Luft herumschleudere und sie dann plötzlich anhalte, dann müßte sich die Bewegung in Wärme umsetzen und die Eier . . .«

». . . wären gebraten! Genial!«

»Aber wie halten wir die Eier plötzlich an? Nein, wir müssen es einfach so machen!« Godfrey hatte ein Baumgänseei ergriffen, ein Loch hineingeschlagen und es kurzerhand ausgeschlürft.

Wohl oder übel, Tartelett mußte das gleiche tun.

Nun wollten sie eine Höhle suchen. Aber in den Felsen öffnete sich kein einziger Spalt, sie mußten ihre Suche nach dem Wald hin ausdehnen. Sie wanderten also über die Dünen. Wunderbarerweise folgten ihnen freiwillig alle überlebenden Tiere der *Dream*.

Während Godfrey Vogelnester plünderte, sammelte der Tanzlehrer Kleinholz für ein knisterndes Feuerchen.

Ein gewisser Instinkt mußte die Schweine, Hühner, Ziegen und Schafe treiben, die Männder nicht aus den Augen zu verlieren. Sie fühlten sich sicherlich zu einsam an diesem Strand.
¾ Stunden später erreichte die Truppe den Waldrand. Keine Spur von Wohnstätten irgendwelcher Menschen! Alles öde. Vielleicht hatte noch nie ein Mensch diese Stätte betreten! Aber schöne Bäume gab es, die in Gruppen zusammenstanden. Godfrey suchte vergeblich nach einem alten ausgehöhlten Baum, der ihnen einen Unterschlupf hätte bieten können.
Dann spürten sie wieder beißenden Hunger, und sie versuchten die Muscheln, die sie am Strand gefunden hatten. Schließlich waren sie so müde, daß sie einfach am Fuß eines Baumes einschliefen und ohne Träume die Nacht verbrachten.

10

Sie schliefen so ruhig wie in einem Appartement des teuersten Hotels von San Franzisko.
Am Morgen – es war der 27. Juni – wurden sie vom Krähen des Hahnes geweckt.
»Wird unser Frühstück dem gestrigen Abendbrot gleichen?« stöhnte Tartelett, der sich die Augen rieb.
»Ich fürchte es. Aber heute abend werden wir bestimmt besser essen.«
Ach, wo blieben Tee und Sandwiches? Ham and eggs? Tomatensaft und Yoghurt? Sollten sie nie wieder ein ordentliches Frühstück bekommen?
Wohl oder übel mußten sie ein halbes Dutzend rohe Eier und einige Muscheln essen.
Godfrey beschloß, heute seine Erkundung der Insel fortzusetzen. Er hoffte, einige Aufklärung über die Natur des Landes zu erhalten, wenn er die zweite Hügelreihe, die den Wald in pittoresken Linien überragte, erkletterte. Er bestimmte Tartelett zum Wächter über die Schweine, Hühner und Hähne, Ziegen und Schafe.

»Godfrey, verirren Sie sich bitte nicht, und wenn Sie ein Postamt finden, vergessen sie nicht das Telegramm an Ihren Onkel.«
»Richtig, das Telegramm, ich werde es nicht vergessen.«
Godfrey verschwand unter den Bäumen, deren dichtes Blätterdach kaum einen Lichtstrahl durchließ. Einen Weg gab es hier nicht. Zwei- oder dreimal huschte Wild vorbei, vielleicht ein Hirsch oder ein Elch. Zahllose Vögel hatten hier ihre Nester: wilde Tauben, Seeadler, Auerhähne und Predigervögel mit Schnäbeln groß wie Hummerscheren. Und hoch oben schwebten zwei oder drei Lämmergeier.
Godfrey wanderte immer geradeaus, es erschien nicht nötig, besondere Vorsichtsmaßnahmen zu treffen. Er wollte nur schnell den Gipfel des Hügels erreichen. Auf welchem Erdteil waren sie gelandet? Godfrey tippte auf die chinesische oder japanische Küste. Nach zwei Stunden Weg wichen die Bäume mehr auseinander, der Boden stieg allmählich an. Godfrey, obwohl schon ziemlich müde, hörte nicht auf, zu marschieren. Bald konnte er das grüne Blätterdach der Baumkronen überblicken. Godfrey sah sich jedoch nicht nach rückwärts um, er stürmte weiter voran, auf einen kleinen abgeflachten Kegel zu, von dem er das ganze umliegende Land würde überblicken können. Keuchend hastete er weiter. Was würde er sehen? Eine Wüste? Eine Stadt, ein Dorf? Godfrey kletterte auf allen vieren die letzte steile Wand empor. Atemlos lag er oben und suchte mit den Augen den Horizont ab. Im Osten: Meer. Er drehte sich um: überall Meer, im Süden, Westen, Norden. Eine Insel!
Einen Augenblick fühlte Godfrey einen Stich in der Brust. Doch dann faßte er sich schnell wieder, und er beschloß, zunächst einmal die Gliederung dieser Insel, die er nun ganz überschauen konnte, zu erkunden. Der mittlere Teil war ganz von Wald bedeckt, alles übrige erschien als Wiese mit Baumgruppen, als felsiges Vorland, dessen Ausläufer bis ins Meer reichten. Einige Buchten hätten gut als Hafen für Fischerboote dienen können, und die Bai, in der die *Dream* gescheitert war, sah auch nach einer brauchbaren Reede aus
Welche Insel konnte das sein? Gehörte sie einer Inselgruppe an?

Auf Sicht zeigte sich keine andere Insel. Godfrey überflog alle seine geographischen Kenntnisse, um herauszufinden, auf welcher Insel er sich befand. Nach seiner Rechnung hatte die *Dream* auf siebzehntägiger Fahrt fast genau eine südwestliche Richtung eingehalten. Bei einer Geschwindigkeit von 150 bis 180 Meilen in 24 Stunden mußte man ungefähr 50° überschritten haben. Andererseits hatten sie den Äquator nicht überquert. Es konnte sich also nur um eine Insel des Archipels der Sandwichinseln handeln. Aber diese Erkenntnis nützte nicht viel.

»Ich werde diese Insel Phina taufen, zur Erinnerung an meine einsame Verlobte!«

Von seinem Beobachtungsposten aus konnte Godfrey keine Spuren von Menschen entdecken. Keine Eingeborenen, weder Wohnstätten, keine Hütten am Strand, noch Häuser am Waldrand. Auf dem Meer war nicht das kleinste Fahrzeug sichtbar.

Godfrey blieb nichts weiter übrig, als hinunter zu klettern und Tartelett zu suchen. Ehe er jedoch seinen Platz verließ, fiel ihm eine hochstämmige Waldpartie in die Augen, die sich an der Grenze der nördlich gelegenen Wiesen ausdehnte. Vielleicht konnte man sich dort häuslich einrichten? Plötzlich sah Godfrey weiter südlich einen leichten Rauch aufsteigen, oder war es eine Sinnestäuschung? Sollten sich doch einige Matrosen der *Dream* gerettet haben? Aber war es überhaupt eine Rauchsäule, die der Wind sanft nach Westen trieb? Jetzt war davon schon wieder nichts zu sehen. Wieder war Godfrey um eine Hoffnung ärmer.

Er glitt den Abhang hinunter, eilte über die ersten Stufen des Hügels und verschwand bald wieder unter den Bäumen. Nach einer Stunde hatte er den jenseitigen Waldrand erreicht. Hier wartete schon Tartelett inmitten der Herde. Und womit beschäftigte er sich? Er mühte sich immer noch, Feuer aus zwei Holzstückchen zu reiben.

»Wie war es mit dem Postbüro?« fragte er, als er Godfrey kommen sah.

»Es war geschlossen! Doch wir wollen etwas essen, ich habe Hunger.«

Und wieder mußten sie sich mit rohen Eiern und Muscheln begnügen.
»Eine sehr gesunde Kost!« sagte Godfrey, während Tartelett, nicht sehr überzeugt, an seinen Muscheln nippte.
»Und wo befinden wir uns nun?«
»Auf einer Insel!«
»Auf einer Insel? Rings von Meer umschlungen?«
»Auf der Insel Phina, ich habe ihr diesen Namen gegeben.«
»Das verstehe, wer will, Miß Phina ist doch ringsum von Land umgeben.«
Tartelett versank in eine lange Grübelei, und bis zum Einbruch der Nacht sprachen sie nur noch wenig.

11

Am folgenden Tag, am 28. Juni, waren sie auf den Beinen, bevor noch der Hahn krähte. »Vorwärts!« drängte Godfrey. Er wollte zum Norden der Insel vordringen. Dazu wollte er den Strand entlang wandern. Vielleicht fanden sich noch Wrackteile oder unbestattete Kameraden. Die Hoffnung, noch Lebende zu finden, hatte Godfrey schon aufgegeben. Godfrey und sein Begleiter überschritten also die erste Dünenreihe. Am Strand erneuerten sie ihren Vorrat an Eiern und Muscheln, dann folgten sie der Tanglinie, die die letzte Flut zurückgelassen hatte. Sorgfältig suchten sie den Strand ab. Sie fanden nichts.
Hatte das unglückliche Geschick aus den beiden neue Robinsons gemacht, so muß doch konstatiert werden, daß sie es weit schlechter als ihr Vorgänger getroffen hatten. Der besaß wenigstens noch Reste von seinem gescheiterten Schiff, er fand noch eine Menge Gegenstände, die sein Leben erleichtern konnten. Hier war nichts davon vorhanden. In tiefer Nacht war das Schiff in das unergründliche Meer versunken, nicht ein Nagel blieb von ihm übrig. Nicht einmal ein Streichholz wurde gerettet, und gerade das brauchten sie jetzt dringend.

Viele Leute, die jetzt an einem Kamin sitzen, in dem ein Haufen Kohle glüht oder Holzscheite flammen, werden nun behaupten »Achduliebergott, nichts ist einfacher, als ein bißchen Feuer zu machen! Da gibt es doch tausend Mittel! Zwei Kieselsteine, dürres Moos, ein wenig verkohlte Leinwand.« Aber woher sollte man die nehmen? »Dann eine Messerklinge, die als Stahl zum Anschlagen dient...« Gut, gut, aber die Ratgeber mögen das auf der Stelle einmal ausprobieren.

Unter diesen Gedanken wanderten die beiden vorwärts, gefolgt übrigens von der treuen Herde.

Plötzlich wurde ihr Blick auf eine Menge bunter Äpfel gelenkt, die zu hunderten am Strand verstreut lagen. Godfrey erkannte sie sofort als Manzanillas, Früchte, die von den Indianern Kaliforniens als Nahrung verwendet werden.

»Endlich etwas Abwechslung in unserem Speisezettel!«

»Das kann man essen?«

»Sie werden es gleich sehen!«

Godfrey biß in einen der Äpfel, die freilich ziemlich hart und sauer waren. Aber immerhin, in der Not frißt der Teufel auch Manzanillas.

»Vielleicht können wir nun Apfelsaft herstellen.«

Sie setzten ihren Weg fort. Bald ging das Ende der sandigen Düne in grünes Wiesenland über, das ein plätschernder Bach durchzog. Ein Stück weiter und sie kamen bei den hohen Bäumen an. Diese Riesenbäume gehören zu der Gruppe der Mammuths aus der Familie der Fichten. Ein Engländer würde sie Wellingtonias nennen, während die Amerikaner sie als Washingtonias bezeichnen. Der Unterschied liegt klar vor Augen.

Ob man diese Bäume nun aber nach dem Sieger von Waterloo oder nach dem Gründer der USA nennt, auf jeden Fall bleiben diese Bäume die allergrößten der Flora von Kalifornien und Nevada. In einzelnen Teilen der USA gibt es ganze Wälder dieser Bäume, deren Spitzen nicht selten die Höhe des Straßburger Münsters erreichen. Auf der Basis eines abgesägten Baumes ist einmal ein Kiosk errichtet worden, in dem zwanzig Personen bequem Tango tanzen können. Der höchste dieser Bäume, der 4000

Jahre alt ist, erreicht die Höhe der Peterskirche in Rom, er ist höher als die Pyramide von Gizeh, höher als der eiserne Glokkenturm, der jetzt auf einem der beiden Türme der Kathedrale von Rouen errichtet worden ist und gegenwärtig als das höchste Bauwerk der Welt gilt. Hier fand sich also eine Gruppe von vielleicht 20 dieser Bäume, von denen einige, die vom Alter hohl geworden waren, an ihrem Fuß eine Öffnung zeigten, durch die bequem ein Reiter mit seinem Pferd hindurchgepaßt hätte.

»Dieser Anblick hat allein die Reise hierher gelohnt« sagte Godfrey. In der Tat, man konnte sich größere Bäume nicht vorstellen.

Eine dieser Sequoien interessierte Godfrey besonders. Durch eine Öffnung am Fuß konnte man leicht in ihr Inneres gelangen. Der Kern des Riesen war verschwunden und der Splint als zarter, weißer Staub verstreut. Doch konnte dieser Baum, nur auf seine Rinde gestützt, bestimmt noch einige Jahrhunderte leben.

»Das wäre doch eine wunderbare Wohnung für uns! Sehen Sie sich das an, Tartelett!«

Die Höhe dieser Baumhöhle ließ sich wegen der Dunkelheit nicht abschätzen. Kein Lichtstrahl drang von außen hier herein. Wind und Regen fanden hier keinen Einlaß. Etwas Besseres ließ sich also bestimmt nicht finden.

»Und wo ist der Schornstein?«

»Vorerst brauchen wir keinen, denn wir haben kein Feuer!«

Godfrey untersuchte jetzt die nähere Umgebung. Die Wiese erstreckte sich bis unter die Mammuths. Der durch den grünen Teppich sich dahinschlängelnde Bach verbreitete eine angenehme Frische. Verschiedene Sträucher, Mastix, Myrthen und Manzanillas in großer Zahl, wuchsen am jenseitigen Ufer. Nicht weit entfernt, wuchsen auf dem ansteigenden Boden noch weitere Bäume, Eichen, Sykomoren und Zirbelbäume, die jedoch gegen die Riesenbäume, deren Schatten sich bei Sonnenuntergang bis an das Meeresufer verlängerte, nur wie Unterholz wirkten.

Auch die Haustiere schienen mit dieser Gegend zufrieden zu sein. Die Schweine und Ziegen und Lämmer hatten sofort be-

»Das wäre doch eine wunderbare Wohnung für uns! Sehen Sie sich das an, Tartelett!« »Aber wo ist der Schornstein?«

gonnen, an den Wurzeln zu nagen und die Wiese abzugrasen. Die Hühner pickten munter nach Würmern – auch hiervon gab es offensichtlich genug.
Die Sonne näherte sich jetzt dem westlichen Horizont. Die beiden legten sich in den Staub des Riesenbaumes und knabberten an den wilden Äpfeln. Godfrey taufte ihren Baum noch nach dem Namen Onkel Wills, dann versanken sie in ihrem staubigen Bett in tiefen Schlaf.

12

Es läßt sich nicht verschweigen: Godfrey war unter den ungewohnten Verhältnissen ein neuer Mensch geworden. Bisher hatte ihn, wenn er seine 10 Stunden im Palast seines Onkels in der Montgomery Street schlief, nicht die Spur einer Sorge um den nächsten Tag bekümmert, ihn hatte kein abgefallenes Rosenblatt im Schlaf belästigt.
Jetzt war das anders geworden. Auf dieser unbekannten Insel, wo er seine Lebensbedürfnisse aus eigener Kraft decken mußte, unter Bedingungen zudem, die auch einem alten Inselpraktiker problematisch erschienen wären, war er fern von aller Welt. Gewiß würde man nach der *Dream* suchen, aber waren sie nicht verloren wie eine Nadel in einem Heuhaufen? Das ungezählte Vermögen des Onkels William W. Kolderup war nicht in jedem Fall allmächtig.
Godfrey wachte mehrmals in der Nacht auf. Sein Gehirn arbeitete unaufhörlich. Angesichts der Schwierigkeiten, die sich ihnen boten, erwachten in ihm Verstandeskräfte, von denen er keine Ahnung gehabt hatte. Godfrey war fest entschlossen, sich und seinen Begleiter aus der Notlage zu befreien.
Mit dem ersten Morgenrot war er schon auf den Beinen. Die Notwendigkeit, Feuer und Nahrung zu beschaffen, war vorerst das dringlichste. Tartelett schlief noch. Man sah ihn zwar nicht im Dunkel des Baumes, aber man hörte ihn. Er konnte Godfrey kei-

ne große Hilfe sein, ja, eigentlich machte er doch mehr Mühe, aber trotz allem, er war ein menschlicher Gefährte. Und somit war er mehr wert als etwa ein intelligenter Hund, obwohl der vielleicht manchmal nützlicher gewesen wäre.
An diesem Morgen untersuchte Godfrey die Umgebung der Mammuthbäume, in der Hoffnung, eßbare Früchte und Wurzeln zu finden. Noch lagerte ein feiner Dunst über Strand und Meer, doch fing der Nebel an, sich unter dem Einfluß der Sonnenstrahlen zu lichten; ein schöner Tag kündigte sich an.
Nachdem Godfrey sich einen kräftigen Stock gesucht hatte, wanderte er gut 2 km am Ufer entlang. Er suchte dort einige vorzügliche Austern zusammen, die er sogleich ausschlürfte. Nun ging es nach Südosten weiter, am Bachufer entlang. Dieser Weg führte ihn durch die Wiesen zu einer Baumgruppe, die er näher untersuchen wollte. Ganze Völker von Wasservögeln erhoben sich schreiend. Für sie war der Mensch eine ganz neue Erscheinung. Im Bach tummelten sich zahlreiche Fische, die man leicht hätte fangen können. Doch Godfrey wußte nicht, wie er sie zubereiten sollte.
Unter einer Reihe von Büschen entdeckte Godfrey zwei Arten von Wurzeln, die von den Indianern Nordamerikas sehr häufig genossen werden. Allerdings mußten beide Wurzeln gekocht werden. Es handelt sich um eine an Glutamat reiche Knolle, aus der eine Art Mehl hergestellt wird, und um eine längliche Wurzel, die man zur Not auch roh essen konnte. Godfrey, der Tarteletts Frühstück nicht vergessen hatte, sammelte gleich ein ganzes Bündel dieser Pflanzen ein und warf es über die Schulter.
Tartelett fiel auch gleich über diese Nahrung her, so daß Godfrey ihn zum Maßhalten ermahnen mußte.
»Ach was, wir haben von diesen Knollen mehr als genug.«
»Wir müssen Mehl und Brot daraus herstellen!«
»Aber wie können wir das ohne Feuer?«
»Wir werden es schon irgendwie bekommen!«
»Ach, welch ein Schicksalsschlag. In der Montgomery Street brauchte ich nur drei Schritte zu gehen, um einen Herrn mit einer Zigarre im Mund zu treffen, der mir mit Vergnügen Feuer

geben würde. Warum hat die Natur es nicht so geschaffen, daß die Schweine gleich gebraten sind? Warum können wir nicht von der Luft leben?«
»Das kommt vielleicht auch noch.«
»Meinen Sie wirklich? Das wäre doch wunderbar, wenn es nahrhafte Luft gäbe!«
»Die Gelehrten werden sich sicherlich mit diesem Problem beschäftigen. Es müßte der Chemie gelingen, die notwendigen Nahrungsmittel in einer für die Respiration geeigneten Gasform herzustellen. Man wird dann sein Diner einatmen, statt es zu kauen.«
»Das wäre herrlich, ich würde jetzt sofort ein Dutzend Sandwiches und ein Pfund Corned Beef einatmen.«
»Und dem Fremdenverkehr würde eine derartige Erfindung ganz neue Möglichkeiten eröffnen: in Texas würde man Maiskolben einatmen, in Irland Angus Steaks und in Frankreich Froschschenkel und dazu vielleicht einen Hauch Chablis oder Meursault.«
Unwillkürlich öffnete Tartelett den Mund und atmete tief ein.
»Genug geträumt, wir müssen unsere Wohnung einrichten!«
Tartelett fiel der Mund gleich wieder zu.
Zuerst mußten sie den Will-tree von mehreren Zentnern Holzstaub reinigen, die den Boden bedeckten und in dem man fast bis zu den Knien versank. Nach 2 Stunden intensiver Arbeit war ihr Zimmer von dieser Pulverdecke gereinigt. Der Boden erwies sich als fest. Sie wählten zwei Winkel für ihre Betten, die sie aus Laub und Zweigen aufschütteten. Die anderen Möbel, Tische, Hocker konnte Godfrey mit seinem Messer zurechtschneiden. Bei schlechter Witterung mußten sie ja wohl oder übel im Innern ihres natürlichen Hauses bleiben, um darin zu essen oder zu arbeiten. Licht kam durch die Türöffnung genug herein. Godfrey dachte daran, diese Öffnung sicherheitshalber später zu verschließen und dafür zwei Fensterlöcher in die Rinde zu schneiden. Die Höhe, bis zu der der Stamm hohl war, konnte Godfrey ohne künstliches Licht nicht ausmachen. Eine 3 m lange Rute, die er über seinen Kopf hielt, stieß jedenfalls nirgends an.

Der Tag verging unter diesen Arbeiten, die sie vor Sonnenuntergang nicht beendet hatten. Richtig müde warfen sie sich auf ihre Blätterbetten. Doch mußten sie gleich wieder aufstehen, um die Hühner aus der Höhle zu vertreiben. Godfrey beschloß deswegen, bald einen Hühnerstall zu bauen. Glücklicherweise genügten einige Zweige vor dem Eingang, um die Hühner fernzuhalten. Die Schweine und Lämmer zeigten keine Lust, sich zu den beiden in die Höhle zu legen.
Die folgenden Tage vervollständigten die beiden Schiffbrüchigen ihren Proviant, sie sammelten Eier und Muscheln, Wurzeln, Knollen und Äpfel. Als Küchengeschirr standen ihnen nur einige große Muschelschalen zur Verfügung. Jedoch brauchten sie für ihren sparsamen Speisezettel auch nicht mehr.
Tartelett wusch zwei Hemden, zwei Taschentücher und zwei Paar Socken – fast die ganze Garderobe der beiden, im klaren Wasser des Baches. Unter der heißen Sonne trocknete die Wäsche schnell. So vergingen, ohne Wind und Regen, die Tage.
Jeden Tag beobachtete Godfrey das Meer. Doch es war immer leer, kein Schiff, kein Fischerboot, keine Rauchsäule. Es schien, als liege die Insel Phina außerhalb jeden Handelsweges. Sie konnten also nur abwarten.
Immer wieder versuchten sie, Feuer zu entfachen. Tartelett suchte nach alten Schwämmen, in der Hoffnung, daß sie feuerfangendes Material lieferten. Aber sie wollten sich nicht entzünden. Auch der Staub aus dem Will-tree erwies sich als ungeeignet. Sie waren der Verzweiflung nahe. Ohne Feuer zu leben, das erschien ihnen fast unmöglich. Wer will schon täglich Austern essen? Da kam ihnen endlich der Zufall zu Hilfe.
Das Wetter veränderte sich allmählich, es wurde drückend heiß, und es sah nach einem Gewitter aus. Gegen 1 Uhr in der Nacht wurden Godfrey und Tartelett von einem Feuerwerk von Blitzen und starken Donnerschlägen aufgeweckt. Noch regnete es nicht, doch der Himmel war so dunkel, daß er bald wahre Katarakte hierniedergießen mußte. Godfrey ging hinaus, um ihn zu beobachten.
Das Blätterwerk der Bäume zeichnete sich gegen den hell aufblit-

zenden Himmel ab wie die Figuren eines chinesischen Schattenspiels. Plötzlich sauste ein heller Blitz über den Himmel, zugleich knatterte ein furchtbarer Donnerschlag – der Will-tree war getroffen.
Godfrey war vor Schreck zu Boden gefallen, jetzt raffte er sich inmitten eines Funkenregens, der neben ihm niederfiel, wieder auf. Der Blitzstrahl hatte die trockenen Zweige der oberen Äste entzündet, die wie glühende Kohlen herabregneten.
Mit einem Freudenschrei rief Godfrey: »Feuer, Feuer!« Tartelett sprang jubelnd aus dem Baum. Beide stürzten sie nach den brennenden Zweigen, von denen einzelne Stücke noch flammten.
Sie sammelten eiligst eine Menge dürren Holzes und dann zogen sie sich in den Baum zurück, um ihr Feuer zu hüten. Draußen rauschte jetzt der Regen und löschte den Brand, der den Will-tree zu vernichten drohte.

13

Das war ein Blitz zur rechten Zeit!
»Ich werde Tag und Nacht aufpassen, damit uns dieses Feuer nicht wieder ausgeht!« sagte Tartelett, der schon an das erste warme Essen dachte.
Am nächsten Morgen sammelten sie trockenes Holz, von dem es genug gab, und legten eine Feuerstelle am Fuße eines anderen Baumes an. Tartelett hockte sich neben die knisternde Brandstelle und pustete – obwohl das völlig nutzlos war – in die Flammen. Aufmerksam stierte er in den hellgrauen Rauch, der sich unter dem Blättermeer verlor.
»Nun werden wir bald ein bis zwei Hühner essen, dazu können wir einen Schweineschinken braten, dann eine Lämmerkeule und ein Ziegenviertel und als Nachgericht etwas Wild oder einige Süßwasserfische.«
»Nicht so schnell, wir haben keine Magentabletten dabei. Wir müssen uns erst langsam wieder an die Hausmannskost gewöh-

nen. Außerdem müssen wir sparsam mit dem Vieh umgehen. Fangen Sie doch erst einmal zwei Hühner. Brot werden wir uns aus den Camawurzeln herstellen.«
2 unschuldige Stück Federvieh wurden von dem Professor gejagt, der ihnen schließlich mit schnellem Griff die Hälse umdrehte. Geputzt, gerupft und ausgenommen, wurden die Hühner auf einen dünnen Stock geschoben, und bald brieten sie über den knisternden Flammen.
Godfrey bemühte sich unterdes, die Camawurzeln eßbar zu machen. Nach einem alten Indianerrezept legte er einige Steine in das Feuer, um sie zu erhitzen. Dann wählte er eine Bodenstelle aus, von der er vielleicht 50 qcm Gras entfernte. Mit einer Muschelschale wühlte er ein Loch, in das er eine Decke dürren Holzes legte. Es wurde angezündet und sollte die Erde erwärmen. Nach einer ¼ Stunde konnte er die Asche entfernen und die Camawurzeln einschichten. Sie wurden mit einer dünnen Lage Rasen bedeckt, auf die Godfrey nun die glühenden Steine schichtete. Zuletzt zündete er auf diesen Steinen ein Holzfeuer an, und er hatte so einen Backofen, in dem die härteste Camawurzel weich wurde. Nach 1 Stunde konnte er die Wurzeln herausgraben, die sich nun leicht zerdrücken ließen und bestens schmeckten. Man kann sich denken, daß die beiden Freunde ihre Hühner und die Wurzeln mit wahrem Hochgenuß verdrückten.
Der Tag verging so mit Essen und Wassertrinken. Tartelett sprang außerdem dauernd umher, um das Feuer am Leben zu erhalten. Die Nacht verlief ohne jeden Zwischenfall. Sie wurden am Morgen geweckt durch den Hahn und das Knistern des Feuers, das ihnen wie Musik in den Ohren klang. Godfrey hatte die Augen aufgeschlagen, als er plötzlich einen Luftzug aus der Höhe des Will-tree an seinem Gesicht spürte. Irgendwo oben an der ersten Gabelung mußte sich eine Öffnung befinden! Sollte der Blitz ein Loch geschlagen haben? Godfrey beschloß, zuerst einmal die Sequoia von außen zu untersuchen. Der Weg des Blitzes zeichnete sich deutlich ab. Der Stamm war dort, wo er hindurchgegangen war, vollständig entrindet, von den Ästen bis zur Wurzel. Wäre der Blitz in das Innere gelangt, wären Godfrey und

Tartelett zweifellos erschlagen worden. Erst jetzt erkannte Godfrey, in welcher Gefahr sie geschwebt hatten.
Offenbar war die Seqouia dort, wo der Blitz sie zuerst getroffen hatte, gespalten worden, so daß durch diese Öffnung Luft ins Innere drang.
Godfrey suchte einen harzreichen Zweig, den er als Fackel verwenden konnte. Ein Fichtenreiser war schnell gefunden. Mit diesem Licht in der Hand war es leicht, die innere Anordnung des Will-tree zu übersehen. Etwa 7 m über dem Boden bildete eine unregelmäßige Wölbung eine Art Decke. Darin bemerkte Godfrey einen offenen engen Gang, dessen Fortsetzung sich im Dunkel verlor. Offenbar war der Baum in seiner ganzen Länge hohl. Vielleicht aber fanden sich darin noch einzelne Reste vom Splint. Das mußte es schwierig machen, innen heraufzuklettern. Godfrey wollte das sofort untersuchen: 1. um die Öffnung gegen Wind und Regen zu verschließen, 2. um sicherzustellen, daß keine wilden Tiere von oben eindringen konnten, 3. weil er neugierig war.
Er steckte seine Fackel in einen Spalt zwischen zwei Wurzeln und schwang sich dann an einigen Vorsprüngen empor. Wie alle Amerikaner war er gymnastische Übungen gewöhnt. Bald hatte er in der ungleichen Höhlung eine engere Stelle erreicht, von der aus er sich wie ein Schornsteinfeger, mit Armen und Knien anstemmend, hochziehen konnte. So kam er höher und höher. Wenn er einen kleinen Vorsprung fand, ruhte er sich einen Augenblick aus. Jetzt fühlte er schon einen stärkeren Luftzug, den er begierig einatmete, denn im Innern des Baumes war die Luft nicht gerade erfrischend. Der Schlauch verengte sich allmählich.
Plötzlich hörte Godfrey ein seltsames Geräusch. Es war, als kratzte etwas im Innern des Baumes, gleichzeitig erschreckte ihn ein Pfeifen. Godfrey hielt an.
Sollte es hier Schlangen geben? Bisher hatten sie davon nichts gemerkt. Nein, es mußte ein Vogel sein, denn als Godfrey vorsichtig höherkletterte, hörte er ein deutliches Krähen und einen Flügelschlag. Wahrscheinlich hatte er einen Vogel aufgescheucht, der hier nistete.

Wenige Augenblicke später steckte Godfrey seinen Kopf durch die Öffnung, im gleichen Augenblick entfloh eine Art Dohle mit lautem Krächzen. Bald saß Godfrey bequem in den Ästen des Baumes. Der ungeheure Stamm des Riesenbaumes trug hier einen ganzen Wald. Mühevoll mußte Godfrey von Ast zu Ast gleiten, durch dichtes Grün, bis er die oberste Etage des Will-tree erreicht hatte. Die obersten Zweige beugten sich bereits unter seinem Körpergewicht. Ein weiter Horizont umschloß die Insel Phina, die sich wie auf einer Reliefkarte unter ihm ausbreitete. Das Meer war noch immer verlassen.
Aber da, im Norden der Insel? War es nicht wieder ein Rauch, der dort aufstieg? Eine feine, oben fast dunkelblaue Rauchsäule stieg ruhig in der klaren Luft empor.
Da mußte jemand ein Feuer angezündet haben! Godfrey bemühte sich, die Himmelsrichtung so genau wie möglich zu bestimmen. Die Stelle mußte 6 km vom Will-tree entfernt sein. Wenn er durch das Weideland direkt nach Nordosten ging und sich dann am Strand entlang hielt, mußte er zweifellos die Felsen finden, über denen jetzt die Rauchsäule stand. Mit klopfendem Herzen stieg Godfrey von seinem Beobachtungsposten herunter. Er sammelte schnell etwas Moos und kleinere Zweige, dann glitt er in die Öffnung hinein, die er sorgfältig verstopfte.
Mit einigen Worten verständigte er Tartelett von seinem Spaziergang, dann eilte er in nordöstlicher Richtung davon. Das war ein Weg von 2 Stunden, erst durch grüne Wiesen, durch lichten Wald und zwischen engen Hecken, dann am Strand entlang. Endlich kam er an der ersten Felsenkante an. Aber hier sah er keinen Rauch. Sorgfältig suchte er diese Gegend ab, er rief . . . Niemand antwortete. Von einem Feuer war nicht einmal eine Spur zu entdecken, kein Aschenrest. Hatte er sich getäuscht? Vielleicht war hier eine Quelle, ein Geysir, der regelmäßig Wasser kochte? Hiermit ließe sich die Rauchsäule erklären.
Godfrey kehrte enttäuscht um. Auf dem Rückweg beobachtete er mehrere Wapitihirsche, die in rasender Eile vorbeiflitzten. Gegen 16 Uhr war er wieder am Will-tree. Von weitem hörte er schon das Kratzen der Geige. Professor Tartelett stand in der

Haltung einer Priesterin mit feierlichem Ernst vor dem Feuer und spielte eine Serenade, Haydns Wassermusik.

14

Geduld: so hieß jetzt das oberste philosophische Prinzip. Godfrey war entschlossen, sich ihm unterzuordnen. Ohne Zögern beschäftigte er sich mit der Vervollkommnung der Einrichtung des Will-tree. Fehlte schon der Komfort, sollte es wenigstens an der Sauberkeit nicht mangeln. Mehrmals in der Woche wurden die Laubbetten erneuert. Als Tischgeschirr dienten ihnen Muschelschalen, deren Sauberkeit mit der der Teller und Schüsseln in einem amerikanischen Restaurant bestimmt konkurrieren konnte. Godfrey war ein richtiger Saubermann. Er hatte aus einem Stück ebener Rinde und vier in den Boden gerammten Pfählen einen Tisch gebaut. Dicke Baumstümpfe dienten als Hocker. Sie mußten also nicht mehr auf Knien essen. Kopfzerbrechen machte ihnen die Kleidung. Sie schonten ihre Habseligkeiten so gut es ging. Bei warmem Wetter gingen sie halbnackt. Wie sollten sie aber nach einiger Zeit ihre Hosen und Hemden ersetzen? Vorerst wusch Tartelett ihre Kleidung regelmäßig.
Godfrey beschäftigte sich mehr mit dem Proviant. Täglich suchte er einige Stunden nach Wurzeln und Früchten. Aus dünnen Zweigen verfertigte er eine Art Netz, mit dem er fischen ging. Der Küche fehlte jedoch noch eine Hauptsache – nämlich der Fleischtopf. Ein einfacher Topf aus Blech oder Gußeisen. Ohne dieses einfache Instrument der Zivilisation konnten sie kein gekochtes Fleisch, keinen Kochfisch zubereiten. Immer nur gab es Braten vom Rost. Niemals hatten sie eine kräftige Brühe. Aber worin sollten sie die kochen?
Godfrey hatte eine zweite ausgehöhlte Seqouia gefunden, die er zum Hühnerstall ausbauen wollte. Die Hühner und Hähne gewöhnten sich bald an ihre neue Behausung, sie brüteten in trokkenen Graslagern und bald liefen schon kleine Küken umher. Die

Hühner wurden übrigens nachts eingeschlossen, um sie vor Raubvögeln zu schützen.
Für die Schweine und Lämmer brauchten sie keinen Stall, denn das Vieh fühlte sich in ihrer Nähe wohl. Nahrung fand es genug in der Umgebung des Will-tree. Es war also in der Nähe ihrer Wohnung recht belebt. Glücklicherweise schien es auf der Insel Phina keine wilden Tiere zu geben, so daß sie sich darüber keine Sorgen zu machen brauchten. So lebten sie dahin, bis sich am 29. Juli ihre Lage wesentlich verbessern sollte.
Godfrey wanderte an diesem Tag schon am frühen Morgen am Strand entlang. Er suchte noch immer nach Wrackteilen der *Dream*. An diesem Tag wurde seine Aufmerksamkeit durch einen merkwürdig geformten Felsen erregt, der inmitten des Sandes zwischen Tang und Schlick hervorragte.
Eine Ahnung stieg in ihm auf, schnell rannte er herzu. Tatsächlich: was er zuerst für einen Felsen gehalten hatte, erwies sich als eine halb im Sand vergrabene Reisekiste.
War das ein Gepäckstück von der *Dream*? Befand sich diese Kiste seit dem Untergang der *Dream* hier oder stammte sie aus einem anderen Schiffbruch? Auf jeden Fall war das eine gute Prise.
Godfrey prüfte die Kiste zunächst von außen: keine Spur von einer Adresse, kein Absender. Nicht einmal Initialen waren eingraviert, wie es auf amerikanischem Reisepäck üblich ist. Vielleicht fand sich aber im Innern ein Papier, auf dem Herkunft und Nationalität des Reisenden vermerkt waren? Offensichtlich war die Kiste hermetisch verschlossen, so daß der Inhalt vom Meerwasser nicht angegriffen sein konnte. Wirklich, der Koffer war mit dickem Leder bezogen und mit Kupfer beschlagen und überdies mit breiten Riemen zugeschnallt. Natürlich dachte Godfrey nicht daran, den Koffer zu zerstören. Allerdings würde es unmöglich sein, ihn zum Will-tree zu schleppen. Er mußte ihn schon an Ort und Stelle entleeren. Von hier bis zum Will-tree waren es ungefähr 3 km. Die Arbeit würde also einige Mühe machen. Was enthielt nun eigentlich dieser Koffer.
Bevor Godfrey Tartelett die gute Nachricht brachte, wollte er erst einmal nachsehen. Er löste also die Riemen und legte das

Schloß frei. Wie war das zu öffnen? Er mußte sich hüten, sein Messer bei dieser Operation zu zerbrechen. Er suchte also einen größeren Stein, mit dem er das Schloß zertrümmern wollte.
Er schlug einmal kräftig gegen das Schloß, das merkwürdigerweise sofort nachgab. Endlich war die Kiste offen. Die Wände waren sehr dick und innen mit Zink ausgeschlagen, so daß der Inhalt in gutem Zustand sein mußte.
Und was fand Godfrey nun? Er hätte laut jubeln können. Zuerst zog er Hemden hervor, Servietten, Tücher, Decken, Unterhosen, einen Anzug, Pullover, einige Westen, zwei Paar Stiefel, Jagdschuhe, Gummistiefel, Filzhüte.
Dann in zweiter Lage: ein Fleischtopf, Siedekessel, Kaffee- und Teemaschine, mehrere Löffel und Gabeln, Messer, ein Spiegel, Schuhbürsten, dann zwei große Flaschen Weinbrand, dann einige Pfund Tee und Kaffee!
Zuunterst schließlich: Hohlbohrer, Drillbohrer, Sägen, Nägel und Schrauben, eine Spitzhacke, ein Beil. Dann ein Jagdmesser, 2 Flinten, 10 Pfund Pulver, Kugeln und Patronen, endlich eine kleine Hausapotheke, ein Kompaß und eine Uhr. Dann Schreibpapier, Toilettenpapier, Federn und Tinte, ein Kalender, eine Bibel und ein Ratgeber: *Der gediegene Campingkoch!*
Wirklich, ein Inventar, wie es besser nicht sein konnte. Godfrey hatte alle Gegenstände rings um sich auf den Strand gebreitet. Nirgends fand sich ein Hinweis auf den Besitzer dieser Kiste, aber im Fundbüro hätte Godfrey sie doch nicht abgegeben. Endlich waren die Lebensbedürfnisse der beiden Schiffbrüchigen für längere Zeit gesichert! Selbstverständlich konnte Godfrey alle Sachen nicht auf einmal mit zum Will-tree schleppen. Er mußte mehrmals hin und her wandern. Eile war geboten, denn das Wetter zeigte Regen an. Den größten Teil der Gegenstände legte Godfrey in die Kiste zurück, er belud sich mit einer Flinte, einem Revolver, einer Menge Pulver und Blei, nahm ein Jagdmesser und den ersehnten Fleischtopf.
Wie wurde er von Tartelett empfangen? Der Fleischtopf versetzte den Professor in eine derartige Begeisterung, daß er sofort eine Serie von Luftsprüngen im 6/8-Takt vollführte.

Ein kompletter Hausstand entquoll der angeschwemmten Kiste.

Es war Mittagszeit. Nach einem kleinen Frühstück wollte Godfrey sofort zu seinem Fund zurückkehren. Tartelett mußte natürlich mitgehen. Nun brauchte er auf das Feuer nicht mehr zu achten, denn mit dem Pulver konnten sie es jederzeit entfachen. Während ihrer Abwesenheit sollte ein größeres Fleischstück durchkochen. Sofort wurde in dem Fleischtopf mit einigen Litern Quellwasser ein Schweineviertel angesetzt, einige Wurzeln dazu und mit Meersalz gewürzt.
Sie rannten nun zurück zu ihrer Kiste. Unter den Begeisterungsschreien Tarteletts wurde sie entleert. Auf dem ersten Rückweg konnten sie die Waffen, die Munition und einen Teil der Kleidung forttragen. Nach dieser Anstrengung gönnten sie sich einige Schlucke dieser Schweinebouillon, die ganz vorzüglich schmeckte. Auch das Schweinefleisch war ausgezeichnet. Die Entbehrung hatte sie bescheiden gemacht.
Am folgenden Tag hatten sie nach drei weiteren Touren den Inhalt der Kiste heimgeschafft. Am Abend lag alles geordnet und sortiert im Will-tree. Am 11. August schließlich stand die Kiste selbst als Kommode und Schmuckstück im Will-tree. Tartelett sah jetzt die Zukunft in den hellsten Farben. An diesem Abend trat er vor Godfrey hin, die Geige in der Hand, er verbeugte sich:
»Wäre es nicht Zeit, unsere Tanzstunden wieder aufzunehmen?« sagte er.

15

Die Zukunft sah also schon rosiger aus. Godfrey trug sich bereits mit dem Gedanken, ein Boot zu bauen. Aber Tarteletts Ideen über den Wohnkomfort beschäftigten sie beide in den nächsten Wochen. Godfrey beschloß, ihre Garderobe so weit wie möglich zu schonen.
»Warum eigentlich«, schimpfte Tartelett, »wir sind doch keine Wilden!«

»Doch, wir sind Wilde!«
»Meinetwegen. Dann werden wir aber wenigstens sonntags Hemden anziehen. Schließlich müssen wir die guten Sitten wahren. Es ist unanständig, die ganze Woche nackt herumzulaufen.«
»Gut, aber heute ist Montag.« Glücklicherweise besaßen sie nun einen Kalender, mit dem sie die Tage bestimmen konnten. Tartelett wurde von seiner Aufgabe als Feuerwächter entbunden, denn das Pulver machte ein ständiges Feuer überflüssig. Er erhielt den Auftrag, täglich Wurzeln und Früchte zu sammeln. Leider mußte er zu diesem Zweck Tag für Tag mehrere Kilometer laufen, was ihm mißfiel. Aber mit der Zeit gewöhnte er sich daran.
Godfrey kümmerte sich um die Haustiere und übernahm das Amt des Fleischers, das ihm nicht gerade Spaß machte. Er sorgte für Abwechslung auf dem Speiseplan, kochte eine Bouillon, suchte das Fleisch aus und beschloß, Jagd auf Wild zu machen. Die Möbel im Will-tree konnte er nun mit dem Werkzeug aus der Kiste verbessern. Der Tisch wurde geglättet, die Hocker grade gesägt. Die Küchengeräte standen jetzt auf Brettern längs der Höhlenwand.
Aus mehreren Rindenstücken stellte Godfrey eine Tür her, gleichzeitig brach er zwei kleine Fenster aus, die Luft und Licht hereinließen. Sie konnten durch Läden nachts geschlossen werden. Wie er im Winter die Höhle beleuchten wollte, wußte Godfrey noch nicht. Er nahm sich jedoch vor, aus Lämmertalg Kerzen zu produzieren. Ein weiteres Problem stellte der Schornstein dar. Gegenwärtig, da die schöne Jahreszeit es erlaubte, konnten sie im Freien oder in einem benachbarten Baum ihre Feuerstelle unterhalten. Doch was sollte geschehen, wenn der Regen in Strömen goß, wenn die Kälte sie zwang, in ihrer Höhle zu bleiben? Godfrey wußte hierfür noch keine Lösung. Die beiden Ufer des breiten Baches in ihrer Wiese hatte Godfrey miteinander verbunden, in tagelanger Arbeit hatte er einen Brückensteg errichtet.
Versuchte Godfrey so, ihr Dasein bequemer zu machen, vergaß er jedoch auch nicht, Maßnahmen zu treffen, die ihre Rettung erleichtern sollten. Es war klar, daß die Insel Phina an keinem

Schiffsweg lag. Trotzdem mußte er ein Mittel suchen, um die Aufmerksamkeit eventuell passierender Schiffe zu erregen. Zu diesem Zweck errichtete er auf einer Landzunge, die nach Norden vorsprang, einen Flaggenmast. Ein Stück Stoff aus der Kiste wurde geopfert und da ihm das Weiß zu unauffällig erschien, färbte Godfrey es mit einigen wilden Beeren dunkelrot. Diese Arbeiten beschäftigten ihn bis Mitte August. Das Wetter war bis dahin, abgesehen von einigen Gewittern, unverändert schön gewesen.

Zu dieser Zeit begann Godfrey, auf die Jagd zu gehen. Rebhühner und Schnepfen boten eine angenehme Abwechlung. Und Tartelett begrüßte es sehr, als Antilopen-Steaks und Koteletts auf den Tisch kamen.

Bei seinen Streifzügen lernte Godfrey die Insel immer besser kennen. Aus seinen Nachforschungen ergab sich, daß die Insel Phina frei von wilden Tieren, frei von Schlangen und gefährlichen Echsen war. Außerdem war das Land offensichtlich unbewohnt, denn Eingeborene hätten sich bestimmt schon bemerkbar gemacht. Es blieb nur noch die Rauchsäule, deren Herkunft er sich nicht erklären konnte. Godfrey hatte niemals die Spuren eines Feuers entdeckt, und die Insel schien auch keinen Geysir zu besitzen, da sie deutlich nichtvulkanischen Ursprungs war. Übrigens hatte Godfrey den Rauch nicht mehr gesehen, und nach einigen Wochen vergaß er, darüber nachzudenken.

Am 13. September nun trat ein Ereignis ein, das jedem wirklichen oder erdichteten Robinson einmal widerfährt. Gegen 3 Uhr nachmittags wurde Godfreys Aufmerksamkeit durch einen langen Rauchstreifen erregt. Er war gerade zum Flaggenmast auf der Landzunge gewandert. Von hier aus sah er durch sein Fernrohr einen Rauch, der vom Westwind direkt auf die Insel zugetrieben wurde.

»Ein Schiff! Ein Schiff!«

Aber würde dieser Dampfer an der Insel Phina vorbeikommen? Und würde er seine Signale beachten? Zwei Stunden lang wartete Godfrey mit Ungeduld. Wirklich, der Dampfer kam näher, die Rauchsäule vergrößerte sich, und Godfrey konnte deutlich erken-

nen, wann neue Kohle nachgelegt wurde. Endlich erschien der Dampfer auf der Scheidelinie zwischen Himmel und Wasser. Es war, wie Godfrey erkannte, ein großer Dampfer, der einen nordöstlichen Kurs hielt und wahrscheinlich nahe der Insel vorbeikommen mußte.
Zuerst wollte Godfrey zurückrennen und Tartelett verständigen. Aber dann hätte er das Schiff aus den Augen lassen müssen. Ein Mann war sicher so gut zu erkennen wie zwei. Gegen 5 Uhr konnte Godfrey schon die 3 Masten erkennen und dann auch die Farben der Fahne. Es war die Fahne der USA.
Wenn er diese Fahne erkennen konnte, mußten sie an Bord doch unbedingt auch seine sehen! Godfrey begann, mit seinem Fahnentuch zu manövrieren, wie man es bei einer Begrüßung auf See tut. Dann setzte er die Fahne auf Halbmast, was nach Seemannsbrauch bedeutete, daß er Hilfe benötigte. Die Flagge des Dampfers antwortete nicht.
Gegen 6½ Uhr begann es zu dämmern. Godfreys Herz zog sich zusammen. Der Dampfer glitt jetzt, vielleicht 2 Seemeilen entfernt, vorbei. Die Sonne verschwand unter dem Horizont. Godfrey zog verzweifelt sein Flaggentuch auf und ab, aber niemand antwortete ihm. Er feuerte einige Schüsse ab, die aber wegen der großen Entfernung ungehört verhallen mußten. Es wurde allmählich Nacht, und in einer Stunde mußte der Dampfer verschwunden sein. Godfrey hatte jetzt die Idee, einige trockene Bäume anzuzünden, die dicht hinter dem Fahnenmast standen. Er setzte sie also mit Hilfe des Pulvers in Brand, und bald loderte eine ungeheure Flamme empor. Die Lichter des Dampfers antworteten nicht. Traurig kehrte Godfrey zum Will-tree zurück, mit einem größeren Gefühl von Verlassenheit, als er je empfunden hatte.

16

Dieser Schlag traf Godfrey hart. Würde sich je wieder eine derartige Gelegenheit bieten? Er verbrachte eine recht traurige Nacht. Jeden Augenblick fuhr er erschreckt hoch. Ihm war, als hätte er von der offenen See her einen Kanonenschuß vernommen. Hatte der Dampfer das Feuer doch noch bemerkt und gab er jetzt einen Signalschuß ab? Godfrey horchte ... aber das alles war eine Illusion seiner überreizten Nerven. Am nächsten Morgen wußte er beinahe nicht mehr, ob das gestrige Erlebnis auch nur in seiner Einbildung existierte.

Godfrey erzählte Tartelett kein Wort davon. Warum hätte er den Anstandslehrer, der nur 24 Stunden voraus dachte, beunruhigen sollen? Tartelett hatte San Franzisko fast vergessen, und sein einziger Kummer war, daß er hier in der Wildnis keine Schüler hatte.

Sorglos wanderte Tartelett umher, zu sorglos, wie sich an diesem Tag zeigen sollte. Gegen 4 Uhr nachmittags war er ausgegangen, um am Strand Austern zu suchen. Plötzlich sah Godfrey ihn in vollem Lauf zurückrennen. Seine Haare hatte sich gesträubt und auf seinem Gesicht malte sich Entsetzen.

»Was ist denn los?«

»Da, da!« rief Tartelett und zeigte nach dem Meer. »Ein Kanu! Eine große Flotille von Wilden! Kannibalen!«

Godfrey blickte hinaus. Es handelte sich zwar nicht um eine Flottille, aber ein kleineres Fahrzeug bewegte sich in der Entfernung einer halben Meile auf die Landspitze mit dem Flaggenmast zu.

»Und warum sollen das Kannibalen sein?«

»Auf jeder Robinson-Insel landen früher oder später Menschenfresser!«

»Vielleicht ist das ein Boot des Dampfers, der gestern vorbeikam!«

»Davon haben Sie mir nichts gesagt!« rief Tartelett und hob die Hände verzweifelt zum Himmel.

»Wir werden gleich sehen, woran wir sind!«

Godfrey rannte zum Will-tree, griff zum Fernrohr und bezog am Waldrand Stellung. Von hier aus konnte er das Boot genau beobachten.
Das Fernrohr fiel Godfrey fast aus den Händen.
Tartelett schlotterten die Knie.
Es war wirklich ein Boot mit Wilden, das auf die Insel zukam. Konstruiert wie eine Pirogge der polynesischen Inseln, trug es ein großes Segel aus Bambus. Ein an Backbord befestigter Ausleger hielt das Boot im Gleichgewicht. Godfrey konnte ein Dutzend halbnackter Neger zählen.
Godfrey bedauerte jetzt, die Fahne aufgezogen zu haben. Sie verriet den Wilden ohne Zweifel die Anwesenheit der beiden Schiffbrüchigen.
Godfrey verfolgte den Weg der Eingeborenen mit dem Fernglas vor Augen. Sie hatten jetzt die Landzunge umrudert und hielten auf den Strand zu. Schließlich legten sie genau dort an, wo der kleine Bach mündete. Sollten sie ihm folgen, mußten sie unweigerlich den Will-tree entdecken. Godfrey und Tartelett rannten zu ihrer Unterkunft zurück, um alle nötigen Sicherheitsmaßnahmen zu treffen.
»Kaum sind wir 3 Monate hier und schon lassen sich Kannibalen blicken«, schimpfte Tartelett. »Daniel Defoe hat also nicht übertrieben.«
Das Feuer im Innern der Seqouia wurde gelöscht. Die Hühner und Küken befanden sich schon in ihrem Stall, dessen Eingang Godfrey mit Zweigen zudeckte. Die anderen Tiere wurden in die Wiese gejagt. Alle Werkzeuge und Instrumente wurden in die Wohnung geschafft, damit nichts die Anwesenheit menschlicher Wesen verraten konnte. Godfrey und Tartelett traten in den Will-tree und schlossen die Tür, ebenso die beiden Fenster. So saßen sie die ganze Nacht in völliger Dunkelheit.
Das Knacken eines Zweiges, ein Windhauch ließ sie schon zusammenschrecken. Es schien, als ob jemand um den Will-tree herumschlich. Vorsichtig öffnete Godfrey einen Laden und blickte ängstlich in das Dunkel hinaus. Noch bemerkte er nichts. Dann aber waren deutlich Schritte vernehmbar. Godfrey spähte

noch einmal hinaus, sah aber nichts als eine Ziege, die unter den Bäumen Schutz suchte.

Sollten wirklich Wilde in den Baum eindringen, dann wollte Godfrey Tartelett mit nach oben schleppen. Aus den oberen Zweigen des Riesenbaumes mußte eine Verteidigung leichter sein. Mit Flinten und Revolvern in der Hand hatten sie eine Chance gegen die Wilden.

Es kam während dieser langen Nacht jedoch zu keinem Angriff. Vielleicht warteten sie den Tag ab. Sie konnten ja nicht wissen, daß sie es nur mit zwei Schiffbrüchigen zu tun hatten.

»Vielleicht gehen sie aber auch wieder in See?«

»Warum haben sie dann auf der Insel übernachtet?«

Tartelett wußte vor Schreck keine Antwort. Sicherlich hatte die Wilden der Appetit auf Menschenfleisch hierher verschlagen.

»Wir müssen bei Tageslicht die Gegend erkunden!«

»Wir?«

»Ja, wir beide, wir können uns jetzt nicht trennen ... bis zur Abfahrt des Kanus.«

»Pst! ich höre draußen etwas.«

»Es sind nur die Tiere im Forst!«

Tartelett seufzte. Jetzt dachte er doch wieder an den Palast von Onkel Will, in dem so etwas bestimmt nicht passieren konnte.

»Sie können doch eine Flinte halten, Tartelett?«

»Halten ... sicherlich.«

»Vielleicht vertreibt allein der Knall die Wilden!«

Godfrey öffnete nun vosichtig die Fensterläden. Richtung Süden sah er nichts Außergewöhnliches, die Haustiere grasten friedlich. Godfrey schloß diese Fenster wieder. Die nach Norden gelegene Öffnung bot Einblick zum Strand. Godfrey suchte mit dem Fernrohr nach den Wilden. Alles war vollkommen ruhig. Hatten sie die Insel wieder verlassen?

17

Da! Die Wilden mußten von der Anwesenheit der Schiffbrüchigen wissen. Die Fahne hing nicht mehr an ihrem Mast.
»Vorwärts!« sagte Godfrey.
»Müssen wir jetzt wirklich weggehen?«
»Wollen Sie etwa hierbleiben, allein?«
»Niemals!«
»Dann kommen Sie!« Bevor sie fortgingen, überzeugten sie sich, ob ihre Waffen geladen waren. Tartelett warf sein Gewehr mit der Geschicklichkeit eines Pomotou-Indianers über den Rücken. Außerdem trug jeder noch eine Patronentasche und ein Jagdmesser. Tartelett wollte unbedingt seine Geige mitnehmen. Er meinte, die Wilden könnten über eine Serenade sehr entzückt sein. Es kostete Godfrey einige Mühe, dies dem Professor auszureden. Gegen 6 Uhr morgens traten sie hinaus. Alles still ringsum.
Der Professor, der sich kampfbereit gemacht hatte, folgte mit zögernden Schritten. Godfrey verschloß sorgfältig die Tür. Außerdem warf er einige Bündel Reisig davor. Dann lief er zum Bach, dem er bis zur Mündung folgen wollte. Tartelett folgte nur, weil er Furcht hatte, allein zu bleiben.
Am Rande der Baumgruppe hielt Godfrey still. Mit dem Fernrohr suchte er die ganze Strecke des Ufers ab, von der nordöstlichen Ecke der Insel bis zum Flaggenstock. Die äußerste Spitze dieses Kaps war ebenfalls menschenleer, doch mußten sich dort zweifellos Fußspuren finden.
Auf dem Meer war kein Fahrzeug sichtbar. Möglicherweise fuhren die Wilden unter dem Schutz der Felsen nahe dem Ufer entlang. Godfrey wollte hierüber Gewißheit haben. Er mußte wissen, ob das Kanu die Insel schon verlassen hatte. Also mußten sie die Stelle aufsuchen, an der die Wilden gestern gelandet waren. Die von verschiedenen Baumgruppen umschatteten Ufer des Baches waren glücklicherweise auf eine längere Strecke mit Buschwerk eingerahmt, so daß sie sich ohne Gefahr der Landungsstelle nähern konnten. Sie mußten mit größter Vorsicht vordringen. Godfrey hielt es für möglich, daß die Wilden, ermü-

det von der langen Überfahrt, so früh am Morgen noch nicht auf den Beinen waren. Vielleicht konnte er sie überrumpeln.
Die Gewehre wurden entsichert, und sie schlichen wacker am linken Ufer des Wasserlaufes entlang. Nur einzelne Vögel flatterten auf. Von einem Baum zum anderen gleitend, kamen sie dem Strand näher, verborgen von den dichten Büschen. Sie mußten mißtrauisch sein, denn es konnte sie ja jeden Augenblick ein Pfeil treffen. Trotz aller Ermahnungen stürzte Tartelett mehrmals über die Baumwurzeln, so daß es in der ganzen Umgebung zu hören sein mußte. Godfrey fing schon an zu bedauern, daß er diesen ungeschickten Mann mitgenommen hatte. Es wäre besser gewesen, ihn im Will-tree einzuschließen.
Nach einer Stunde waren sie ungefähr einen Kilometer vorangekommen. Es war nicht so einfach, sich zwischen den Büschen und durch das Gras zu winden. Godfrey hielt an. Er konnte jetzt zur Rechten wie zur Linken das ganze Wiesenland überblicken. Auch jetzt zeigte sich noch nichts Beunruhigendes. Gewiß waren die Wilden, da sie über die Anwesenheit von Menschen unterrichtet sein mußten, ebenso vorsichtig wie die Schiffbrüchigen. Sollten sie sich in dieser Gegend befinden, dann hatten sie zwischen den vielen Mastix- und Myrthenbüschen die besten Möglichkeiten, ihnen einen Hinterhalt zu legen.
Merkwürdigerweise wurde Tartelett, je weiter sie kamen, ohne den Feind zu sehen, immer selbstsicherer. Er verlor alle Angst und sprach verächtlich von diesen »Herren Kannibalen«. Godfrey hingegen wurde immer ernster und verdoppelte die Vorsichtsmaßnahmen. Nach einer weiteren Stunde waren sie am Ufer. Hier war es schon schwieriger, sich zu verbergen. Godfrey warf sich platt auf den Boden und befahl Tartelett, es ihm gleichzutun.
»Es gibt keine Menschenfresser mehr, sie sind weggelaufen!«
»Sie sind noch hier, ducken Sie sich. Und feuern Sie nur auf meinen Befehl.«
Sofort versagten dem Professor die Beine, er sank in den Sand. Godfrey hatte recht.
Von dem Platz aus, wo sie sich befanden, konnte man weder die

Küste noch die Stelle sehen, an der das Flüßchen ins Meer mündete. Ein vorspringender Winkel des höheren Uferlandes beschränkte die Aussicht. Aber sie sahen dichten Rauch senkrecht in die Luft steigen.

Sollte dieser Rauch von derselben Art sein, wie der, den er schon früher beobachtet hatte? Waren die Wilden schon früher auf der Insel gewesen? Sie robbten sich langsam voran, bis sie an eine Stelle kamen, die ihnen den Blick über die ganze Uferpartie freigab. Vor Schreck hätten sie beinahe aufgeschrien. Godfrey sah nun vor Augen, was er zu erfahren gehofft hatte. Ein großes, auf dem Vorland zwischen niedrigen Stämmen aufloderndes Feuer sandte seinen Rauchwirbel empor. Die Wilden rannten hin und her und schleppten Holz herbei. Das Kanu lag an einen schweren Stein gebunden in der Nähe und tanzte bei der ansteigenden Flut auf den langen Wellen der leichten Brandung.

Godfrey konnte deutlich erkennen, was dort am Strand vorging. Sogar das Knacken und Knistern des Feuers war deutlich zu hören. Er erkannte, daß er einen Angriff von hinten nicht zu fürchten brauchte, denn alle Schwarzen, die er gestern gezählt hatte, waren hier beschäftigt. Sie rammten zwei Pfähle in den Boden, offensichtlich, um einen Bratspieß nach polynesischer Mode herzustellen. Einer der Eingeborenen, vielleicht ihr Chef, ging auf und ab und beobachtete das Innere der Insel. Er trug auf den Schultern das rote Flaggentuch.

Der 12. Wilde endlich lag, fest an einen Pfahl geschnürt, auf der Erde.

Aha: der Bratspieß war errichtet, um ihn zu schmoren. Man sieht, daß alle Robinsonaden einander so ähneln, daß man meinen könnte, sie seien voneinander abgeschrieben worden.

Godfrey beschloß, es Robinson gleichzutun und den Wilden die Mahlzeit zu verderben. Er konnte diesen Unglücklichen nicht den Mägen der Kannibalen überlassen! Er war ja gut bewaffnet, und bis an die Zähne bewaffnet, mußte er doch fertig werden mit diesen 11 Schurken. Er wartete also höchst kaltblütig auf den Augenblick, in dem er einen riesigen Donnerschlag inszenieren konnte.

Schon stand der Bratspieß errichtet, an dem der 12. Wilde geschmor- werden sollte.

Er brauchte nicht lange zu warten.
Nach 20 Minuten trat der Häuptling an das Feuer. Er wies mit einer majestätischen Handbewegung auf den Gefesselten. Godfrey erhob sich, Tartelett folgte ihm unwillkürlich. Godfrey meinte, die Wilden würden bei seinem Anblick entfliehen, aber tatsächlich schien es, als bemerkten sie ihn überhaupt nicht. Vielmehr banden jetzt 2 Wilde den Gefangenen los und zwangen ihn, neben das Feuer zu treten.
Er war noch ein junger Mann, der im Vorgefühl seiner letzten Stunde versuchte, Widerstand zu leisten. Er wurde jedoch überwältigt, niedergedrückt, und der Häuptling nahm ein Steinbeil, kam auf den Unglücklichen zu, um ihm den Schädel zu zertrümmern. Godfrey stieß einen Schrei aus, dem sofort ein Knall folgte. Eine Kugel pfiff durch die Luft. Sie mußte den Häuptling tödlich getroffen haben, denn der stürzte zu Boden. Beim Krachen des Schusses erstarrten die Wilden, als hätten sie niemals einen Gewehrschuß vernommen. Als sie Godfrey sahen, ließen sie sofort ihren Gefangenen frei. Er rannte sofort auf seine unerwarteten Retter zu.
Da donnerte schon ein zweiter Schuß. Tartelett hatte, ohne zu zielen und mit geschlossenen Augen, abgedrückt. Der Rückstoß versetzte ihm einen so heftigen Schlag, wie ihn der Tanzlehrer nie bekommen hatte. Doch welch ein Zufall! Ein zweiter Wilder sank neben dem Häuptling nieder.
Jetzt entstand eine kopflose Flucht. Die Wilden mußten sich über den Anblick der Weißen, die den Blitz schleudern konnten, unmäßig erschrocken haben. Sie rafften ihre Verwundeten oder Toten auf, schleppten sie mit sich fort, stürzten in ihr Kanu und ruderten mit ganzer Kraft, um aus der Bucht herauszukommen. Dann entfalteten sie das Bambussegel, steuerten auf den Vorberg der Flaggenspitze zu und waren sehr bald dahinter verschwunden. Godfrey wollte sie nicht verfolgen. Warum hätte er noch mehr Wilde töten sollen? Er hatte ihr Schlachtopfer gerettet, und das war die Hauptsache. Sie brauchten nur noch den Sieg zu feiern, an dem Tartelett einen so wichtigen Anteil hatte.

Der Gefangene war inzwischen zögernd nähergekommen. Vor den Weißen angekommen, fiel er auf die Knie, beugte den Kopf und nahm schließlich Godfreys Fuß in die Hand, den er sich auf den Schädel setzte.
Man hätte fast glauben können, daß dieser Eingeborene Polynesiens ebenfalls den Robinson Crusoe gelesen hatte.

18

Godfrey hob den armen Teufel, der vor ihm liegen blieb, sofort auf. Es war ein Mann von höchstens 35 Jahren, nur bekleidet mit einem Stück Stoff um die Hüften. Aus seiner Schädelbildung konnte man den Typ des afrikanischen Negers erkennen. Wie es gekommen sein mochte, daß ein Neger aus dem Sudan oder aus Abessinien in die Gewalt der Eingeborenen einer Insel im Stillen Ozean gelangt war, hätte Godfrey freilich nur erfahren können, wenn der Schwarze Englisch oder eine der europäischen Sprachen gesprochen hätte. Doch zeigte es sich bald, daß der Unglückliche nur ein vollständig unverständliches Idiom hervorbrachte – wahrscheinlich die Sprache der Eingeborenen, zu denen er in früher Jugend gekommen sein mußte.
Godfrey hatte den Neger auf Englisch nach seinem Namen gefragt, aber keine Antwort darauf erhalten. Nicht ohne Mühe machte er ihm verständlich, daß er seinen Namen wissen wolle. Nach mehreren Versuchen antwortete der Neger, der übrigens ein ganz intelligentes und ehrliches Gesicht hatte, mit einem einzigen Wort:
»Carefinotou.«
»Carefinotou! Was für ein Name, ich schlage vor, wir nennen ihn Mittwoch, weil heute Mittwoch ist. Den Namen Carefinotou erlaubt die Polizei überhaupt nicht!« rief Tartelett.
»Wenn der Mann diesen Namen nun einmal hat, warum soll er ihn nicht behalten?«
Da fühlte er eine Hand sich auf seine Brust legen, während die

ganze Physiognomie des Schwarzen ihn zu fragen schien, wie er selbst heiße.
»Godfrey!«
Der Schwarze bemühte sich, den Namen zu wiederholen, aber obgleich ihm Godfrey mehrere Male vorsagte, gelang es ihm doch nicht, ihn in verständlicher Weise auszusprechen. Dann wandte er sich an den Professor, um dessen Namen zu erfahren.
»Tartelett – stets zu Diensten!«
»Tartelett – eks kuh kienlen!«
»Tartelett!«
»Tartelett!« offenbar lag diese Silbenverbindung besser in den Möglichkeiten des Negers, denn er sprach ihn auf Anhieb fehlerlos aus. Der Professor war geschmeichelt.
Godfrey, der die Intelligenz des Wilden ausnutzen wollte, versuchte ihn zu fragen, ob er den Namen der Insel wisse. Er wies mit der Hand nach den Bäumen ringsum, nach den Wiesen, Hügeln, nach dem Strand und endlich nach dem Horizont. Dann warf er dem Neger einen fragenden Blick zu.
Carefinotou verstand nicht sofort. Er wiederholte Godfreys Armbewegungen, drehte sich einmal herum: »Arneka!« sagte er dann.
»Arneka?« wiederholte Godfrey und stampfte mit dem Fuß auf.
»Arneka!«
Das bedeutete nun für Godfrey nichts. In seiner Erinnerung fand sich dieser Name nicht vor, wahrscheinlich war er nur den Eingeborenen, nicht aber den Kartographen bekannt. Carefinotou starrte inzwischen die beiden Weißen an, als wolle er sich ihre Eigenarten einprägen. Wenn er lächelte, zeigte sein Mund eine Reihe blendendweißer Zähne, die Tartelett mit einigem Unbehagen betrachtete.
»Wenn diese Zähne noch kein Menschenfleich gekostet haben, soll mir die Geige in tausend Stücke zerspringen!«
Den Eingeborenen interessierten offensichtlich die Waffen am meisten, offenbar hatte er nie eine Feuerwaffe gesehen. Godfrey

wollte ihm mit gutem Grund Respekt vor der Macht der Weißen verschaffen. Er lud sein Gewehr, zeigte Carefinotou ein Rebhuhn, das gerade vorbeikam, legte schnell an und gab Feuer. Der Vogel fiel zur Erde.

Beim Knall des Schusses hatte der Neger einen ungeheuren Sprung gemacht, den Tartelett vom choreographischen Standpunkt aus nur bewundern konnte. Bald hatte der Neger jedoch seinen Schreck überwunden. Er lief auf den Vogel zu, der sich mit zerschmettertem Flügel durch das Gras schleppte, griff ihn und brachte ihn seinem Herrn.

Tartelett wollte nun zeigen, daß auch er einen Anteil an der Rettung hatte. Er hatte eine Taucherente bemerkt, die auf einem alten Baum saß. Er legte an.

»Nein, schießen Sie nicht!«

»Aber warum nicht?«

»Stellen Sie sich vor, Sie verfehlen den Vogel. Unser Renommee wäre dahin.«

»Aber warum soll ich daneben schießen? Schließlich habe ich einen Wilden aus hundert Meter Entfernung in die Brust getroffen!«

»Sie haben ihn sicherlich getroffen, aber versuchen Sie das Glück lieber nicht zweimal.«

Der Professor war doch etwas beleidigt. Er legte sein Gewehr mit großer Wichtigtuerei wieder über die Schulter und, gefolgt von Carefinotou, kamen beide zum Will-tree zurück.

Carefinotou konnte nicht genug staunen über die Einrichtung des Baumes. Sie mußten ihm alle Werkzeuge und Ausrüstungsgegenstände vorlegen. Es war klar, daß Carefinotou seine Jugend bei einer sehr primitiven Menschenrasse verbracht haben mußte, denn selbst das Eisen schien ihm unbekannt zu sein. Er begriff gar nicht, daß der Fleischtopf nicht Feuer fing, wenn er auf die glühenden Kohlen gesetzt wurde. Zum großen Mißvergnügen Tarteletts wollte er den Topf immer wieder vom Feuer ziehen. Besonders amüsierte er sich über einen Spiegel, den er immer wieder umdrehte, um zu sehen, ob seine eigene Person sich noch einmal hinter dem Glas befände.

»Ach, ist das ein Affe!« sagte Tartelett.
»Nein, er steht entschieden über dem Affen, denn er sieht hinter den Spiegel, was ein Affe nicht tun würde.«
Glücklicherweise mäkelte Carefinotou nicht an dem ihm vorgesetzten Essen herum. Er beroch die Speisen erst, kostete sie dann mit der Zungenspitze, und zuletzt schien das Frühstück, die fette Brühe, das von Godfrey erlegte Rebhuhn, nebst einer Lämmerkeule, mit Zugaben von Camas und Zwiebeln ihm nicht einmal auszureichen.
»Der arme Teufel hat einen guten Appetit!«
»Ja, wir müssen wohl seine Kannibalengelüste etwas im Auge behalten.«
Während sie so sprachen, hörte ihnen Carefinotou mit gespannter Aufmerksamkeit zu. Seine Augen leuchteten verständnisvoll. Denn es schien fast, als habe er begriffen, was über ihn gesprochen wurde. Er begann mit bewunderswerter Schnelligkeit zu schwatzen, freilich waren es nur sinnlose, einsilbige Laute, gellende Ausrufe, in denen die Vokale a und u vorherrschten. (Wie in den meisten polynesischen Idiomen.)
Doch, wie auch immer, Carefinotou war ein weiterer Gefährte in ihrem Unglück, und es sollte sich zeigen, daß er bald ein perfekter Diener geworden war.
Er war kräftig, geschickt und nahm willig jede Arbeit auf sich. Was man ihm einmal gezeigt hatte, ahmte er nach. Bald besorgte er die Wurzeln und Früchte, schlachtete die Tiere und braute aus den Äpfeln einen Cidre. Godfrey zeigte ihm gegenüber nie Mißtrauen, und wenn er Sorgen hatte, dann nur die, daß die anderen Wilden zur Insel Phina zurückkehren könnten.
Schon am ersten Tag hatten sie Carefinotou ein Bett im Will-tree gebaut, doch zog er es vor, bei klarem Wetter irgendwo draußen oder in einem anderen hohlen Baum zu schlafen. Während der 14 Tage nach seiner Ankunft begleitete Carefinotou Godfrey auf der Jagd. Immer noch staunte er über die Wirkungen der Feuerwaffe, und wenn er ein in der Entfernung getroffenes Wild stürzen sah, dann rannte er los wie ein Jagdhund, kannte keine Hindernisse und brachte das Tier.

Nach und nach gewöhnte sich Godfrey an ihn. Nur im Gebrauch der englischen Sprache erwies sich bis jetzt alle Mühe umsonst, Carefinotou brachte die einfachsten Wörter nicht über die Lippen. So verging die Zeit. Godfrey, der natürlich immer noch über die Möglichkeit, die Insel zu verlassen, nachdachte, sah mit Sorgen die kalte Jahreszeit kommen.
Am 27. September ereignete sich ein Zwischenfall, der ihnen viel Arbeit machte, aber auch ihre Speisekammer füllen sollte. Godfrey und Carefinotou waren an diesem Tag am Strand mit dem Einsammeln von Mollusken beschäftigt, als sie unter dem Wind eine Menge schwimmender kleiner Inseln bemerkten, die von der Flut langsam auf den Strand getrieben wurden. Was waren das für Massen, die in Gesellschaft dahergezogen kamen.
Godfrey wußte es noch nicht, als sich Carefinotou plötzlich platt auf den Bauch legte. Er zog den Kopf zwischen den Schultern ein, bog Arme und Beine zusammen und begann die Bewegungen eines Tieres nachzuahmen, das langsam am Boden kriecht.
»Schildkröten! Schildkröten!«
Ja, vor ihnen schwammen, auf der Fläche von 1 qkm, Tausende und Abertausende von Schildkröten. Glücklicherweise strandeten einige hundert dieser Amphibien am Ufer. Godfrey und Carefinotou rannten schnell hinunter, um diesem Meereswild den Weg abzuschneiden. Sie legten sie auf den Rücken, was eine mühevolle Arbeit war.
Die nächsten Tage waren damit ausgefüllt, die Beute einzuholen. Das Fleisch der Schildkröten schmeckt konserviert und frisch gleichermaßen gut. Godfrey ließ den größten Teil für den Winter einsalzen. Einige Zeit hindurch gab es auch zum Frühstück eine wundervolle Lady Curzon.
Inzwischen durchstreifte Godfrey, vom treuen Carefinotou begleitet, immer wieder die Insel. Bei einem dieser Ausflüge ereignete sich etwas, das die Sicherheit der Schiffbrüchigen sehr zu gefährden schien. Godfrey jagte in einem großen Wald im Innern der Insel. Den ganzen Tag über hatten sie nur einige Antilopen in größerer Entfernung gesehen. Es war gegen 15 Uhr. Eben wollten sie zum Mittagessen zum Will-tree zurückkehren, als Carefi-

Godfrey und Carefinotou drehten die riesigen Amphibien auf den Rücken. »Man müßte ihnen Salz auf den Schwanz streuen«, meinte der Professor versonnen.

notou plötzlich einen ungeheuren Sprung machte. Dann eilte er auf Godfrey zu und zog ihn mit solcher Gewalt fort, daß er keinen Widerstand leisten konnte. Erst nach 20 Schritten blieb Godfrey stehen und sah Carefinotou fragend an.

Der höchst erschreckte Neger zeigte in die Entfernung von 50 m nach einem Tier. Es war ein großer brauner Bär, der mit den Vordertatzen an einem Baum lehnte und den Kopf auf- und abwärts bewegte, als wolle er den Jäger angreifen. Ohne weiter zu überlegen, schlug Godfrey das Gewehr an und gab Feuer. War der gewaltige Plattfüßler getroffen? Wahrscheinlich. War er getötet? Jedenfalls breitete er die Tatzen aus und sank am Fuß des Baumes nieder.

Jetzt durften sie nicht zögern. Ein direkter Kampf mit der Bestie hätte sie in größte Gefahr gebracht. Also rannte sie schnellstens davon.

19

»Ein Bär, warum denn ein Bär!« rief Tartelett, als Godfrey von ihrem Erlebnis erzählte. »Bisher hat es doch hier keine Bären gegeben. Und wenn es Bären gibt, dann ohne Zweifel auch Hyänen, Panther, Tiger und Löwen! Ich will sofort weg von hier!«

Godfrey bat ihn, sich zu beruhigen. Er hatte einen Bären gesehen, aber das hieß noch nicht, daß wilde Tiere bis zu ihrer Wiese vordringen würden. Auf jeden Fall mußte man vorsichtig sein

Für Tartelett begannen mit diesem Tag furchtbare Wochen, die seine Nerven schließlich derart angriffen, daß ihm – wie vielen aufgeregten Zeitgenossen in San Franzisko – nur noch ein Psychiater hätte helfen können.

»Ich will sofort weg von hier!« wiederholte er immer wieder. Das war leichter gesagt als getan.

Sie trafen alle Vorsichtsmaßnahmen, um auch einen Angriff von der Waldseite her unmöglich zu machen. Die Tür wurde verstärkt. Für die Haustiere hätte Godfrey gern einen Stall gebaut, aber das war vorerst noch eine zu schwierige Aufgabe. Also zo-

gen sie einen Zaun, der nur einen vorläufigen Schutz bieten konnte. Der Zaun war weder hoch noch fest genug, um eine Hyäne oder einen Bären am Überspringen oder Überklettern zu hindern. Carefinotou bestand weiterhin darauf, nachts draußen zu schlafen. Gewiß wollte er seine Herren beschützen.
Eine Woche verstrich, ohne daß sich einer der furchtbaren Besucher in der Nähe blicken ließ. Sie verloren ihr Vieh nie aus den Augen, während es auf den Wiesen weidete. Meist versah Carefinotou den Dienst als Schäfer. Er nahm keine Flinte, aber ein großes Jagdmesser steckte in seinem Schurz, und in der Hand trug er eine Axt. So bewaffnet, hätte er sich ohne Zögern auf einen Tiger gestürzt.
Da sich jedoch seit ihrem Zusammentreffen mit dem Bären kein wildes Tier mehr sehen ließ, beruhigte sich Godfrey langsam. Er nahm seine Jagdzüge wieder auf. Tartelett hatte sich im Will-tree fest eingeschlossen, und er hätte sich nicht einmal für eine Tanzstunde hinausgewagt. Manchmal ging Godfrey auch allein auf die Jagd und ließ Carefinotou als Gesellschafter bei Tartelett.
Tartelett hatte sich zuerst in den Kopf gesetzt, den Schwarzen Englisch zu lehren. Bald gab er das jedoch auf, Carefinotou hatte einfach kein Gehör für diese Sprache. Darum wollte Tartelett unbedingt die Sprache seines Schülers lernen. Godfrey hielt das für überflüssig, aber Tartelett ließ sich nicht davon abbringen, Carefinotou immer wieder verständlich zu machen, daß er ihm die Namen der Gegenstände, die er ihm zeigte, sagen solle.
Nach 14 Tagen konnte er wirklich schon 14 Wörter. Er wußte, daß Carefinotou »Binsi« für Feuer sagte, »Arudu« für Himmel und »Mervida« für Meer. Tartelett war darüber so stolz, als hätte er von der Akademie den ersten polynesischen Preis gewonnen. Zum Dank wollte Tartelett den Schwarzen in die Geheimnisse der Choreographie einweihen.
Das hätte einer sehen müssen! Der unglückliche Carefinotou schwitzte Blut und Wasser, wenn er die elementarsten Tanzübungen machte. Er war zwar gelehrig, aber er hatte vortretende Schultern, einen aufgetriebenen Leib, die Knie waren nach innen gebogen und die Füße standen nach außen. Nun mache einer

aus einer derartigen Figur einen Tanzstar! Der Professor ließ sich jedoch nicht beirren.
»Zieh die Schultern zurück, du Dummhut! Den Kopf gerade. Die Arme runder halten!«
»Tartelett, Sie verlangen aber auch Unmögliches!« sagte Godfrey, der sich dieses Schauspiel mit ansah.
»Einem intelligenten Menschen ist nichts unmöglich.«
»Aber er wird doch niemals in einem Salon seine Kunst zeigen können!«
»Warum nicht? Niemandem ist eine glänzende Zukunft verschlossen.«
Dann ergriff Tartelett die Geige und kratzte einen Czardas, was Carefinotou höchst erfreute. Er machte die tollsten Sprünge und Verrenkungen, ohne daß Tartelett ihn anzufeuern brauchte. Tartelett fragte sich, ob diese Sprünge, obwohl sie ganz gegen die Regeln verstießen, dem Menschen vielleicht eigentümlich wären.
Godfrey hatte bei seinen Streifzügen keine weiteren Raubtiere zu Gesicht bekommen. Auch Fußabdrücke waren nicht zu finden. Sollte der Bär der einzige seiner Art sein? Das war völlig unerklärlich. Wenn Godfrey den Bären erlegt hatte, so hätte er doch den Kadaver finden müssen. Oder hatte das tödlich getroffene Tier sich fortgeschleppt, um in einer Höhle zu sterben. Aber Godfrey fand nicht einmal Blutspuren. Auf jeden Fall mußte man sich in acht nehmen.
Mit den ersten Tagen des September hatte die kalte Jahreszeit angefangen. Schon regnete es während mehrerer Stunden täglich. Später mußten wahrscheinlich jene endlosen Regenfälle kommen, die den Winter in diesen Breitengraden so ungemütlich machen. Nun mußte Godfrey daran denken, im Innern des Will-tree eine Feuerstelle einzurichten. Den Herd selbst konnte man zwar bequem in einer Ecke des Zimmers errichten, indem einige Steine aufeinandergeschichtet wurden, problematisch war es aber mit dem Schornstein. Godfrey kam auf den Gedanken, einige der dicken und langen Bambusstangen zu verwenden, die am Ufer des Baches an einigen Stellen wuchsen.

Tartelett ergriff die Geige und brachte einen Czardas zu Gehör. Carefinotou vollbrachte begeistert die tollsten Verrenkungen.

Carefinotou hatte nach einiger Zeit begriffen, was Godfrey vorhatte, und seine Hilfe war tatsächlich sehr nützlich. Er half, genügend dicke Bambusröhren zu finden, die sie von ihrem Mark befreiten und durchstießen. Sie steckten die Röhren zusammen zu einer Länge, die ausreichte, den Rauch nach oben abzuleiten. Man mußte nur darauf achten, daß dieser Schornstein nicht in Flammen aufging.

Vom 3. bis 10. November regnete es ununterbrochen. Es wäre ganz unmöglich gewesen, im Freien ein Feuer zu entzünden. Während dieser traurigen Tage mußten sie im Will-tree bleiben, den sie nur verließen, wenn sie sich um das Vieh kümmern mußten.

Der Vorrat an Cama-Wurzeln ging langsam zu Ende. Da diese Wurzeln die Stelle des Brotes vertraten, war ihr Fehlen recht unangenehm. Godfrey erklärte daher am 10. November, daß er, sobald der Regen etwas nachlassen würde, zusammen mit Carefinotou ausgehen werde.

Im Laufe des Abends fing der Himmel an, sich von den schweren Wolken zu entlasten, der Regen ließ ein wenig nach, und sogar die Sonne brach durch.

»Morgen werden wir aufbrechen!«

Carefinotou bestand in dieser Nacht wieder darauf, im Freien zu schlafen, was er während des stärksten Regens vermieden hatte.

Als sie am nächsten Morgen um 7 Uhr den Will-tree verließen, schien tatsächlich schon die Sonne. Bewaffnet und mit Säcken versehen, schlugen sie den Weg durch das nasse Gras ein. Eine Stunde später waren sie – ohne jeden Zwischenfall – an Ort und Stelle angelangt.

3 Stunden lang füllten sie ihre Säcke mit den Camas. Dann traten sie den Rückweg an. Sie gingen nebeneinander und blickten sich ab und zu um. Sie waren an eine Biegung des Baches gekommen als Godfrey plötzlich stehen blieb. Dieses Mal hatte er zuerst ein unbewegliches Tier entdeckt, das am Fuß eines Baumes stand und dessen Augen unheimlich leuchteten.

»Ein Tiger!«

Er täuschte sich nicht. Es war ein großer, auf den Hintertatzen stehender Tiger, der zum Sprung bereit schien. Augenblicklich hatte Godfrey den Sack fallen lassen. Die Flinte glitt in seine Hand, er spannte, zielte und gab Feuer.

»Hurra! Hurra!«

Der von der Kugel getroffene Tiger hatte einen Satz rückwärts gemacht. War er tödlich getroffen? Godfrey lud sofort nach. Ehe Godfrey Carefinotou zurückhalten konnte, war der mit dem Jagdmesser in der Hand nach der Stelle gelaufen, wo der Tiger verschwunden war. Er hörte überhaupt nicht auf die warnenden Rufe Godfreys.

Godfrey rannte also hinterher. Am Uferabhang sah er Carefinotou im Kampf mit dem Tiger, den er am Hals gepackt hatte und gegen dessen Tatzenschläge er sich heldenhaft wehrte. Endlich gelang es ihm, der Bestie das Messer bis zum Schaft ins Herz zu rennen.

Der Tiger kollerte jetzt auf den Wasserlauf zu, der durch den Regen stark angeschwollen war und der den Kadaver mit der Schnelligkeit eines Bergstroms wegriß. Nach wenigen Augenblicken war der Körper ins Meer gespült. Ein Bär! Ein Tiger! Nun war sicher, daß es hier wilde Tiere gab!

Zum Glück war Carefinotou nicht ernstlich verletzt worden. Besorgt kehrten sie zum Will-tree zurück.

20

Als Tartelett hörte, daß es auf der Insel nicht nur Bären, sondern auch Tiger gab, fing er erneut an, fürchterlich zu jammern. Die Raubtiere würden gewiß den Weg zum Will-tree finden. Dann gab es keine Sicherheit mehr. In seinem ersten Schreck verlangte der Professor richtige Fortifikationen, mindestens steinerne Mauern, Courtinen, Bastionen und Kasematten, um die Seqouia zu verteidigen. Wenn das nicht zu beschaffen war, wollte er seiner Wege gehen.

»Ja, ich auch!« antwortete Godfrey trocken.

In der Tat hatten sich die Verhältnisse geändert. Gegen den Mangel und die Kälte hatten sie sich wehren können, aber fehlten ihnen nicht die Mittel, sich gegen den Ansturm wilder Tiere zu verteidigen? Die Lage war ernst, aber nicht hoffnungslos.
»Wie kommt es nur, daß wir in den ersten 4 Monaten überhaupt kein Raubtier bemerkten, und jetzt mußten wir uns in 14 Tagen gegen einen Bären und einen Tiger wehren?«
Welche Sicherheitsmaßnahmen konnte Godfrey, der bei allem kaltblütig blieb, treffen? Zunächst wurde ausgemacht, nur noch selten Ausflüge zu machen und die wenigen schwer bewaffnet. Außerdem mußte natürlich der Will-tree gesichert werden, die Wohnung selbst, der Hühnerstall und das Tiergehege. Godfrey dachte daran, die vier oder fünf großen Mammuthbäume, die den Will-tree umstanden, miteinander zu verbinden. Wenn es ihm gelang, eine feste und hohe Palisade von einem Stamm zum anderen zu ziehen, dann befanden sie sich dahinter in einiger Sicherheit, wenigstens geschützt gegen unerwartete Überrumpelung. Godfrey schreckte vor dieser Arbeit, bei der er immerhin viele Bäume fällen und herbeischaffen mußte, nicht zurück. Tartelett war natürlich einverstanden, und er versprach seine Hilfe, und merkwürdigerweise hatte auch Carefinotou schnell begriffen, um was es ging. Man machte sich also ohne Zögern ans Werk.
Nahe einer Biegung des Baches befand sich ein kleines Gehölz aus nicht allzu hohen Fichten, die sich für den Bau eigneten. Am nächsten Morgen drangen sie bis zu diesem Wald vor; doch trotz ihrer guten Bewaffnung achteten sie sorgfältig auf verdächtige Spuren. Zuerst wollten sie eine genügende Anzahl Bäume fällen, die sie dann gemeinsam zum Will-tree schleppen mußten.
Carefinotou leistete die wichtigste Arbeit. Er wußte geschickt mit Axt und Säge umzugehen, und seine Körperkräfte erlaubten ihm, auch dann noch zu schuften, wenn Godfrey bereits Atemnot hatte und wenn Tartelett, bereits zerschlagen an allen Gliedern, kaum noch seine Geige hätte halten können. Dabei hatte Tartelett den leichtesten Teil der Arbeit bekommen: er sollte die Äste absägen. Trotzdem, hätte er auch nur ½ Dollar pro

Tag bekommen, hätte er seinen Arbeitgeber immer noch zuviel gekostet.
6 Tage lang arbeiteten sie im Wald. Morgens zogen sie aus, mit einem großen Picknickpaket, und am Abend kehrten sie zum Will-tree zurück. Das Wetter war nicht gerade angenehm, oft mußten sie die Arbeit unterbrechen, um vor heftigen Regenschauern Schutz zu suchen. Am 18. November lagen alle Stämme zum Abtransport bereit. Während dieser ganzen Zeit hatte sich kein Raubtier sehen lassen. Nun mußten sie den schwierigen Transport bewältigen. Godfrey hatte die Idee, die Stämme zu Flößen zusammenzubinden und auf dem durch die Regengüsse angeschwollenen Bach zum Will-tree zu bringen. Von dieser wenig anstrengenden Methode war Tartelett natürlich besonders angetan. Binnen weniger als 3 Tagen waren die Stämme alle an ihrem Bestimmungsort eingetroffen.
Schon am nächsten Morgen begannen sich die ersten, einen Meter tief in die Erde eingerammten Pfähle zu erheben, um die stärksten Seqouien miteinander zu verbinden. Ein Flechtwerk aus starken biegsamen Zweigen sollte die Sicherheit des Bauwerkes noch erhöhen.
»Wenn unsere Palisade fertig ist, Tartelett, dann können wir uns hier erst richtig zu Hause fühlen!«
»Zu Hause sind wir aber in der Montgomery Street.«
Dagegen ließ sich nichts einwenden.
Am 26. November war die Palisade zu ¾ errichtet. Noch 3 bis 4 Tage und die Umzäunung mußte fertig sein. Am 27. jedoch wurde ihre Arbeit durch ein unerklärliches Ereignis unterbrochen. Gegen 8 Uhr morgens war Carefinotou durch die Höhlung bis zur Gabelung der Seqouia hinaufgeklettert, um die Öffnung, durch die noch immer etwas Regen und Kälte eindrang, zu verschließen.
Plötzlich stieß er einen merkwürdigen Schrei aus. Godfrey, der an der Umzäunung arbeitete, wandte den Kopf und erblickte den Schwarzen, der durch deutliche Zeichen zu verstehen gab, daß er zu ihm heraufkommen solle. Godfrey, der wußte, daß sich Carefinotou keine Scherze erlaubte, griff das Fernrohr und kletterte

innerhalb des Stammes in die Höhe, drängte sich durch die Öffnung hinaus und saß bald rittlings auf einem der gewaltigen Äste.
Carefinotou streckte den Arm in die nordöstliche Richtung und zeigte nach einer Rauchsäule, die sich in langen Wirbeln in die Luft erhob.
»Noch einmal!«
Er richtete das Fernrohr auf den Rauch: dieses Mal konnte es einfach keine Täuschung sein. Der Rauch, in vielleicht 5 km Entfernung, war deutlich sichtbar. Godfrey blickte sich nach Carefinotou um. Der Neger gab durch seine Gesten deutlich sein Erstaunen kund. Er war ebenso überrascht wie Godfrey. Auf See befand sich übrigens weder ein Schiff noch irgendein Boot.
»Dieses Mal werde ich die Feuerstelle finden.« Er gab Carefinotou zu verstehen, daß er nach ihr suchen wolle. Carefinotou war sofort bereit, ihm zu folgen. »Wenn sich dort ein menschliches Wesen aufhält, muß ich wissen, wer es ist, woher es kommt und wohin es geht.«
In der nächsten Minute waren sie unten. Sie unterrichteten Tartelett von ihrem Vorhaben, der allerdings keine Lust hatte, mit ihnen 10 km zu laufen.
»Meinetwegen gehen wir allein!« sagte Godfrey, und so brachen sie auf. Er trug ein Gewehr und einen Revolver, Carefinotou eine Axt und ein Jagdmesser.
Am Mittag, nachdem sie ein wenig gegessen hatten, kamen beide zu der ersten Felsenpartie, die das Ufer begrenzte. Der noch immer sichtbare Rauch erhob sich in einer Entfernung von einem Kilometer, und wenn sie immer geradeaus gingen, mußten sie direkt auf die Feuerstelle stoßen. Sie beeilten sich, doch immer mit soviel Vorsicht, um selbst zu überraschen, selbst aber nicht überrascht zu werden. Einige Minuten später verschwand der Rauch, als ob das Feuer urplötzlich verschwunden wäre. Godfrey hatte sich jedoch genau die Richtung gemerkt. Der Weg war bald zurückgelegt, und, um einen Felsen stürmend, standen Godfrey und Carefinotou jetzt auf dem Strand, kaum 40 Meter von der Gesteinsmasse entfernt. Sie liefen darauf zu ... Nie-

mand da! Aber diesmal verriet doch das kaum erloschene Feuer und die herumliegenden halbverbrannten Kohlenstücke unzweifelhaft, daß hier ein Brand unterhalten worden war.
»Hier ist ein Mensch gewesen!« Godfrey rief laut, keine Antwort. Carefinotou stieß einen lang anhaltenden Schrei aus, keine Seele erschien. Nun untersuchten beide alle Felsen in der Nähe nach einer Höhle oder Grotte, die einem Schiffbrüchigen oder Eingeborenen als Schlupfwinkel hätte dienen können. Doch nirgends fand sich die Spur eines Menschen. Leider blieben alle Bemühungen vergeblich, und so schlugen sie, unruhig und betroffen, gegen 3 Uhr den Rückweg zum Will-tree ein. Godfrey war tief in Gedanken; ihm erschien es, als stehe die Insel Phina unter der Herrschaft einer geheimen Macht. Es gab zu viele unerklärliche Ereignisse.
Nach einer Stunde Marsch hörten sie plötzlich ein eigenartiges Geräusch, eine Art trockenes Klappern. Carefinotou stieß Godfrey im letzten Augenblick zurück. Eben wollte sich eine im hohen Gras zusammengerollte Schlange auf Godfrey stürzen.
»Schlangen, nun sind auch noch Schlangen auf der Insel. Es ist zum Heulen!«
Es war in der Tat eine Klapperschlange und von der giftigsten Sorte.
Carefinotou eilte dem Reptil nach und hackte es schließlich mit der Axt in zwei Stücke. Als Godfrey nachkam, wanden sich schon die blutenden Teile auf dem Boden. Später zeigten sich noch andere Schlangen, überall auf der Wiese, die der Bach vom Will-tree trennte. Wie kam es zu dieser plötzlichen Invasion?
»Vorwärts, vorwärts!« rief Godfrey, den dunkle Ahnungen bedrängten. Sie näherten sich der Brücke. Jetzt hörten sie lautes Geschrei, die Hilferufe eines zu Tode Erschrockenen.
»Das ist Tartelett, schnell!«
Zwanzig Schritte weiter und sie sahen Tartelett, der davonlief, so schnell ihn die Beine tragen konnten. Ein gewaltiges Krokodil, das aus dem Bach gekommen sein mußte, verfolgte ihn mit weitaufgerissenem Rachen.
Der vor Angst kopflose Mann rannte, statt nach links und rechts

Haken zu schlagen, immer geradeaus ... plötzlich stolperte er und fiel ... er schien verloren! Godfrey blieb stehen. Er verlor glücklicherweise auch in diesem Augenblick seine Kaltblütigkeit nicht. Er schlug das Gewehr an und zielte nach einer Stelle dicht unter dem Auge des Krokodils.
Die sicher gezielte Kugel traf das Ungeheuer, das noch einen Seitensprung machte und dann regungslos niederfiel. Da rannte Carefinotou zu Tartelett, hob ihn auf – der Professor war dieses Mal mit dem Schrecken davongekommen. Es war jetzt gegen 18 Uhr. Nach einer Minute waren Godfrey und seine Gefährten im Will-tree. Ihr Abendessen verlief nicht gerade heiter.
Der Professor wiederholte nur immer wieder: »Ich möchte weg von hier, weg von hier!«

21

Die rauhe Winterszeit war gekommen. Bis Mitte Dezember gab es viele schlechte Tage, und es war fast unmöglich, sich ins Freie zu begeben. Zuletzt zogen so heftige Stürme auf, die den Will-tree bis in die Wurzeln erschütterten. Die Bewohner des Will-tree kleideten sich jetzt so warm wie möglich. Die Wolldecken aus der Kiste leisteten gute Dienste, wenn sie einmal hinaus mußten, um die Bedürfnisse der Küche zu decken. Das Wetter wurde so abscheulich, daß sie sich auf das Notwendigste beschränken mußten. An eine Jagd war nicht zu denken, und der Schnee fiel mit einer Heftigkeit, daß sie sich in die Gegenden des Eismeers versetzt glaubten.
Der Proviant erwies sich als nicht ausreichend. Das Schildkrötenfleisch ging langsam zu Ende. Sie mußten wiederholt eines ihrer Schweine oder Ziegen schlachten. Und welche trüben Gedanken bedrückten Godfrey! Es kam sogar so weit, daß er 14 Tage an einem intensiven Fieber erkrankte. Ohne die kleine Apotheke wäre es vielleicht um ihn geschehen gewesen!
Welche Erinnerungen, welche Klagen. Unzählige Male rief er in seinen Fieberträumen nach Phina.

So schlich der traurige Monat Dezember dahin. Erst gegen Ende des Jahres erholte sich Godfrey wieder. Er fürchtete jetzt vor allem, daß die Wilden, die von ihrer Anwesenheit wußten, zurückkehrten, in großer Zahl. Gegen einen derartigen Angriff hätte die Palisade keinen Schutz bieten können.
Alles in allem boten die hohen Zweige der Seqouia die sicherste Zuflucht, und es entstand also der Gedanke, einen Fluchtweg nach oben zu schaffen. Mit Hilfe Carefinotous gelang es, an der Wand des Stammes regelmäßige Stufen anzubringen, die, verbunden durch lange Pflanzentaue, ein schnelleres Ansteigen im Innern ermöglichten.
»Nun haben wir eine Stadtwohnung unten und ein Landhaus oben!«
»Ich würde einen Keller vorziehen, vorausgesetzt, daß er in der Montgomery Street liegt.«
Endes des Jahres waren sie nun schon 6 Monate auf der Insel. Der Anfang des neuen Jahres war nicht gerade vielversprechend. Bis zum 18. Januar fiel Schnee in einem fort. Gegen Ende dieses Tages verhüllte eine feuchte kalte Nacht die ganze Insel, und der Schatten unter der Seqouia verwandelte sich in tiefste Finsternis. Vergeblich versuchten sie, auf ihren Lagerstätten zu schlafen. Bei dem ungewohnten Licht eines harzigen Spans durchblätterte Godfrey einige Seiten der Bibel.
Gegen 10 Uhr ließ sich vom nördlichen Teil der Insel ein Geräusch hören, das allmählich näher kam.
Das mußten Raubtiere sein, die in der Nähe herumstreiften und – o Schreck – dieses Mal vereinigten sich die Schreie und das Gebrüll von Panther, Tiger und Hyäne zu einem höllischen Konzert. Die drei sprangen voller unsäglicher Angst sofort hoch. Selbst Carefinotou war bleich vor Schreck.
Zwei tödliche Stunden lauschten alle drei in ängstlicher Spannung. Dann wurde es wieder ganz still, als wenn die Rotte wilder Tiere das Land noch nicht kannte und auf und ab rannte. Vielleicht entging der Will-tree ihrem Angriff noch einmal.
»Wenn es uns nicht gelingt, diese Tiere zu vernichten, ist es mit unserer Sicherheit auf der Insel vorbei!«

Kurz nach Mitternacht begann der Lärm von neuem, und jetzt mehr in der Nähe. Die gefährliche Herde näherte sich ohne Zweifel dem Will-tree.
Woher kam dieses Raubzeug? Es konnte doch nicht schon immer auf der Insel Phina gewesen sein. Wo befand sich diese geheimnisvolle Höhle, die Löwen, Panther, Tiger und Schlangen ausspie? Carefinotou zeigte sich äußerst erregt, sein Gesicht war zu einer sonderbaren Grimasse verzerrt.
Tartelett seufzte, jammerte und brummte in seiner Ecke. Zweimal wagten sich Godfrey und Carefinotou bis zur Mitte der Umzäunung vor. Sie wollten sich überzeugen, ob die Tür der Holzschanzen ordentlich befestigt war. Plötzlich wälzte sich eine Lawine von Tieren lärmend nach dem Will-tree zurück. Noch waren es nur die Schweine, Ziegen, Lämmer und Hühner. Sie hatten das Geheul der Raubtiere gehört und waren entsetzt geflohen. Sie suchten Schutz hinter der Palisade. »Wir müssen ihnen öffnen!« rief Godfrey. Carefinotou hatte ihn gleich verstanden. Sie rissen die Tür auf, und die Herde stürzte sich Hals über Kopf in die Umzäunung.
Im gleichen Augenblick wurde durch die freie Öffnung ein eigentümliches Leuchten von wilden Augen sichtbar. Es war keine Zeit mehr, das Tor zu schließen.
Sich auf Godfrey werfen, ihn wider seinen Willen fortzerren und ihn in die Wohnung drängen, deren Tür er eiligst zuschlug das vollbrachte Carefinotou alles während der Dauer eines Blitzes. Das Brüllen zeigte an, daß drei oder vier Tiere in die Palisade eingedrungen waren. Zu diesem entsetzlichen Gebrüll mischte sich bald das Grunzen und Blöken der Herde, die wie in einer Falle den Raubtieren preisgegeben war.
Offenbar begannen die Bestien die Herde zu zerfleischen. Da ergriff Tartelett in blinder Angst eine Flinte und wollte durch das Fenster auf gut Glück Feuer geben. Godfrey hielt ihn zurück.
»In dieser Dunkelheit ist jeder Schuß verloren! Es ist besser, wir warten auf den Tag.«
Godfrey mußte Tartelett die Waffe entreißen, da dieser zu keiner ordentlichen Überlegung mehr imstande war. Er warf sich

schließlich schimpfend auf sein Lager und verfluchte alle Reisen, alle Reisebüros, Schiffahrtslinien und Inseln.
Godfrey und Carefinotou waren am Fenster stehengeblieben. Dort wohnten sie dem fürchterlichen Gemetzel bei, ohne etwas tun zu können. Das Geschrei der Schafe und Ziegen wurde allmählich matter, als ob sie schon alle erwürgt wären. Die kleine Ansiedlung erlitt so einen schrecklichen Verlust. Sie hatten aber gar keine Zeit, an die Zukunft zu denken, die Gegenwart war erregend genug.
Es war ihnen, als sähen sie eine große Menge Raubtiere innerhalb der Umzäunung. Und von draußen drang immer neues Gebrüll herein. Wahrscheinlich wurden noch weitere Bestien durch den Blutgeruch herbeigelockt. Sie liefen hin und her und wandten sich zuweilen wütend gegen den Baum. Einzelne Schatten sprangen wie Katzen auf dem Boden umher. Die erwürgte Herde hatte nicht genügt, ihre Wut und ihren Hunger zu stillen. Weder Godfrey noch Carefinotou sprachen ein Wort. Da verriet ein lauter Knall ihre Anwesenheit. Tartelett war, geplagt von schrecklichen Halluzinationen, aufgestanden, hatte einen Revolver ergriffen und hatte, ohne daß Godfrey ihn hindern konnte, einen Schuß abgegeben, den er in seiner Einbildung genau zwischen die funkelnden Augen eines Tigers setzte.
»Unglückskuchen!« schrie Godfrey, der sich auf Tartelett stürzte. Carefinotou entwand Tartelett schnell die Waffe. Es war zu spät. Wie auf ein Signal ertönte plötzlich von draußen ein lautes Gebrüll. Man hörte gewaltige Tatzen die Rinde des Mammuthbaumes abreißen. Furchtbare Stöße erschütterten die Tür.
»Wir müssen uns verteidigen!«
»Notstand!«
Godfrey nahm mit der Flinte in der Hand seinen Posten an der Tür ein. Zu seiner größten Verwunderung tat Carefinotou das gleiche – ja, der Neger nahm eine Flinte, eine Waffe, die er bisher nie angerührt hatte.
Jetzt knatterten die Gewehrschüsse durch die Fenster. Beim Aufblitzen des Mündungsfeuers konnten sie erkennen, mit welchen Feinden sie es zu tun hatten. Da sprangen innerhalb des Zaunes,

heulend vor Wut: Löwen, Tiger, Panther, Hyänen – 20 Stück Raubtiere wenigstens.
Godfrey und Carefinotou versuchten, ohne sich um Tartelett zu kümmern, mit sicherer Hand Tod und Verderben unter der Meute auszustreuen. Um keine Patronen zu verschwenden, warteten sie, bis sich ein Schatten näherte, dann gaben sie Feuer, und jedesmal verriet ein Aufheulen, daß sie getroffen hatten.
Nach einer Viertelstunde ließ der Lärm nach. Die Raubtiere hatten sich vielleicht zurückgezogen, oder sie warteten für einen neuen Angriff den Tag ab.
Godfrey war froh und erstaunt, daß Carefinotou mit großer Sicherheit seine Flinte hantierte. Gegen 3 Uhr morgens entstand neuer Lärm. Diesmal noch toller als zuvor. Die Situation wurde unhaltbar.
Jetzt stürmten die Bestien nämlich die Tür, und die beiden Schützen konnten sie dort nicht erreichen. Schon krachte die Tür unter den Schlägen, ein heißer Atem drang durch die Ritzen. Noch versuchten Godfrey und Carefinotou, die Tür von innen zu verstärken, indem sie die Bettpfosten dagegen legten. Aber das konnte auf die Dauer nicht halten. Godfrey erkannte seine Ohnmacht. Wenn die blutgierigen Tiere erst einmal durchgebrochen waren, dann mußte jede Verteidigung nutzlos sein.
»Hinauf, wir müssen hinauf!« rief Godfrey.
»Ich bin schon oben!« rief Tartelett.
Godfrey nahm noch ein Paket Patronen. Dann kletterten sie hinauf, nach der Krone des Baumes, die ihnen jetzt einzig Schutz bieten konnte. Godfrey und Carefinotou waren kaum einige Meter hoch geklettert, als das Gebrüll aus dem Innern des Baumes heraufdrang. Einige Augenblicke Verspätung, und sie wären verloren gewesen. Die Tür brach in 1000 Stücke.
Oben stieß Tartelett einen Schreckensschrei aus, als sie ihre Köpfe heraushoben. Er sah nichts anderes als einen Tiger oder Panther hervorkommen. Der Professor hielt sich, mit entsetzlicher Furcht, hinabzustürzen, an einen Ast geklammert.
Carefinotou kletterte zu ihm, zwang den Ärmsten, nach einer stärkeren Astgabel zu reiten und band ihn dort mit seinem eige-

Mit Flinten und Flüchen kämpften die Eingeschlossenen um ihr Leben.

nen Gürtel ordentlich fest. Jetzt konnten sie nur abwarten. Godfrey bemühte sich, zu erkennen, was da unten vorging. Er hörte nur, daß die Tiere immer noch da waren.
Plötzlich, gegen 5 Uhr früh, wurde es unten im Baum überraschend hell. Bald drang der Lichtschein aus den Fenstern und der Tür. Gleichzeitig wirbelte ein beißender Rauch in das Geäst des Baumes.
»Was hat das zu bedeuten?«
Bei der Verwüstung des Will-tree hatten die Tiere die Kohlen aus dem Herd umhergeworfen, und das Feuer hatte die Möbel entzündet. Dann war auch die Rinde in Brand geraten. Die Lage der Ärmsten da oben war jetzt noch verzweifelter als vorher. Bei dem hellen Feuerschein konnten sie die Bestien um den Baum tanzen sehen.
Gleichzeitig erfolgte eine gewaltige Explosion. Die furchtbar erschütterte Seqouia erzitterte von den Wurzeln bis zu den Zweigen des Gipfels.
Das war der Pulvervorrat gewesen.
Godfrey und Carefinotou wären beinahe weggeschleudert worden. Tartelett wurde nur von seinem Gürtel gehalten. Erschreckt durch die Explosion, vielleicht auch verletzt, flüchteten die Bestien in den Wald.
Gleichzeitig loderte das Feuer auf, das sich durch die Explosion nur noch verbreitet hatte. Das trockene Holz krachte wie 1000 Revolverschüsse. Ein gewaltiger Feuerschein erhellte jetzt die ganze Umgebung.
Bald ergriffen die Flammen die untersten Zweige, und bald mußten sie zu der Stelle vordringen, wo Godfrey und seine Gefährten saßen.
Sollten sie hier oben den Feuertod finden?
In jedem Fall war die Situation mehr als brenzlig. Schon loderten die untersten Zweige, dichter Rauch verschleierte den ersten Schein des Tages, der langsam im Osten emporstieg. Da . . . ein furchtbares Krachen – die über den Wurzeln total ausgebrannte Seqouia sank etwas zusammen, neigte sich und fiel . . . Beim Sturz begegnete aber der Stamm einem anderen Baum, seine

mächtigen Äste verwirrten sich mit denen des anderen, und so blieb er in einem Winkel von 45° schief liegen. In diesem Augenblick glaubten Godfrey und Tartelett ihren letzten Augenblick gekommen. »Der 19. Januar!« rief da eine Stimme, die Godfrey trotz seiner Bestürzung sogleich erkannte.
Das war Carefinotou gewesen – ja, er hatte Englisch gesprochen.
»Was sagst du da?« Godfrey glitt zu Carefinotou hinüber.
»Ich sage«, antwortete Carefinotou, »daß heute Ihr Onkel Will eintreffen muß, denn wenn er nicht kommt, sind wir des Teufels fette Beute.«

22

Noch bevor Godfrey eine Antwort finden konnte, knatterten mehrere Flintenschüsse in kurzer Entfernung vom Will-tree. Gleichzeitig stellte sich (im rechten Augenblick) gleich einem Katarakt ein Gewittersturzregen ein, der sich in Strömen über die brennenden Zweige ergoß.
Was sollte Godfrey von dieser Reihe unerklärlicher Zufälle denken? Carefinotou sprach plötzlich Englisch wie ein geborener Londoner, er kündigte die Ankunft Onkel Wills an und nun waren Gewehrschüsse zu hören.
Godfrey fragte sich, ob er noch alle Tassen im Schrank habe. Schon wurde nämlich – kaum 5 Minuten nach den ersten Schüssen – eine Gruppe Seeleute sichtbar. Godfrey und Carefinotou ließen sich am Stamm herabgleiten, der innen noch immer brannte. Eben als Godfrey seinen Fuß auf den Boden setzte, hörte er eine Stimme:
»Godfrey, herzlich willkommen.«
»Godfrey, mein Lieber!«
»Onkel Will? Phina! Ihr beiden, hier?«
Sekunden später lag er in ihren Armen (in Phinas und in Onkel Wills zugleich!). Gleichzeitig erkletterten Kapitän Turcotte und

seine Matrosen den Stamm der Seqouia, um Tartelett zu befreien.
»Onkel Will, wie hast du die Insel Phina finden können?«
»Die Insel Phina?« erwiderte Onkel William W. Kolderup. »Du willst wohl sagen, die Insel Spencer. Ich haben sie vor 6 Monaten gekauft.«
»Die Insel Spencer?«
»Du hast ihr meinen Namen gegeben, lieber Godfrey?«
»Der neue Name gefällt mir, Godfrey, und wir werden ihn beibehalten. Bis jetzt ist das die Insel Spencer, die kaum drei Tagesreisen von San Franzisko entfernt liegt. Ich dachte, du könntest dir hier am besten die Sporen eines Robinson verdienen.«
»Das habe ich sicherlich. Aber was ist mit der *Dream*?«
»Gar nichts. Hokuspokus.« William W. Kolderup war in bester Laune. »Die *Dream* sank ganz gemütlich nach meinen Befehlen. Sie nahm nämlich einfach den Wasserballast auf. Du glaubtest natürlich, daß die *Dream* unterging. Doch als Kapitän Turcotte sicher war, daß du und Tartelett die Küste ohne Schwierigkeit erreichen würdet, ließ er die Maschine rückwärts laufen. Drei Tage später war er wieder in San Franzisko.«
»Also ist kein einziger Mann bei dem Schiffbruch ums Leben gekommen?«
»Niemand –, nur der unglückliche Chinese, der sich an Bord geschlichen hatte und den wir nicht wiedergefunden haben.«
»Und das Kanu?«
»War gefälscht. Wir haben es bauen lassen.«
»Und die Wilden?«
»Die Wilden, die ihr glücklicherweise nicht getroffen habt, waren ebenso gefälscht.«
»Und Carefinotou?«
»Gefälscht! Mein treuer Jup Brass hat offensichtlich seine Rolle als Freitag gut gespielt!«
»Gewiß, zweimal, bei der Begegnung mit dem Bären und dem Tiger, hat er mir das Leben gerettet.«
»Ja, aber Bär und Tiger waren gefälscht. Beide verpackt und eingeschifft, ohne daß du es gemerkt hast!«

»Doch sie bewegten sich doch richtig!«
»Ja, durch ein Uhrwerk, das Jup Brass in der Nacht aufgezogen hatte.«
»Also alles war gefälscht!«
»Naja, du mußtest doch einige Abwechslung haben!«
»Aber wenn du uns so prüfen wolltest, warum hast du uns dann die Kiste an den Strand gelegt?«
»Welche Kiste? Ich habe dir niemals eine Kiste geschickt!« Jetzt schlug Phina die Augen nieder.
»Also wirklich, eine Kiste, dann muß Phina Mitschuldige haben!« Onkel Will drehte sich Kapitän Turcotte zu, der jetzt laut auflachte.
»Mr. Kolderup, Ihnen kann ich widersprechen, aber Miß Phina nicht, das ist ganz unmöglich. Ich setzte also die Kiste aus.«
Den mächtigen Kopf schüttelnd, versuchte William W. Kolderup vergeblich, seine Rührung zu verbergen. »Das nenne ich Liebe, schickt ihm eine Kiste!«
Während Godfrey nun die Reise von der lustigen Seite nahm, konnte sich Tartelett keineswegs beruhigen.
»Mr. William W. Kolderup«, sagte er, »Sie werden doch wohl nicht behaupten wollen, daß das Krokodil, dem ich beinahe zum Opfer gefallen bin, eine Mystifikation gewesen sei?«
»Ein Krokodil?«
»Ja, Mr. Kolderup«, mischte sich Carefinotou alias Jup Brass nun ein, »ein richtiges Krokodil, das ich in meiner Sammlung nicht mitgebracht habe.«
Godfrey berichtete nun über die Vorfälle der letzten Tage, die wirklichen Panther und Schlangen, die sie auf der Insel entdeckt hatten.
Jetzt war William W. Kolderup an der Reihe, verblüfft zu sein. Die Insel Spencer, das wußte doch jedes Kind, beherbergte keine wilden Tiere.
Der Onkel begriff auch nicht, welche Bedeutung der an verschiedenen Stellen der Insel aufgestiegene Rauch haben sollte. Er hatte den Verdacht, daß hier irgend etwas nicht nach seinen Befehlen vorgegangen sei, und das ärgerte ihn.

Tartelett glaubte die ganze Geschichte nicht – er hielt sie für erfunden. Der fingierte Schiffsuntergang, die künstlichen Tiere, das wollte ihm nicht in den Kopf. Und auf den Ruhm, mit einem Flintenschuß den Häuptling eines polynesischen Stammes niedergestreckt zu haben, wollte er nicht verzichten. Es konnte einfach nicht wahr sein, daß dieser angebliche Wilde nur ein Butler aus dem Haus William W. Kolderups war.
Nun war alles erzählt
»Godfrey«, sagte William W. Kolderup, »du hast Inseln immer sehr geliebt, und ich will dir eine Freude machen: Ich schenke dir die Insel Spencer. Wenn du willst, kannst du immer hier bleiben und das Leben eines Robinson führen. Ich werde dich nicht mit Gewalt von hier fortreißen. Bleib ein Robinson dein Leben lang!«
»Ich? Robinson?«
Da meldete sich Phina: »Godfrey, willst du wirklich auf deiner Insel bleiben?«
»Eher sterbe ich!« Er ergriff die Hand seiner Verlobten.
»Also, wenn ich hierbleibe, dann unter drei Bedingungen: 1. daß du, meine Phina, hierbleibst, 2. daß Onkel Will verspricht, uns gelegentlich zu besuchen, 3. daß der Geistliche der *Dream* uns heute noch traut.«
»Auf der *Dream* befindet sich kein Priester. Aber in San Franzisko wird's welche geben. Ich denke also, wir gehen morgen wieder in See.«
Godfrey zeigte nun den Besuchern die ganze Insel Von ihrer Wohnstätte, dem Will-tree, war leider nicht viel übrig geblieben. Die Feuersbrunst hatte die ganze Einrichtung im Innern des hohlen Riesenbaumes vernichtet. Ohne das Eintreffen Onkel Williams wären die Schiffbrüchigen in der kalten Winterzeit gewiß schlimm dran gewesen.
»Onkel Will, wir haben unsere Wohnung nach deinem Namen genannt!«
»Sehr gut, wir werden ein Samenkorn mitnehmen und in meinen Garten in San Franzisko pflanzen. Vielleicht wächst dort auch ein Mammuthbaum.«

Sie sahen in der Ferne einige Raubtiere, doch wagten sie sich nicht heran, die Matrosen erschreckten sie wahrscheinlich. Man ging an Bord, nicht ohne daß Tartelett um die Erlaubnis gebeten hätte, »sein Krokodil« als Trophäe mitzunehmen. Am Abend waren alle im Salon der *Dream* versammelt, wo sie die Verlobung Phinas und Godfreys zum zweitenmal mit einem festlichen Dinner feierten.

Am 20. Januar lichtete die *Dream* die Anker. Um 8 Uhr morgens sah Godfrey nicht ohne innere Bewegung am westlichen Horizont gleich einem Schatten die Insel zerfließen, auf der sie 6 Monate eine so rauhe Schule durchgemacht hatten.

Am 23. gegen Mittag legte die *Dream*, nach einer Fahrt durch das Golden Gate, an der Werft in der Merchant Street an. Aber was sah man da?

Man sah aus dem Laderaum einen Mann heraufsteigen, der sich auf der *Dream* versteckt haben mußte.

Und wer war dieser Mann?

Es war der Chinese Seng Vou, der die Rückreise ebenso wie die Hinfahrt als blinder Passagier gemacht hatte.

Er trat auf William W. Kolderup zu: »Möge Mr. Kolderup mir verzeihen. Als ich an Bord der *Dream* Passage nahm, setzte ich voraus, sie fahre direkt nach Shanghai, von wo ich in meine Heimat wollte. Jetzt, da sie wieder in San Franzisko eingelaufen ist, schiffe ich mich aus.«

Alle standen staunend um den Chinesen herum.

»Du bist doch aber nicht 6 Monate im Schiffsraum geblieben?«

»Nein.«

»Und wo hast du dich verborgen?«

»Auf der Insel!«

»Du?«

»Ja.«

»Und der Rauch!?«

»Nun, ich mußte mir doch Feuer machen!«

»Und warum bist du nicht zu uns gekommen?«

»Ein Chinese lebt am liebsten allein. Er genügt sich selbst und braucht keinen anderen«, sagte Seng Vou.

Mit diesen Worten verneigte er sich nach allen Seiten, verließ das Schiff und verschwand.
»Das ist das Holz, aus dem die richtigen Robinsons geschnitzt werden«, rief William W. Kolderup. »Hast du ihn dir genau angesehen? Schade, daß er weg ist, er hätte in meiner Wäscherei arbeiten können!«
»Damit sind also die Raucherscheinungen erklärt ... aber die wilden Tiere?«
»Und mein Krokodil?«
»Das werden wir später erfahren. Ich werde einen Detektiv engagieren.«
Wenige Tage später wurde mit großem Glanz die Hochzeit gefeiert. Man kann sich vorstellen, daß dieses Fest einer der Höhepunkte der Saison in San Franzisko war. Tartelett und sein Schüler fielen in der Menge besonders durch ihr ausgezeichnetes Benehmen auf.
Tartelett hatte nur noch einen Gedanken. Leider konnte er zu seinem größten Bedauern sein Krokodil nicht als Krawattennadel tragen. Also beschloß er, es ausstopfen zu lassen. So könnte er das Ungeheuer als Zimmerschmuck ausstellen. Das Krokodil wurde also einem berühmten Konservator zugesandt, der es wenige Tage später im Palast des Onkels wieder ablieferte. Da liefen alle zusammen, das Untier zu bestaunen.
»Sie wissen doch, Mr. Kolderup, woher dieses Tier stammt?« fragte der Konservator und überreichte dabei seine Rechnung.
»Nein.«
»Es trug aber auf seinem Brustpanzer ein aufgeklebtes Etikett!«
»Ein Etikett?«
»Hier ist es!« sagte der berühmte Konservator. Er zeigte ein Stück Leder vor, auf dem mit Wäschetinte geschrieben stand:

Sendung von Hagenbeck in Hamburg
an J. R. Taskinar in Stockton. *U. A. w. g.*

Jetzt begriff William W. Kolderup alles.
Sein Gegner J. R. Taskinar, der Mitbewerber um die Insel, hatte

aus Rache eine ganze Schiffsladung Raubtiere, Reptilien und schädliches Zeug von dem weltbekannten Menagerielieferanten Hagenbeck gekauft und sie auf mehreren Fahrten auf die Insel Spencer bringen lassen. Das mußte ihn ein tüchtiges Stück Geld gekostet haben.

Jetzt gab es also kein Geheimnis mehr.

»Ein guter Streich, ich hätte mir nichts besseres ausdenken können als der Spitzbube Taskinar!«

»Aber nun ist die Insel Spencer unbewohnbar!«

»Ach was, wir schicken einen Jäger hin. Und da du, lieber Godfrey, die Reise um die Welt noch nicht gemacht hast . . .«

». . . machen wir sie zusammen. Und wenn ein böser Stern mich zu einem Robinson machen sollte . . .«

». . . dann hast du wenigstens eine Frau Robinson an deiner Seite!« sagte Phina.

Inhalt

Gary Jennings

Der Azteke

Roman. Band 8089

Hauptperson dieses Buches ist das aztekische Volk. Es wird vertreten durch den aus einer Handwerkerfamilie stammenden Mixtli – Schwarze Wolke. Mixtli erzählt die Geschichte seines Lebens spanischen Geistlichen, die im Auftrag des in Madrid herrschenden Kaisers Karl V. Informationen über Neuspanien beschaffen sollen. Und er erspart seinen schockierten Zuhörern nichts: seine Liebesabenteuer, Schilderungen der blutigen, nach Tausenden zählenden Menschenopfer, die Zügellosigkeiten der feinen Gesellschaft des Aztekenreiches. Er berichtet aber auch über die Sitten und Gebräuche, Wirtschaft, Kulte – über Land und Leute der Azteken. Sein Bericht ist ein Roman über eine untergegangene Zivilisation und über den Zusammenprall zweier Kulturen.

Fischer Taschenbuch Verlag

fi 365/1

Gary Jennings

Marco Polo
Der Besessene

Roman. Band 8201

Von Venedig zum Dach der Welt

Roman. Band 8202

Im Land des Kubilai Khan

»Als Marco Polo im Sterben lag«, berichtete der Zeitgenosse und erste Biograph des Reisenden, Fra Jacopo d'Acqui, »bedrängten ihn sein Priester, seine Freunde und seine Verwandten, endlich den unzähligen Lügen abzuschwören, die er als seine wahren Abenteuer ausgegeben; denn nur dann werde seine Seele geläutert in den Himmel kommen. Der alte Mann bäumte sich auf, verfluchte sie alle miteinander und erklärte: ›Ich habe nicht die *Hälfte* von dem berichtet, was ich gesehen und getan habe.‹ « Jene andere Hälfte, und noch einiges mehr, erzählt jetzt Gary Jennings – ebenso phantasie – wie kenntnisreich.

Fischer Taschenbuch Verlag

fi 251/1

Bibliothek der phantastischen Abenteuer

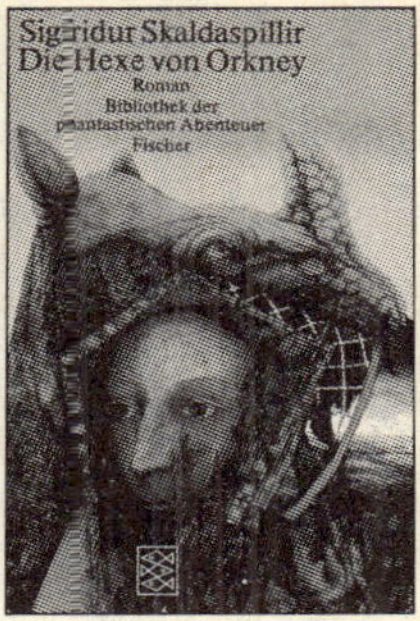

Marion Zimmer Bradley (Hg.)
Schwertschwester
Magische Geschichten I
Band 2701
Wolfsschwester
Magische Geschichten II
Band 2718

T.H. White
Schloß Malplaquet oder Lilliput im Exil
Roman. Band 2702

Abraham Merritt
Das Volk der Fata Morgana
Roman. Band 2703

Henry Rider Haggard
Erik Hellauge
Roman. Band 2704

Thea von Harbou
Das indische Grabmal
Roman. Band 2705

Elizabeth Scarborough
Aman Akbars Harem
Roman. Band 2706
Zauberlied
Roman. Band 2721

Marcel Brion
Die Stadt im Sand
Roman. Band 2707

Sigfridur Skaldaspillir
Die Hexe von Orkney
Roman. Band 2708

Maribelle Cormack
Stern unter Segeln
Roman. Band 2709

Thorne Smith
Das Nachtleben der Götter
Roman. Band 2710
Topper
Roman. Band 2714
Topper geht auf Reisen
Roman. Band 2715

Peter Haining (Hg.)
Die Damen des Bösen
Viktorianische Geschichten
Band 2711

Mary Stewart
Wolfswald
Roman. Band 2712

Elizabeth Goudge
Das kleine weiße Pferd
Roman. Band 2713

Patricia C. Wrede
Schattenzauber
Roman. Band 2716

Kingsley Amis
Der grüne Mann
Roman. Band 2717

Mary Mackey
Kornmond und Dattelwein
Roman. Band 2719

Pierre Benoit
Die Königin von Atlantis
Roman. Band 2720

Arthur Lee Gould
Skandal in Bagdad
Roman. Band 2723

Steven Bauer
Satyrtag
Roman. Band 2722

Rudyard Kipling
Puck vom Buchsberg
Roman. Band 2724

Fischer Taschenbuch Verlag

fi 517 / 4